JN156774

Karel Teige

1900–1951

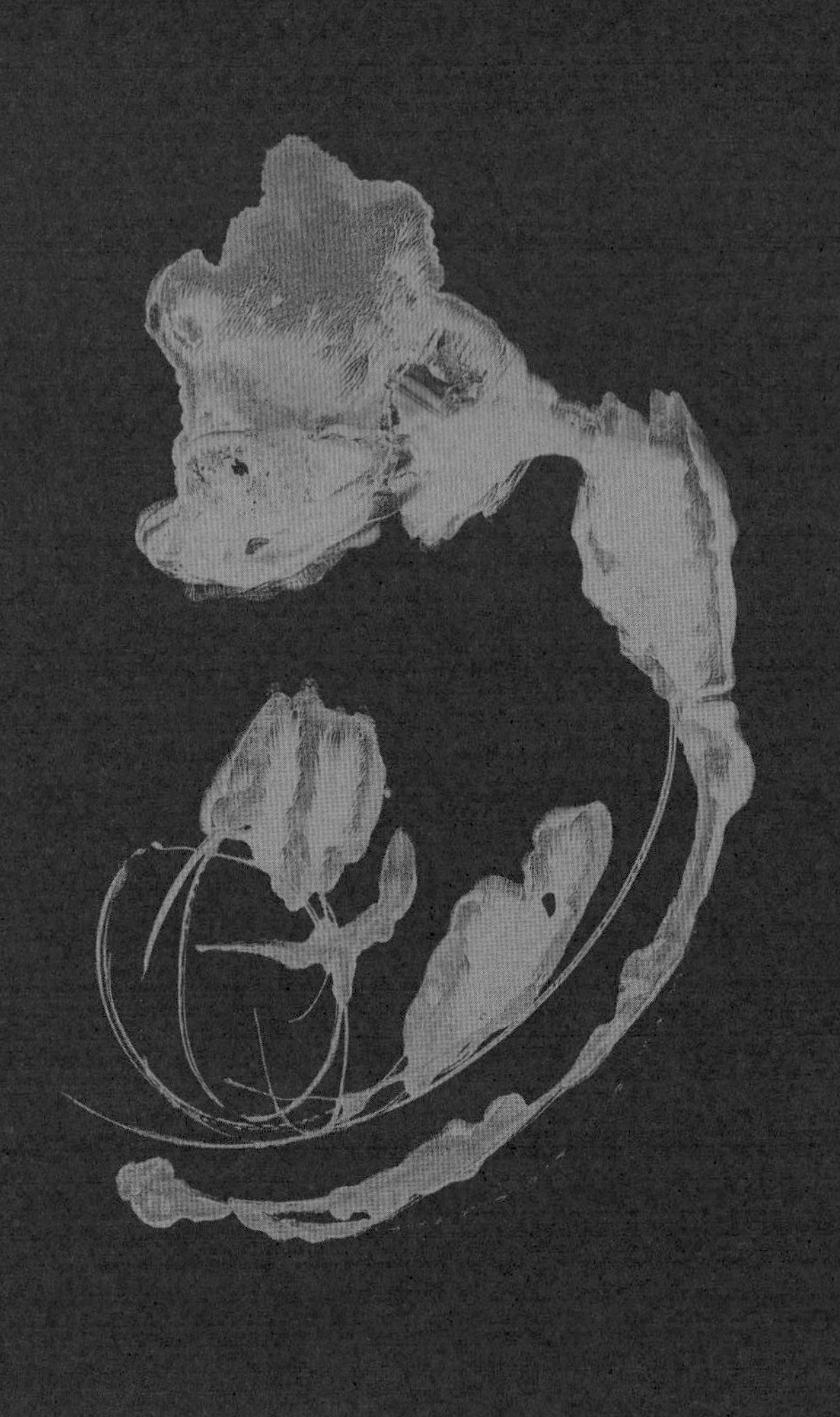

シュルレアリスムの25時

カレル・タイゲ

ポエジーの探求者

阿部賢一〔著〕
ABE Kenichi

水声社

目次

序章

「埋葬」されなかった前衛芸術

ミラン・クンデラは、小説『笑いと忘却の書』のなかで、一九五〇年のプラハの様子を次のように描いている。

プラハの街路には、またしても踊る若者たちの輪がたくさんできた。私は彼らのあいだに混じって彷徨い、ほんの近くにいたのに、輪のどれにも入ることが許されなかった。一九五〇年六月のことで、その前日に、ミラダ・ホラーコヴァーが絞首刑にされていた。彼女は社会党の代議士だったが、共産党の法廷で反国家的策謀の罪に問われたのだった。アンドレ・ブルトンとポール・エリュアールの友人でチェコのシュルレアリスト、ザヴィス〔ザーヴィシュ〕・カランドラが彼女と同時に絞首刑にされた。そのとき踊っていた若いチェコ人たちは、前日同じ街で、ひとりの女性とひとりのシュルレアリストが首吊り用の綱の先で揺れていたのを知っていた。だからこそ、彼らはますます熱狂して踊っていたのだ。なぜなら彼らのダンスは、人民と人民の期待とを裏切って絞首刑にされたふたりの罪深い腹黒さと鮮やかな対照をなす、無垢のあらわれだったから。[1]

ここで描かれているのは、粛清が行なわれるかたわらで熱狂する若者たちの輪舞という対照的な様子である。主人公の「私」は熱狂して踊る人びとの輪に入ることができず、その光景を冷静に眺めている。一旦、外に出てしまえば、ふたたび輪のなかに入ることはできないのを知っているからだ。一九三〇年代のモスクワ裁判を模して八日間に渡って行なわれた裁判は、政治活動家ミラダ・ホラーコヴァー（一九〇一－一九五〇）、ザーヴィシュ・カランドラ（一九〇二－一九五〇）、ほか二人に対して、国家反逆の罪で死刑を宣告し、体制の強硬的な姿勢を国内外に知らしめるものとなった。カランドラは、厳密に言えばシュルレアリストではなく、シュルレアリスムに共鳴した共産党系のジャーナリストだった。一九三五年にプラハを訪れたアンドレ・ブルトンとポール・エリュアールを歓待した人物である。カランドラのことがよほど記憶に残っていたのか、一九五〇年、カランドラが絞首刑になるという情報を聞いたブルトンは、数年にわたって絶縁状態にあったエリュアールに久しぶりに手紙を送り、旧友を救うよう協力を求めたことはよく知られている。[2]

輪の中心への動きが強ければ強いほど、遠心力は強いものになっていく。戦後「共産主義」という輪はそれなりの訴求力を持ち、同時に遠心力を発揮して不純物を外に追い払っていた。それはブルジョア的なもの、西欧的なもの、不条理なものであり、これから語り始めるシュルレアリスムは、その代表的な「來雑物」だった。だが時計の針をすこし戻してみよう。カランドラが処刑される十六年前、プラハではシュルレアリスムは社会主義リアリズムとともに輪の中心の座を争っていた。さらにその十年前の一九二四年に誕生するポエティスムは、シュルレアリスムの前身として、プラハの文化芸術のひとつの中心をなしていた。

このようにプラハのシュルレアリスムを公的な文化芸術の座標軸に置いてみると、それは、中心から円の外への動きによって特徴づけられる。だが、プラハという都市にシュルレアリスムが描いた線をたどると、現在まで続く力強い実線が確認できる。たしかに第一世代のシュルレアリストの公的な活動は一九三四年の結成から、一九三八年の分裂騒動、そしてミュンヘン協定によるボヘミア・モラヴィアの保護領化に至る四年弱という短期間であったが、プラハのシュルレアリスト・グループの活動は今日に至るまでその連続性を保っている。[3]それは、パリをはじめ、ほかの都市ではないことだ。逆説的なことに、早い段階で円の外へ放り出されたがゆえに、周縁としての揺るぎない一つの「中心」を形づくったともいえる。そのプラハのシュルレアリスムという輪の礎を築いたのは、詩人ヴィーチェスラフ・ネズヴァル（一九〇〇－一九五八）であり、芸術理論家カレル・タイゲ（一九〇〇－一九五一）である。

　ともに一九〇〇年生まれの二人は、デヴィエトスィル、ポエティスムと続くチェコの前衛芸術を牽引したことで知られる。一九三四年にはネズヴァルが中心になってチェコスロヴァキアにおけるシュルレアリスト・グループが結成され、タイゲもすぐに一員となるが、二人の関係は、まさにシュルレアリスムの時代に終わりを告げる。ネズヴァルはシュルレアリスムを否定し、戦後、共産主義体制になってからも国民的詩人としての地位を確たるものにする。かたやタイゲは、シュルレアリストであり続け、公的な文化運動体の円の外に投げ出されてしまう。両大戦間期のチェコの文化状況を振り返っても、シュルレアリスムがひとつの分水嶺となっているのである。

　それでは、最後までシュルレアリストであったカレル・タイゲとはいったい何者なのか。建築家カレル・ホンジーク（一九〇〇－一九六一）は、カレル・タイゲとの出会いをこのように述べている。

わたしはカレル・タイゲを訪れることにした。かれの住所は、デヴィエトスィルが刊行したいろいろな雑誌、冊子のチラシや広告で知っていた。その住所は、なにか特別なプロフェッショナルな響きがし、レミントンのタイプライターが何台も音を出している巨大なエージェントを読者に想起させたが、じっさいのところ、そこにあったのは、住宅の一室、整えられたベッドが置かれた部屋だけだった[4]。

タイゲが「いろいろなイズムのエージェンシー」と呼ばれていたことにホンジークは触れ、さらに「このエージェンシーの『事務局長（セクレテール・ジェネラル）』は広い教養の持ち主で、思索的な批評家であり、当時のヨーロッパのあらゆる文化的動きに精通する人物であったことは決定的だった」と続ける。そう、カレル・タイゲという名前は、独立したチェコスロヴァキア、いわゆる第一共和国の人びとにとって、チェコの前衛芸術、様々なイズムと結びついていた。詩人ヤロスラフ・サイフェルトは自分たちの世代のことを「タイゲの世代」[5]と回顧しているように、一九二〇年代、三〇年代のプラハの芸術世界にいた者は何らかの形でタイゲという名前と接していた。

一九〇〇年十二月十三日、プラハで生を享けたカレル・タイゲの足跡は、チェコの前衛芸術と歩みをともにしている。歴史家の父ヨゼフから学究的な探求心を引き継いだタイゲは、弱冠二十歳の若さで同級生らとともに「芸術家連盟デヴィエトスィル」を結成し、両大戦間期のチェコを代表する芸術運動のスポークスマンとして頭角を表す。一九二四年には詩人ヴィーチェスラフ・ネズヴァルとともにポエティスムを創始し、一九三四年に設立されたチェコスロヴァキアにおけるシュルレアリスト・グループでは理論的な支柱として活躍する。国内だけではなく、バウハウスで講義を行なったり、ムンダネウムをめぐってル・コルビュジエと論争を繰り広げたり、アンドレ・ブルトンやポール・エリュアールと議論を交わすなど、タイゲの活動の範囲は一国の芸術運動の枠組みを大幅に超えていた。フランス語、ドイツ語、イタリア語、ロシア語を自在に操り、ヨーロッパ各地の文学、美術、建築といった様々な同時代の文化潮流に精通していたタイゲは、当時のヨーロッパの知識人を見回してみても、稀に見る知識と見識を備えた存在であった（図1）。

しかしながら、全ヨーロッパ的なモダニズム、前衛芸術の流れにいたタイゲであるが、かれの存在はこれまで十分に知られているとは言えない。それにはいくつか要因がある。まずかれの作品の大半はチェコ語で執筆されているため、当該言語の知識が不可欠であった。また二十世紀後半の社会主義体制においてタイゲは長きにわたって発禁処分の対象であったため、チェコ語の一次資料の入手も容易ではなかった。国内では反動的なブルジョア思想家として位置づけられ、国外では建築などの領域で言及される程度であった。プラハの春の動きがあった一九六〇年代半ば、再評価の動きが一時的に高まる。理論家の全体像を提示すべく、かれの主要な論考を十年毎に収録した三巻本の選集の刊行が準備され、一九二〇年代の文章を収録した第一巻『建設と詩の世界』が一九六六年、プラハのチェコスロヴァキア作家社から刊行される。シュルレアリスム期の論考を中心とした第二巻『近代創作の意義をめぐる闘争』は一九六九年に印刷、製本が終わり、あとは配本のみという段階だったが、その直前に発売禁止処分が下される。かろうじて断裁処分を免れたわずかな部数が高価な稀覯本として古書店に出回るばかりだった（その後、二〇一二年に復刻版が刊行された）。一九四〇年代の文章を収録する第三巻『生とポエジーの解放』も同時期に編集作業が終わっていたものの、刊行が実現したのはビロード革命後の一九九四年だった。このようにチェコ語が読めるとしても、ごく

図1　カレル・タイゲ, モスクワにて, 1925年

最近まで主要な作品に触れることは容易ではなかった。

だがこのような外的な要因だけが、タイゲの受容が進まなかった理由ではない。逆説的なことに、タイゲの活動の広さもまたタイゲの思想を理解するうえでの障壁の一因となっていた。タイゲの執筆活動は、文学、美術のみならず、タイポグラフィー、建築、芸術社会学と多岐にわたり、全体像を掴むことはやすやすとできるものではなかった。だが、流通するテクストの数とテクストの強度はかならずしも比例するものではない。紆余曲折を経ながらも、タイゲのテクストは生き残り、幸いにもそのテクストを読む僥倖に恵まれ、その強度に衝撃を受けた者はすくなくない(一例を挙げれば、学生時代にタイゲの本を読み、この道に足を踏み入れたのは、チェコ・シュルレアリスム第三世代に属する映画監督ヤン・シュヴァンクマイエルである)。

タイゲの世界を特徴づけるのは、同時代の全ヨーロッパ的な芸術潮流、とりわけフランスとロシアの芸術への造詣の深さであり、それらに対する優れた批評感覚である。タイゲがこのような多様な芸術潮流を受容した背景には、両大戦間期のプラハの文化状況も関係しているだろう。オーストリア＝ハンガリー二重帝国から独立した新しい国家の首都となったプラハは、チェコスロヴァキアの顔として、そのあるべき姿を模索していた。カレル・チャペックが戯曲『R・U・R』(一九二〇年刊、邦訳『ロボット』)などで近代的な人間の姿を多面的に検討する一方、画家アルフォンス・ムハ(ミュシャ)(一八六〇－一九三九)は大作《スラヴ叙事詩》(一九二八年完成)を通してチェコのスラヴ的源泉を探求し、ユダヤ系ドイツ語作家フランツ・カフカ(一八八三－一九二四)は『田舎医者』(一九二〇)や『断食芸人』(一九二四)といった作品により、チェコやスラヴといった語彙に回収されない世界を描き出した。また言語学の領域では、英語学者ヴィレーム・マテジウス(一八八二－一九四五)、言語学者ロマーン・ヤーコブソン(一八九六－一九八二)、美学者・文学者ヤン・ムカジョフスキー(一八九一－一九七五)らが一九二六年に結成したプラハ言語学サークルの存在に触れないわけにはいかない。言語の機能を探求したかれらの姿勢は、普遍的な生、ポエジーを模索した前衛芸術家の姿勢と共鳴するものである。驚くべきことに、これらすべてが一九二〇年代のプラハで繰り広げられていた。そして、奇しくもカフカが亡くなった一九二四年に産声をあげたのが、ポエティスムという前衛芸術の運動体であった。「この生にポエジーを」と謳うかれらの眼差しの先にあるのは、「スラヴ」という神話でもなければ、「プラハ」のゲットーの過去でもなく、「モダンな」人びとの世界だった。

このような文化的アマルガムは、プラハだけではなく、「中東欧」という地勢と関係がある。一九二〇年代のプラハ、つまり、第一次世界大戦後まもない時期に独立した中東欧諸国の首都としての位相を特徴づけるならば、ひとつには「未来」への過度の期待があったといえる。前衛芸術はそのような時間軸のなかで生起し、社会編成と社会変革の二つの方向性のせめぎ合いのなかに位置していた。社会編成への志向があるゆえに、中東欧の前衛芸術家たちは構成主義への接近を躊躇することはなかったが、これはパリなど、より西側の都市ではあまり見られない傾向であった。また新興国であるチェコスロヴァキアにおいて、いわゆるブルジョア的社会層は支配階級としての伝統の蓄積がそれほどなく、新しい思想潮流に対して寛容的であったため、前衛芸術家たちが主導する表現（たとえば、建築など）が広範な領域で実現することが可能となった。

タイゲそして前衛芸術のその後の評価については、社会主義体制樹立後の状況も勘案しなければならない。簡単に振り返れば、戦前の「前衛芸術」は、戦後、全面的に否定される。しかしながら、公の場で「前衛芸術」を語ることが禁じられたことにより、「前衛芸術の歴史化、埋葬」[6]に失敗し、「前衛芸術」の神話化が進行するという逆説的な結果がもたらされることになる。つまり、公的には禁じられた「前衛芸術」の可能性が地下において論じ続けられ、「前衛芸術」そして「シュルレアリスム」という言葉が西欧とは異なる強度を有していたのである。一九六九年、パリでシュルレアリスト・グループが解体に突き進むのに対し、プラハでは雑誌『アナロゴン』が創刊され、シュルレアリスト・グループが新たな息を吹き返すなど、対照的な状況が生まれたのはそのような位相の違いがすくなからず影響しているだろう。要するに、パリとプラハのシュルレアリスムは、様々な結節点を有しているとはいえ、その歴史を同列で語ることに対して慎重にならなければならない。

そのため、本書では、一九二〇年代以降のプラハの前衛芸術の流れをたどりながら、シュルレアリスムに至る道筋を検証していく。その際、カレル・タイゲほどふさわしい人物はいないだろう。「イズムのエージェンシー」と評されていたタイゲは、キュビスム、未来派、構成主義、社会主義リアリズム、シュルレアリスムなど、様々なイズムをいち早く紹介し、牽引しているからである。

それゆえ、本書が目指すのは、まず第一に、カレル・タイゲという人物に即して、プラハの前衛芸術の位相を中東欧という文脈で検討することである。タイゲ自身が並外れた知識の持ち主であったということだけではなく、文化的インフラがまだ十全でなかった状況があったからこそ、様々な表現が可能となったのではないかという仮説のもと、この地に芽生えたプロレタリア芸術、構成主義、ポエティスムといった潮流の広がりを検証したい。またタイゲの理論には、ブルトンらパリのシュルレアリストだけではなく、ヤン・ムカジョフスキー、マックス・ドヴォジャーク（一八七四－一九二一）ら中欧美術の影響も看取される。タイゲの思想における中欧的な源泉についても検討を行なう。

第二に念頭に置くのが、タイゲとシュルレアリスムの関係である。様々なイズムが行き交うなかで、かれが最終的に選び、死ぬまで手放すことがなかったのはシュルレアリスムであった。戦後、同世代の同志が次々といなくなっていくなか、一九四七年のプラハでのシュルレアリスム国際展開催に尽力し、インジフ・シュティルスキーやトワイヤンの論考を書き続け、シュルレアリストであり続けたかれが下した選択の意味を探る。また理論家としての活動と、生前発表されることがほとんどなかったコラージュ作品の関係をタイゲ自身の「内的モデル」の考えにもとづいて検討する。

そして、最後に本書で検討するのは、タイゲにとってのポエジーという問題である。未完に終わった『芸術の現象学』という大著の執筆に取り組んでいた一九五一年、タイゲは、若いシュルレアリストたちへ最後のメッセージを「アンケートへの回答」というかたちで残している。そこでかれが綴っていることのひとつは、端的に言うと「ポエジー」についてである。ポエジーがその名称の基礎となっている「ポエティスム」をネズヴァルとともに創始したタイゲは、構成主義と抒情主義の共存を模索した『建設と詩』という書物を著し、「絵画詩」というフォトコラージュを作成するときも、労働者に芸術を所有してもらうべく書籍の装幀を構想するときも、『最少住宅』をめぐってル・コルビュジエと議論を交わすときも、かれがつねに念頭に置いていたのは「ポエジー」であった。タイゲにとってのポエジーを検討することは、シュルレアリスムにおけるポエジーを検討することでもある。

そう、カレル・タイゲを語ること、それはポエジーを語ることにほかならない。

第1章

デヴィエトスィル

「昨日の芸術」との決別

一九一六年、二十歳のアンドレ・ブルトンは医師見習いとしてフランスのオート＝マルヌ県サン＝ディジエの神経＝精神病理学センターで精神に異常をきたした兵士たちを次々と目の当たりにしていた。ほぼ同じころ、十六歳のカレル・タイゲはプラハ市内でギムナジウムの仲間たちとささやかな展覧会を行なっていた。戦争体験によって文明の残酷さを極限まで体感し、「文明」なるものに根底から疑問を抱いた人物がいた一方、古い帝国の瓦解を目の当たりにしつつ、新たな「芸術」を模索する人物がいた。それは、年齢の違いであるだけではなく、空間の違いでもあった。

光の都パリがその輝きを失って終戦を迎えたころ、戦火を交えることがほとんどなかった古い魔術的都市プラハは「独立」を謳歌していた。一九一八年十月二十八日、チェコスロヴァキアは独立を宣言し、トマーシュ・ガリッグ・マサリク（一八五六－一九三七）が初代大統領に就任する。国名のみならず、政治体制、社会のあり方など、ありとあらゆるものが新しく生まれ変わりつつあったが、なかでも第一次世界大戦を経て崩壊した古い秩序に替わる「新たな秩序」を模索し、提示することが喫緊の課題となっていた。このような社会的要請は、芸術、文化の領域でも顕著であり、様々な文化インフラストラクチャーの構築が急務でもあった。

一定の歴史と伝統を有し、国民国家の中心都市として機能していたパリ、ベルリン、ロンドン、ウィーンなどとは異なり、プラハ、ワルシャワ、ブカレストなど、中東欧の都市では、博物館、美術館、アカデミー、教育機関、芸術家協会、出版社、雑誌などの文化的インフラストラクチャーおよびネットワークを早急に構築することが求められていた。それゆえ、モダニズムの位相もまた西側とはその性質を異にしていた。中東欧のモダニズムで顕在化するのは、「変化」への強い欲望と制度「構築」の必要性、そして「国際性」の志向と「民族性」の探求という二つのベクトルであった[1]。制度の破壊を模索したダダが誕生したのが、その提唱者トリスタン・ツァラの故郷ブカレストでなく、チューリッヒといった比較的社会構造が安定した都市であったことは示唆的である。破壊すべき制度がそこにはあったからである。「前衛」と呼ばれるものの志向性もまた、一次大戦後に独立した中東欧の都市と、戦前からの連続性を有する西側の都市のあいだでは微妙に差異が生じていたことは言うまでもない。一九二〇年代のプラハでも、「変化」と「構築」という方向性が激しく競い合っていた。

世代的に見ると、一八九〇年生まれの作家・ジャーナリストのカレル・チャペックと一九〇〇年生まれのタイゲ、ネズヴァルのあいだでは明らかな相違がみられる。カレル・チャペックはマサリク擁護の論陣を張り、タイゲら一九〇〇年前後の世代は、ほかの可能性、とりわけ共産主義に可能性を見出していた。そのような混沌としたなか、タイゲ、作家ヴラジスラフ・ヴァンチュラ（一八九一－一九四二）、画家アドルフ・ホフマイステル（一九〇二－一九七三）ら、プラハのクジェメンツォヴァ通りのギムナジウムに通っていた生徒を中心

図2　アドルフ・ホフマイステル「デヴィエトスィルの会合」(1927)。タイゲは，テーブル中央でパイプをくわえている

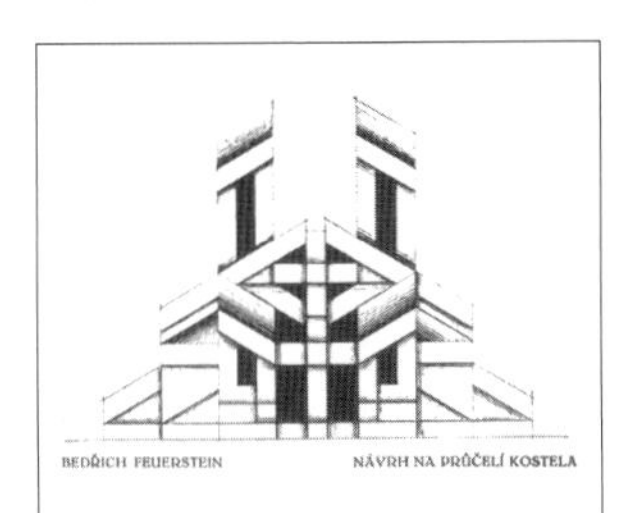
BEDŘICH FEUERSTEIN　　NÁVRH NA PRŮČELÍ KOSTELA

KAREL TEIGE: OBRAZY A PŘEDOBRAZY

Všechno se bude muset udělat! Tak dobrá, udělá se to. Dům? Je ten tam. Zahrada? Je pryč. Nu dobrá, postaví se znovu dům. Udělá se zahrada. Čím méně toho zbude, tím více se toho postaví. Konec konců, je to život a jsme tu proto, abychom stavěli znovu, no ne? *Postavíme také znovu společný život a štěstí, uděláme znovu dny a znovu noci* — vykládá Barbusseův Poterloo v „Ohni". Tak stojí veškerá tvůrčí práce člověkova dnes před ohromným úkolem znovu vybudovati svět, lépe řečeno: vybudovati nový svět. Nepřichází také již nikdo s návrhy na moderní umění, ale s plány nového života, nové organisace světa a jeho posvěcení. V spojitosti jest práce výtvarníkova, básníkova s prací rolníka a dělníka, myslitel a vědec stojí vedle vojáka revoluce: jejich úkol jest týž. Nerealisují teorií, avšak tvoří nový svět. Jediná jest cesta, jež vede k zítřku.

★

52

図3　タイゲ「イメージと雛形」『ムサイオン』(1921)，挿絵はベドジフ・フォイエルシュタイン

にして、一九二〇年十月五日に結成されたのが「芸術家連盟デヴィエトスィル[2]（Umělecký svaz Devětsil）」（図2）であった。同年十二月六日付の『プラシュスケー・ポンジェリー（プラハの月曜日）』には初めての公の記事が十四名の参加者の名前とともに掲載されている。その冒頭はまさに世代間の相違を明らかにしている。

> 時代は二つに分かれてしまった。わたしたちの背後には、図書館で腐食することが運命づけられた古い時間があり、わたしたちの前には、新しい日が光り輝いている。だが、新しい生活のために建設を始める必要がある。[3]

さらに、「古い文学は、それがどのように呼ばれていたにせよ、それはつねに階級的なもので、つねに富裕者の要求に応えるものだった。だが、かれら〔署名した十四名のデヴィエトスィルのメンバーのこと〕は若く、革命的であり、それゆえ、革命的である人びととともにしか歩むことができない――それは労働者だ[4]」と、左翼的なプロレタリア芸術を標榜したかれらは、個人としてではなく、集団的な営為として芸術に関与することを宣言する。またデヴィエトスィルが「主催する行事は、可能なかぎり大衆的なもので、誰もが参加できるものとなる[5]」として、大衆の芸術への参加を訴える文章となっている。

だが具体的な内実はそこで明確に示されることはなく、グループの活動の方向性をめぐっても軸を見出せずにいた。そこで理論面で中心的な役割を果たしたのが若き理論家タイゲであった。一九二一年に発表した論考「イメージと雛形」（図3）で、タイゲは「昨日の芸術」を糾弾したうえで、来るべき「明日の芸術」の姿を語っている。キュビスムや表現主義など、「昨日の芸術」は人間の労働や幸せを考慮しない、自己充足的な芸術至上主義であり、それらは「形式主義と唯美主義」にとどまっている。それに対し、「明日の芸術」は「新しい生活の雛形を形づくる」[6]ものであり、「人間、人間の幸せ、新しい生活環境」を重視し、芸術家みずからが未来のヴィジョンを提示するよう求めている。だがこのような未来志向は、一方で伝統との断絶および否定を意味する。この論考が掲載されたのは一世代上の芸術家集団「頑固派たち（Tvrdošíjní）」が主催する雑誌『ムサイオン』であったため、編集担当の作家カレル・チャペックはタイゲの文章のあとに異例の「付記」を記し、若き理論家の論考について留保の姿勢を示している。タイゲは昨日の潮流と明日の潮流を分けているが、このような分類は「人工的かつ恣意的な」ものであり、「芸術において、昨日と明日は、わたしたちの一時的な分類が表面的な分類である以上に、あまりにも深く、そして潜在的に結びついている」[7]と述べ、チャペックは芸術の連続性を強調する。一八九〇年生まれのチャペックと一九〇〇年生まれのタイゲは、のちに政治思想においても対立するが、この関係性が同一の雑誌内で「本文」と「付記」という形で顕在化したことはきわめて象徴的である。つまり、タイゲが「昨日の芸術」の土俵でみずからの芸術論をより探求していくことは困難となり、「明日の芸術」を具現化する新たな媒体の必要性が高まったからである。

「新しいプロレタリア芸術」

一九二二年、デヴィエトスィルは初めてみずからの雑誌を発表する。二十名の執筆者による二十七点の文章を収録する雑誌は『革命論集デヴィエトスィル』（図4、5）と題され、ヴァーツラフ・ヴォルテルのヴェチェルニツェ出版から刊行された。グループのマニフェストとして、同誌の巻頭を飾るのは「新しいプロレタリア芸術」という一四ページにわたる論考であるが、そこには著者名もなければ、署名者も記されていない。文末に「一九二二年春」とだけ記されたその文章を読む人の多くは、グループのメンバーによる共著であると思うだろう。じっさい、一九二二年四月二十一日、プラハのアルベルトフの学生会館での「デヴィエトスィルの夜」で、この原稿を読み上げたのは、詩人ヤロスラフ・サイフェルト（一九〇一－一九八六）（図6）であった（なおサイフェルトのこの講演に感銘し、グループに参加するようになったのが、詩人ヴィーチェスラフ・ネズヴァルである）。しかしながら、現在ではこの文章はタイゲの手によるものであるとされ、タイゲ選集にも収録されている。

では、この論考は何を論じているか整理してみよう。ロシア革命に刺激を受け、共産主義の可能性を感じていたタイゲは、まず「プロレタリア芸術」への志向、そしてマルクス主義を唯一利用可能な世界観とし、労働者を重視する姿勢を表明する。アナトリー・ルナチャルスキーに言及しながら、プロレタリア芸術と文化の重要性を説き、なかでも「社会的事実としてだけではなく、とりわけ、芸術、つまり、人間の営為の一部門としてプロレタリア芸術を検討しつつ、革命的現在が芸術家に課す課題と義務を定め、正確に捉えること[8]」が肝要であるとする。注目すべきは、主眼が政治体制の転換に置かれるのではなく、社会的に関与する「芸術」課題を見極め、芸術家の意識向上を訴える内容となっており、換言すれば、芸術の社会的位相に重点が置かれている点である。「革命論集」という表現など、同誌には「革命」という言葉がしばしば使われているが、政治革命を主張しているわけではなく、作品そのものにもそれほどの過激さは見受けられない。あくまでも、タイゲらの意図は、「プロレタリア革命」ではなく、「プロレタリア芸術」の「革命」という点にあった。

それゆえ、タイゲが芸術を語るとき、個別の作品や美術史的な視座だけではなく、社会との関係性を重視する。「新しい美学は、芸術心理学ではなく、芸術社会学となるだろう。というのも、今日の芸術心理学は一般心理学にほかならないからだ。［……］美学が社会学的になることは、つまり歴史的となることを意味する[9]」と述べ、タイゲは美学の「脱心理化」、つまり個人的な解釈学からの脱却を説き、社会との関係性において美学を語る視座を強調する。社会学的な関心、とりわけ「芸術社会学」という視点は、初期の論考から晩年の

図4 『革命論集デヴィエトスィル』(1922) の表紙

FOTOGRAFIE přinesla, jak jsme pravili, určitá cenná vyjasnění malířské estetice i tím, že některé druhy malířství zpodobivého nadále znemožnila. Za to malířství, a zajména grafika, nebyly fotografii k valnému štěstí: zanesly do této polochemické produkce pseudoumělecký zmatek s požadavky klamné hezkosti a apartnosti. Krása fotografie spočívá zcela jinde, než se domnívá tak zv. fotografie „umělecká". Její krása je jiná, než krása malířství,

K. TEIGE
(Paris 1922)

jako krása kina je jiná, než krása divadla. Má i jiné poslání. Pianola : klavíru Paderevského = fotografie : malířství = kino : divadlu = budoucí fotoplastika : sochařství. Fotografie ztrácí svou vlastní, řekl bych rodnou krásu, stává-li se uměleckým průmyslem. Stává se dekorací = zbytečností, místo, aby byla důležitou skutečností. Míjí se se svým účelem, pro nějž byla vynalezena, a poněvadž krása v dnešním světě je podřízena logice ekonomie, stává se ošklivou, je-li zbytečnou a neúčelnou, řemeslně nedokonalou. Fotografie může být uměním, ba, může za jistých okolností téměř přestati být fotografií a státi se malířstvím a grafikou (neboť na technice nezáleží), právě tak

図5 タイゲ《パリ, 1922》,『革命論集デヴィエトスィル』より

図6 タイゲ (右) とサイフェルト (左), パリにて, 1923年もしくは1924年

「芸術の現象学」に至るまで、タイゲの美学に通底するものであり、美術作品をつねに社会的文脈との関係において捉えていた証となっている。勿論、芸術と社会の関係性を検討した人物は、タイゲ以前にも、ジョン・ラスキン（一八一四－一九〇〇）など数多くいた。だが、かれらの試みはタイゲの眼には不十分に映ったのか、「ラスキンなどの芸術と生活を結びつけようとするあらゆる試みは、しまいにはあまり影響力のない教訓主義〔……〕や内に閉じた芸術至上主義となっている[10]」と退け、芸術がサロンやアトリエに限定されたものとなり、社会においては個人主義と分業制が進行しているとする。芸術社会学の構想にあたって、タイゲが参照するのは、英国のウィリアム・モリス（一八三四－一八九六）やラスキンでもなければ、フランスの批評家イポリット・テーヌ（一八二八－一八九八）でも、ウィーン学派のアロイス・リーグル（一八五八－一九〇五）やヴィルヘルム・ヴォリンガー（一八八一－一九六五）でもなく、ドイツの美術史家ヴィルヘルム・ハウゼンシュタイン（一八八二－一九五七）であった。ハウゼンシュタインは『芸術社会学』（一九一二）などの著作で知られるが、「藝術は、或る時代の生活が充ち溢れて、最も純粋に藝術的表現様式に、即ち最も純粋に形式上の等価物に置き換へられた時に、始めて完成する[11]」といったかれの文章からも、生活と社会における芸術という視座がタイゲに継承されていったことが看取される。

このように広い文脈に芸術を措定したうえで、タイゲは議論を進めるが、その語り口はある意味できわめて明快である。観念よりも、物質を優先する姿勢が貫かれているからである。

あなたは机に坐っている、いまあなたが坐っているのは椅子だ。それは、物、物質、現実である。カント以後の哲学は、現実の強固な椅子を知らず、脳の経験的感覚に凝縮された観念的な感覚へ坐るよう勧めてくる。これらのどちらが、より安全でより強固でより実践的なものか、議論するまでもないだろう[12]。

現実の物質感覚を強調するタイゲがプロレタリア芸術の最良の事例として紹介するのが、フランスの作家シャルル＝ルイ・フィリップ（一八七四－一九〇九）であり、ジュール・ロマン（一八八五－一九七二）らのユナニミスムである。また「生活風景」が感じられる文化人として、チェコの人形使いマチェイ・コペツキー（一七七五－一八四五）にも触れている。いずれにしても、庶民的な世界の表出という点が強調され、「分かりやすさ」、「娯楽性を備えた民衆性」が特色として指摘される（ここでの「民衆性（lidovost）」はフォークロア的なものではなく、むしろ「大衆性」という意味に近い）。それゆえ、わかりやすさと魅力的な芸術への渇望を検討する延長線上で、タイゲは、「映画」そしていわゆる「低級芸術」にも好意的な視線を投げかける。

インディアン物、バッファロー・ビル、ニック・カーター、感傷的な小説、アメリカの連作映画、チャップリンの喜劇、アマチュア劇団の喜劇、曲芸団の手品師、放浪の歌手、サーカスの女性曲馬師やピエロ、大衆的なお祭り、日曜日のサッカーの試合。疲れ切ったプロレタリアートは、まさにこういうものを通して、多くの時間を文化的に過ごしているのだ。(13)

美術や教養小説といった高尚な芸術から距離を置き、大衆小説、映画、サーカスやサッカーなど、大衆文化への関心を前面に打ち出し、タイゲは「プロレタリア芸術」の拡張を試みる。従来しばしば見受けられたように、汗や涙といった記号とともに労働者の日常を教訓めいた形で表現するのではなく、芸術の受容者である労働者の立場から芸術のあり方を検討する。

通常の社会的な長篇小説や短篇小説、残念なことに、社会的な映画もまた、良心から生まれたにせよ、その大半は、労働者の読者層にあまり響くものではない。必要とされるのは、貧困にあえぐ生活を描いた小説や立抗や製鋼所の絵などではなく、熱帯や遠方の風景、自由で活発な生活の詩であり、押しつぶされるような現実ではなく、熱狂させ、活気づけてくれる現実と幻想を労働者に見せるべきなのだ。(14)

このように、タイゲがプロレタリア芸術の対象として称揚するのは、「労働者の日常」ではなく、むしろ、その過酷な現実を忘れさせてくれる「熱帯や遠方」といった異国情緒あふれる世界であった(このような傾向は、後で触れるタイゲの「絵画詩」においても見られる)。だが、このようなタイゲの姿勢は狭義のプロレタリア芸術から乖離する危険性を伴っていた。そればかりかアメリカの大衆文化への関心を前面に打ち出すことによって、プロレタリア詩人スタニスラフ・コストカ・ノイマン(一八七五‐一九四七)ら、教義的なプロレタリア芸術信奉者からの批判にも晒される。タイゲが従来の「プロレタリア芸術」にはない「新しさ」を追求することによって、本来の理念を信奉する者から批判される危険性に直面したのである。

タイゲは、終盤で「新しいプロレタリア芸術」の特徴として、「傾向」、「集団主義」、「民衆性」という三点を挙げている。労働者を重視するという政治的「傾向」、社会に奉仕する芸術家という「集団主義」、そして「民衆性」を備えた芸術を主張するが、すでに見た通り、タイゲにとっての「プロレタリア芸術」の内実はきわめて多面的で、社会学的な関心、(アメリカの大衆文化を含む)娯楽的かつ大衆的な芸術への傾向という特徴(であると同時に問題)を孕んでいた。それでは、雑誌のほかの寄稿者たちは、タイゲの理念に対してどのように呼応したのだろうか。

カレル・シュルツ「ヒューズ自殺院」

二十名の執筆者による二十七点の文章からなる雑誌は、詩、散文、エッセイなどジャンルも多様であるばかりか、ジャン・コクトー、イヴァン・ゴル、ゲオルク・カイザー、イリヤ・エレンブルグら国外の執筆者の文章も収録し、それぞれフランス語、ドイツ語の原文のまま掲載されている（エレンブルグはチェコ語に訳出されている）。またテクストごとにフォントを変えたり、図版を多数収録するなど、レイアウト面でも工夫が施されている。テーマとしては、プロレタリア芸術、労働者を題材として直接的に扱っているもの（ヴォルケルの詩「火夫の瞳をめぐるバラード」、ヤロスラフ・チェハーチェク「知識人と戦争」、エレンブルグ「芸術における革命、そして革命そのものについて」）、同時代の芸術潮流を伝えるもの（チェルニーク「ロシア美術」、ヤロスラフ・スヴルチェク「偏向的風刺画家」、ヤロスラフ・イーラ「フランスの若い芸術について」）、デヴィエトスィルの芸術的志向を表すもの（チェルニーク「電気の世紀の喜び」、ヴラジミール・シュトゥルツ「エキゾティズム」）などに大きく分類できる。

このなかで、「資本主義社会」の表象、そして社会学的な問題設定という点において注目したいのが、カレル・シュルツ（一八九九－一九四三）の短篇小説「ヒューズ自殺院」である。物語は、アメリカ合衆国のニューヨークに暮らす企業家J・B・ヒューズが建設した五十階建ての高層ビルの話題から始まる。このビルこそ、自殺を希望する者が最後の時間を過ごし、それぞれが思う手段で自死を遂げることができる「ヒューズ自殺院」であった。施設の玄関は「貧困者」と「富裕者」の二つに分かれ、貧困者のセクションには、ロープから自動車にいたる自殺のためのあらゆる道具が整備されたホールがあり、さらに浴室、喫煙室、映写室、図書室、食堂が併設され、顧客は思いのままに最後の瞬間を過ごすことができ、富裕者のセクションは金額に応じた個室がずらりと並んでいた。ヒューズの「人間の善意」のための試みは大反響を呼び、来訪者は増加の一途をたどる。

人びとが安らかな死を迎えるべく、J・B・ヒューズに次から次へとお金をもたらしていたのは事実だった。というのも、この世にはあまりも苦痛が多く、近代文明、電話、ケーブル、印刷技術、無線電信、大西洋航路があっても、人びとは苦痛を克服できずにいたからだ。――J・B・ヒューズは時代とともに歩み、人びとの望みを叶え、現代という時代の真ん中でその居場所を確保した。人びとは、かれのことを、実践的な精神で新しい仕事をたやすいものにする人物だと考えていた。何万もの人が自殺という絶望のなかに暮らし、ヒューズは、お金、願い、批判をすべて受け入れていた。かれの経営は、人間の善意のための経営だった。[15]

ヒューズは広報活動をさらに進め、ニューヨークの街角に看板広告を出したり、オペラハウスではハムレットを演じる役者に「オフィーリア、ヒューズ自殺院に行くがいい、住所は東七五番街三四三番地、ニューヨーク、アメリカ合衆国」だと台詞を言わせたりする。このような広報活動に対して、大学教授のカニンガムは苦痛を克服してこそ形而上的な権利があるはずだと主張し、異議を唱える著作を発表するが、ヒューズにすべて買い取られてしまい、倫理観をめぐる議論が経済力によって外に広がらずに終わる。多額の富を得たヒューズは本業のみならず、雑誌の刊行、大学への寄付を行ないながら、ついにはヨーロッパ進出を計画する。

そのような折、男性の顧客からある要望が寄せられる。それはヒューズが「わたしは人間を愛している。けれども、倫理的な家族や文化に対する義務があるはずだ」としてこれまで断ってきたことであった。だが顧客からの要求は高まるばかりで、ついにヒューズはその要求（つまり「女性」）に応える。その後、同院に滞在したメソジスト派の説教師のインタビューを契機にして、この出来事が外の世界に知られ、地元住民は反対運動を繰り広げる。騒動のさなか、ヒューズはバルコニーに姿を見せ、こう語る。「皆さん、邪魔をしないでくれ。わたしはヨーロッパを買う」と。その後もヒューズはヨーロッパの企業を次々と買収し、ヨーロッパ各地の工場はヒューズのために稼働し、すべての労働者がかれのいう「人間の善意」のために奉仕するという状況に陥ってしまう。

生活は機械化されてしまった。人びとは、もはや喜びや苦痛、あるいは生活に秘められた簡素な真実を求めて暮らしてはいなかった。すべてが時間とお金で計算されるようになっていた。残ったのは、唯一の倫理、ヒューズの倫理だけだった。[16]

倫理観よりも資本経済の原理が優先され、「自殺」という行為でさえも経済活動となってしまう様子が戯画的に描かれていくわけだが、アメリカの企業家によるヨーロッパの買収、さらにはヨーロッパの人びとの自由の喪失という展開からも、西側の資本主義の脅威を訴えようとする作者の意図は十分に感じ取ることができる。戯画的に感じるのは、ヒューズがあくまでも「人間の善意」のために企業活動を推進していると主張しながらも、そのような表面的な人道主義的言説の背景で人間の生命を否定する自殺幇助が行なわれている点にあり、そしてまたそのような問題を孕む企業活動にもかかわらず、「顧客」が絶えない点であろう。

自殺を社会現象として捉えようとする試みは、シュルツに始まったものではない。周知のとおり、社会学の祖とされるエミル・デュルケム（一八五八－一九一七）はまさに『自殺論』（一八九七）によって社会学研究の礎を築き（同書の副題は「社会学研究」）、チェコの文脈ではそれよりも一足早くマサリクが『現在の社会的な集団現象としての自殺』（一八八一）を著すなど、社会学の領域において「自殺」はつねに関心が注がれる主題であった。シュルツがどのような経緯でこの題材を選んだか不明であるが、[17]タイゲは先述の論考「新しいプロレタリア芸術」のなかで「ジュール・ロマンが『パリの力』の結びで説明を試みたように、ユナニミスムはデュルケム、ル・ボン、タルドによる群衆の社会学、心理学にルーツを有している」[18]と述べ、『自殺論』のエミル・デュルケム、『群集心理学』の著者ギュスターヴ・ル・ボン（一八四一－一九三一）、そして犯罪心理学の研究を進めたガブリエル・タルド（一八四三－一九〇四）の名前を挙げて、フランスの社会学と同時代の小説のあいだの親縁関係に言及している。このような背景を踏まえると、ただ単に資本主義社会の退廃的な現象の一事例として「自殺」が取り上げられたわけではなく、タイゲの社会学的な知の関心の広がりの中に本作は位置づけることもできるだろう。

ふたりの詩人――ヤロスラフ・サイフェルト、ヴィーチェスラフ・ネズヴァル

続いて、ふたりの詩人による詩篇にも触れよう。一九二一年、詩集『涙に埋もれた街』でデビューを飾ったヤロスラフ・サイフェルトは、同年に結成したばかりのチェコスロヴァキア共産党に入党するなど、プロレタリア詩の可能性を探求していた。『デヴィエトスィル』に掲載されているサイフェルトの詩篇「栄えある日」はその当時のかれの姿勢を如実に表すもので、無名の労働者たちとともにメーデーの行進をする歓喜に充ちている。「財産などわずか、いやまったくない人びとに囲まれて／かれらのポケットには一銭もないが、心には幾千もの苦痛がやどっている」[19]と、語り手は市井の人びとに寄り添いながら、「新しい世界」の到来を切々と訴える。

わたしたちが望むのは、新しい世界、自分たちが望む世界、
なぜなら、人生は美しく、花は香りを放ち、
大地は喜びという新たな潤いを吐き出し、
わたしたち群衆も、今日、それが恋しいから。[20]

一人称複数で語り手が設定されるなど、前衛芸術の特徴である集団主義的な傾向が見受けられると同時に、日常生活のなかに「人生の美しさ」を見出そうとする後のポエティスムに通じるサイフェルトの詩学の萌芽がここに見られる。サイフェルトは、政治的な可能性の場としてロシアに触れる一方、別の異国文化への憧憬も隠すことなく、詩に綴っている。サイフェルトのもう一篇の詩「パリ」では、物悲しいプラハのヴルタヴァ川とパリのセーヌ川が対象的に描かれ、「ここ」プラハのうらびれた風景が、輝かしいパリの風景と重ねあわせられていく。

すべて、ここでの出来事はすべて悲しいものばかり、
人生も線路からけっして外れることはないから。
眠りにつくころ、窓越しに見える空が暗くなり
ペール・ラシェーズで夜啼き鳥がヒノキでさえずるのを夢見る。

パリは、天国に一歩だけ近いところにある、

さあ、ぼくのいとしい人よ、パリに行こう[21]！

数年前までは同じ国を形成していたオーストリアへの言及は影をひそめ、多くのチェコの芸術家がそうであったように、サイフェルトも、パリへの志向を声高に訴える。プロレタリア芸術の実現を訴えるべくロシアの文化人への参照がなされつつも、フランス美術への憧憬とオマージュも並行的に行なわれるというこの両義性は、タイゲやサイフェルトに限らず、戦間期のチェコ芸術家の感度の高さを表す指標であると同時に、政治的志向の揺らぎとも受け止めることができる。

サイフェルトが簡素な言葉づかいで日常的な美の一瞬をとらえようとしたのに対して、プロレタリア芸術の理念を踏まえつつ、詩的な想像力を存分に発揮したのがヴィーチェスラフ・ネズヴァルである。詩篇「驚異の魔術師[22]」は、詩人イジー・マヘン（一八八二－一九三九）に捧げられた序と七部からなり、次々と姿を変えながら世界を放浪する魔術師の語りが中心になっている。冒頭で「君は新しい文化を夢みている、僕は姿を変えながら君に歌う」と謳い出す語り手は、自身のルーツをたどりながら、「マドリッドで御者となり／ロンドンで給仕をし／海の病に罹り／海軍に志願した。〔……〕ペトログラードの牢獄では／過酷な日々が続く[23]」と各地を転々としていく。イメージが次々と展開していくモンタージュ的な描写はアポリネールの「ゾーン」を想起させるが、魔術師が新聞の売り子となって『共産党宣言』を読み漁るほか、「革命」、「武器」といった語彙とともに、「新しい大統領など必要ない／市民の誰かがなるのだから[24]」など、プロレタリア革命の実現を訴える叫びも随所に見受けられる。だが、「革命」、「愛」を経験し、様々な人びとに変身していく魔術師が繰り返し訴えるのは、「新しい視覚」の必要性である。

対蹠地の敷居で、君は奇跡を目にする、
光を放つ泉の淵、
丸い瞳――
新しい視覚を。(25)

第二歌「魔術師の祖先の系譜」にあるこの一節は、「対蹠地」という異なる空間的な位相において光を発する円形の泉という幻想的なイメージを提示しているが、このような「外」の視点の設定は「新しい視覚」を内に取り込もうとする試みとしても捉えられるだろう。それゆえ、ネズヴァルは、固定観念では捉えられない世界を提示する存在として「魔術師」に着目し、のちのシュルレアリスム期を先取りするかのような語彙で「新しい視覚」がもたらす世界を表現していく。変身というモティーフは、語り手である「魔術師」の多様なまなざしのみならず、読者が捉える「現実」の様相の変容とも重なっていく。

わたしは見た。神に似た自由な人間が
古い現実という水晶を
新しい姿に変える様子を。(26)

サイフェルトよりもはるかに幻想的なイメージを披露するネズヴァルだが、プロレタリア芸術という視線および外への眼差しという点でふたりの詩は共鳴している。いずれも、「新しい」という言葉が頻繁に用いられ、新たな生の雛形、新たな芸術を探求する詩篇となっているからだ。そのような意味で、「新しいプロレタリア芸術」を模索するタイゲの理念と合致を見ていた。

所有される複製芸術

タイゲの「新しいプロレタリア芸術」に始まる『革命論集デヴィエトスィル』は、同じくタイゲの「今日の芸術と明日の芸術」で終わっている。様々なトピックを手際よく伝える映画ニュース「ゴーモンの一週間」を意識して、来るべき芸術の姿が簡潔なテーゼでジャンルごとに記されているが、まず興味を惹くのが、一番初めに「建築」が言及されている点である。このあとで「新しい芸術は芸術であることをやめる」というエレンブルグの言葉が引かれるが、「絵画」や「文学」といった狭義の芸術観を一新し、生活の変革を実現すべく、関心が寄せられていたのが「建築」であった。まずタイゲが注目するのは、名の知れた建築家ではなく、名もない技術者たちである。

> 技師たちは耽美主義者には受け入れられない真実を証明した、すなわち、美しさはいわゆる芸術に限定された特権ではない、と。芸術がその産婦ではない、美しいものはこの世に何千とある。(とりわけ今日の建築もそうだが)歴史的建造物のなかで、ゴリアテ飛行機、ニューヨークの波止場、大西洋航路定期船、車の新しいモデルなどと同じくらいはっきりとした力強さと造形的な健全さを持っているものは多くはない。[27]

芸術家然とした建築家がいたずらに新しい様式を模索しているあいだに、堅実に作業を進めていたのは技術者や技師であるとし、無名の人びとの営為への注意が喚起される(なお、デヴィエトスィルの機関誌第二号となる建築家ヤロミール・クレイツァル(一八九五−一九五〇)編による『ジヴォットII』では、「ゴリアテ」、

「大西洋航路定期船」が写真入りで言及されている）。そしてまた、「今日の建築は、ゴシック、バロック、ロココなどと比べ、多かれ少なかれ美術史家が見過ごしているいくつかの事例（メキシコ、アステカ、チベット、アフリカの建築）に関係する現実から学ばなければならない[28]」とも述べ、非西洋世界への関心も表明される。のちにタイゲは建築に関してより踏み込んだ発言を展開することになるが、わたしたちが最も長い時間を過ごす生活空間という意識がその背景にはあった。

次にタイゲが注目するのが、「ポスター」をはじめとする複製芸術である。「過去にあったのは、モザイク、フレスコ、タブロー画。今日そして明日は、ポスター、絵葉書、風刺、新聞のイラスト[29]」と述べ、複製芸術、そして日常的に接する物への志向が高らかに表明され、「具体的な課題」を達成しない芸術はすべて、つまらないものだと言明する。さらに「絵画は宗教ではなく〔……〕、工芸である。工芸としての芸術は機械生産の介入から逃れるべきではない。予測できることは、社会主義的な平等社会において、絵画は機械によって複製可能になるだろうということ[30]」と述べ、従来の宗教的意味合いを有していた美術との決別、そして複製技術を通して広く流通することが可能な芸術の可能性が探求されている。「アウラ」の消失という意味において、タイゲの眼差しはヴァルター・ベンヤミン（一八九二―一九四〇）の「複製技術時代の芸術作品」（一九三六）と交錯する（「絵画は宗教ではない」というタイゲの発言は、ベンヤミンの「礼拝的価値」と共鳴する）。簡潔にテーゼを提起するという文章の性格上、タイゲは踏み込んだ議論をここでは展開していない。芸術の社会流通という点に重きを置いていたタイゲにとって、オリジナルとコピーという関係性は重要ではなく、むしろ複製技術を積極的に評価する。それゆえ、特定の教会に存するフレスコ画よりも、誰もが所有しうるポスターや絵葉書を重要視するのである。いずれにせよ、複製技術によって芸術の位相が変わっていくことを、タイゲは一九二二年の段階で明言していることは注目に値する。

機械の複製は、たえず改良され、人びとのあいだで絵画の知識を広めている。〔……〕アポリネールやサンドラールの詩集と同じように、あなたはピカソの絵の本を手にしている。オリジナルを置くには、あなたの住まいにも、財布にも余裕がない。壁にかける絵画は、近代インテリアの建築的な純粋さを汚すものとなるはず。[31]

一枚しかオリジナルのない高額な絵画とは異なり、比較的安価な雑誌は一般市民が購入かつ所有できる「芸術」でもある。富裕層だけではなく、労働者への芸術の浸透を念頭に置いていたタイゲは、写真、絵画の複製を多数収録した雑誌に、複製芸術の時代の産物として肯定的な価値を見出していた。それゆえ、「新しい芸術は芸術であることをやめる」というエレンブルグの言葉を引用するとき、タイゲにとっての「新しい芸術」とは、オリジナルではない、広く流通を可能にする複製芸術による芸術という考えがその根底にあった。そして、読者を楽しませる「娯楽」的要素を踏まえつつ、芸術家の「集団」的な「傾向」を提示するにあたって、「雑誌」は理想的なひとつのフォルムであったと言えるだろう。この可能性を感じ取ったかのように、生涯にわたって、タイゲは言論活動を繰り広げながら、様々な雑誌の編集に従事していく。

だが、自身の世界観を表現していくにあたって、経済的な基盤は不可欠である。当時、タイゲやデヴィエトスィルの周辺に活動を支援してくれるパトロンがいたわけではなく、みずから資金を確保しなければならなかった。そこで、デヴィエトスィルのメンバーがたどりついたのは、会員制と雑誌の予約購読であった。結成を告げる一九二〇年の『プラシュスケー・ポンジェリー』の記事において、年間二〇コルナで有料会員となり、様々な特典を享受することができることが言及されているほか、『革命論集デヴィエトスィル』の巻末にも、第二号にあたる『ジヴォットII』の予約購読に関する広告が掲載されている。予約購読の制度の確立により、財政状況を安定化させるといった狙いもあったのだろう。雑誌にはつねに次号や関連企画の広告が掲載され、次号への期待を高める仕掛けが施されており、そのような意味で、タイゲが傾注したタイポグラフィーや装幀は重要な意味を担っていた。

『革命論集デヴィエトスィル』の巻末論文「今日の芸術と明日の芸術」は、タイゲの次の言葉で終わっている。

新しい芸術の美しさは、この世のもの。芸術の課題は、そのような美しさをつくったり、目を引くイメージと詩の予想外のリズムを用いて謳うことにある、

❛この世のあらゆる美しさを❜[32]

のちに展開することとなるポエティスムの理念がここで端的に表現されている。プロレタリア芸術を志向しながらも、遊戯性、大衆性に対する強い関心を表明することによって、タイゲは「新しいプロレタリア芸術」の提示に成功したと言えるだろう。政治的な姿勢よりも、わかりやすさを追求する姿勢は、この雑誌の表紙のデザインにも表れている(図4)。「赤色の星」、「鎌」といった「プロレタリア芸術」、「共産主義」、「革命」の定型的な記号は提示されず、オレンジ色の表紙の中央に大きな黒い丸(●)が配置され、その上に大きな字体でグループ名「DEVĚTSIL」、その下にやや小さな字体で刊行地と刊行年「PRAHA 1922」が記されているだけのきわめて簡素なデザインである。じつは、このデザインを手がけるにあたって、タイゲが触発されたのは「日の丸」だった。

公共芸術としてのポスターは、実用的目的に適った芸術である。まさにそのようにして、実用的な目的が、鉄道の信号機、信号、旗、国際信号旗のフォルムと色彩を決定する。次の日本の旗は、

最も調和のとれた近代的なコンポジションである。最も純粋な無対象絵画であり、キュビスムの最も論理的な成果である。だが無対象絵画は、現実とのコンタクトを失うことで、装飾（観賞用の、記念碑的な装飾ではなく、単なる装飾）になる危険性があった。だが日本の旗は、生活の現実と完全なコンタクトを有しており、このコンタクトのおかげで、現実の自然主義的な刻印にはなっていない。船のポールにあるものは日本を意味し、それは、芸術的構造に移し替えられ、壁の枠に吊るされ、その完全なコンポジションを通して、とてつもないナンセンスとなっている。芸術産業と捉えるには、あまりにも自明な現実となっているのだ。[33]

日の丸に影響を受けたと思われるこのデザインは、「プロレタリア芸術」や「共産主義」の従来の記号を拒否し、みずからの感性で新しい生を切り開く意志に充ちている。

『革命論集デヴィエトスィル』は、両大戦間期のチェコ前衛芸術の口火を切る契機となっただけではなく、タイゲが「雑誌」という媒体の可能性を十二分に感じた機会となったに違いない。同年にはデヴィエトスィルの

刊行物第二弾として、「新しい美しさの論集」として、『ジヴォットII』（図7）が刊行される。「生」を意味する「ジヴォット」という言葉を冠した号は、編者が建築家ヤロミール・クレイツァルであったこともあり、オーザンファンとジャンヌレによる論考「ピュリスム」（仏語原文とチェコ語訳）が掲載されるなど、建築をより意識し、写真を多用した体裁になっている。編者の名前としてクレイツァルの名前しか表紙に掲載されていないが、奥付には編集委員の名前が並ぶなか、タイゲについては「特に」と強調がなされていたり、あるいは後年、かれ自身が振り返っているように、タイゲが『ジヴォットII』で果たした役割はきわめて大きいものがある。[34] ル・コルビュジエが「建築とピュリスム」を同誌に寄稿したり、あるいは、まだ無名だったマン・レイの写真を多数収録するなど、ヨーロッパの前衛雑誌の文脈に置いてみても際立ったものがある。

『革命論集デヴィエトスィル』、『ジヴォットII』の後、『ディスク』（一九二三－一九二五）、『パースモ』（一九二四－一九二六）、『ReD』（一九二七－一九三一）といった雑誌を通して、デヴィエトスィルの精神は継承されていく。

　前衛芸術を集団的な営為として捉えていたタイゲにとって、複数の執筆者による「雑誌」はその共同作業に適した媒体であったほか、複製技術によって一般の人びとも所有できる「芸術」ともなり、そしてみずからの世界観を言葉とデザインを駆使して表現できる最良の媒体であったと言える。このような背

図7　『ジヴォットII』(1922) の表紙。デザインは，ベドジフ・フォイエルシュタイン，ヤロミール・クレイツァル，ヨゼフ・シーマ，カレル・タイゲ

景のなか、書斎に閉じこもるのではなく、カフェや自宅で多くの芸術家と交流しながら「芸術」をつくりあげていくプロデューサーでもあったタイゲにとって、雑誌は最大の可能性を秘めたプラットフォームであったと言える。

〈現代美術のバザール〉

デヴィエトスィルの活動は、雑誌などの刊行物だけではなく、展覧会という場を通しても実践された。だがその「展覧会」という場においても、かれらなりのこだわりが明確に示されていた。一九二三年、デヴィエトスィル初期の活動を代表する〈現代美術のバザール〉展がプラハの芸術家の家で開催される。ベルリンのダダ見本市に触発されたことが明らかな同展では「展覧会」という名称が使われていない。というのも、「展覧会」という言葉は「公的なサロンで感じる退屈さ[35]」を想起させたからであった。同展には、シュティルスキー、トワイヤン、ヨゼフ・シーマ（一八八一－一九七一）、タイゲ、イジー・イェリーネク（一九〇一－一九四一）、オタカル・ムルクヴィチカ（一八九八－一九五七）による絵画やドローイングが展示されたが、同展の特徴はそのような狭義での「美術作品」と「日常品」を並列して提示している点にあった。絵画のみならず、世界中の建築プロジェクトの写真、ポスター、「レディ・メイド」のオブジェといったものが多様かつ刺激を与えあう形で入りまじり、芸術作品、機械の一部、映画のスチル写真、花火やサーカスの写真が並列する様子は、「教会守の鳥肌を立たせるには十分だった」という。「デヴィエトスィルの展覧会と刊行物が試みているのは、フランスの雑誌『レスプリ・ヌーヴォー』、アメリカの『ザ・ソイル』同様、現代芸術の卓越した作品、そして現代生活を雄弁に語り、特徴づけるドキュメントを並列して提示すること」であったとタイゲは述べる。というのも、「わたしたちは芸術にブルジョアの贅沢な装飾以上のものを見出していて、自称専門家たちが集う風通しのよくない部屋で人為的に閉じ込められることさえなければ、このような芸術文化はかならずや成功を収める」と確信していたからである。現代彫刻に関しては、独創的で大胆なキュビスム的な実験を経て、伝統的なコンセプト、フォルム、素材に回帰する状況であったとタイゲは判断し、同展では「〈現代彫刻〉という名のもとで、一方で玉軸受（ボールベアリング）、他方で理髪店のマネキン人形」を展示している。理髪店の人形は、一九四七年にパリで行なわれたシュルレアリスム展のマネキンを想起させる。後年、タイゲはこう述べている。「たしかに人形そのものだが、ヒステリックな目つきで疑う余地のない金髪をしており、シュルレアリスムのオブジェとして、舞踏会用のパンプスに髪を巻きつけ、野生のブドウが生えている鉄の檻に、地球儀、カラフルな大きな歯、ミニチュアのタイプライターとともに閉じ込めることもできるだろう」。ここではすでに「シュルレアリスムのオブジェ」という表現が用いられ、シュルレアリスム的精神の萌芽を見出すこともできるだろう。なかでも、同展で顕著になっていたのは韜晦の精神であった。

> そう、その人形には、蝋人形館のマネキンのような魅力があった。展示ホールの裏手には適切なサイズの鏡が吊るされ、「観客の皆さん、あなたの自画像です！」という一文が書き添えられている。これは、写真スタジオでそれほど手間をかけずにできる正確なものではなく、画家に大金を払って、過度に高貴なものとして、自分の身体の美貌、優美さ、知的な顔立ちを描いてもらう人びとに対するわたしたちの嘲笑を示すものであり、そういった要望を刷毛で満たそうとする人びとに対するわたしたちの軽蔑の念を伝えている。[36]

前年、タイゲはパリを訪問した際、モンテーニュ画廊の〈サロンダダ〉を訪れている。同展には、《未知なる人の肖像》という題名でフィリップ・スーポーの鏡が出展されており、タイゲはそこから何らかの刺激を受けた可能性がある。

日常生活を舞台にするデヴィエトスィルの詩学は、旧来の「美術」という枠組みを次々と更新しながら、その世の拡張を試みた。しかしながら、多くのモダニズム同様、この運動体の起点が否定の弁証法にあったことは否めないだろう。「展覧会」という名称は用いなかったものの、実質的には「展覧会」が行なわれる空間での展示であったり、「美術」を否定しながらも「美術」から離れることはできなかったからである。デヴィエトスィルが次なる段階に発展するには、より積極的なスローガンの提示が求められていた。

第2章

ポエティスム

ポエティスム誕生

「進歩」、「未来」という時間軸を重視する前衛芸術にとって、「新しさ」はひとつの強迫観念となっていた。その実践者たるタイゲもまた、一九二〇年代初頭には「新しい建築」、「新しい芸術」、「新しい生活」といった表現を多用している。「新しさ」は過去との差異が前提となるが、単に過去を否定するだけでは何らかの運動を起こすことはできない。「新しい芸術」を標榜するタイゲにとって、「新しさ」を体現する具体的な指針、名称が求められていた。だがそれは偶発的な出会いによって誕生する。

『革命論集デヴィェトスィル』、『ジヴォットII』という二冊の雑誌が刊行されてからわずか数カ月後、ネズヴァルはタイゲと散策していた様子をこう記している。

一九二三年の春——あの忘れることのない年、この想い出とともにわたしは死ぬことになるだろう——

ある晩——その日に交わされた言葉はすべてわたしの記憶に刻まれることとなる——わたしはタイゲとプラハの街を歩いていた。春の香り、星、街路の光の鎖、嘔吐している酔っぱらい、物乞いの老女、曲がり角に寄りかかっている化粧の濃い年老いた未亡人が居合わせるなか、幸せの雰囲気を感じていたわたしたちは、ミイラ化したり、毒がもられていたり、悲しげな世界観の不協和音のなかから、ある出発点を見出し、ポエティスムを発見したのだ。(1)

ネズヴァルの記録を裏付けるように、タイゲが「ポエティスム（Poetismus）」という表現を初めて用いたのは、一九二三年に刊行が開始されたデヴィエトスィルの機関紙『ディスク』第一号に収録された「絵画とポエジー」という文章であった。「芸術は一つである、それはポエジー」だとポエジーを高く称揚するものの、そこでは、「ポエティスム——かつては観念的であった絵画と詩は、キュビスムのおかげで純粋詩に達した。そして絵画詩が誕生する」(2)とあるだけで詳しい説明はない。タイゲがポエティスム第一宣言とも称される「ポエティスム」を雑誌『ホスト』に発表したのは一九二四年七月、つまりブルトンの「シュルレアリスム宣言」が発表される数カ月前のことである。このなかで、タイゲは、旧来の芸術種別に捕らわれない「新しい芸術」である「ポエティスム」を「生の芸術」、「生活の芸術、人生を満喫する芸術」として措定する。

ポエティスムは、何はともあれ、生の方法である。それは、生の機能であり、生の意味を満たすものである。人間的な普通の幸せ、快適さ、安心の作者である。幸せとは、快適な住宅、頭上の屋根であり、また同時に、愛、すばらしき娯楽、笑い、舞踊でもある。高貴な教育である。生の刺激剤である。憂鬱、不安、気難しさを吹き払う。精神面、道徳面での健康法である。(3)

「文学」でも、「絵画」でも、「主義」でも、「芸術」といった従来の芸術カテゴリーを否定するポエティスムは、「生」を称揚する。「ポエティスムがもたらす芸術は、軽やかで、魅力的で、幻想、遊び心にあふれ、英雄などおらず、愛に満ちている」とし、「笑みを浮かべる世界」において生命を宿すとする。そこで求められるのは「哲学者や教育者」ではなく、むしろ「クラウン、ダンサー、軽業師、近代詩人の観光客」であった。『革命論集デヴィエトスィル』でプロレタリアートの団結と芸術の一新を訴えていたタイゲらにとって、芸術は実生活との関係において規定されるべきものであった。それゆえ、「大聖堂や画廊」を否定し、「街路、都市の建築、公園の心地よい緑、港湾の喧騒、産業」という日常生活が営まれる場に眼差しが注がれることとなる。その日常にポエジーをもたらすべく、ポエティスムは「人生から壮大な娯楽企業」をつくることを試み、「常軌を逸したカーニバル、感情と想念のアルルカン、酩酊した映画テープ、奇跡の万華鏡」を理想として掲げる。だが、このようなサーカス的な世界観はきわめて刹那的なものであり、一時的な吸引力しかもちえない。そこで、生そのものの土壌を規定するもの、とりわけ、生活空間、居住空間への関心が高まっていく。一九二三年に建築雑誌『建設（スタヴバ）』の編集にたずさわるようになっていたタイゲが参照していくのは構成主義であった。

ポエティスムは生活の王冠であり、その基盤は構成主義である。相対主義者であるわたしたちは、科学的なシステムが捉えることのできない、抑圧することもできない潜在的な非理性の存在を確信している。技師や思想家の計算が理性的であるのは生活の関心事である。だが、どのような計算であれ、非理性を小数の程度においてのみ理性化するにすぎない。あらゆる道具の計算はπを有しているからである。(4)

生活の頂に冠するポエティスムを下支えするものとして「構成主義」が言明され、さらに「ポエティスムは、構成主義の反定立であるばかりか、構成主義を必然的に補うものでもある。ポエティスムは、構成主義の設計図に基盤を置いている」と述べ、構成主義に対する全幅の信頼を表明する。構成主義への参照に見られるように、居住空間の構築という生活世界の肯定という考えがポエティスムの出発点になっているが、これには一九二〇年代のチェコスロヴァキアの社会状況が関係している。第一次大戦後に新しく生まれたばかりの国にあって、社会的なインフラの整備は急務になっており、「生活の芸術」を謳うタイゲにとって、都市、住居の問題は看過できないものであった。それゆえ、デヴィエトスィルのメンバーには、ヤロミール・クレイツァル、ベドジフ・フェイエルシュタイン(一八九二－一九三六)ら建築家も名前を連ねていたのである。だが構成主義を基盤とする世界観に支えられながらも、タイゲが「非理性の存在」を指摘していることには注目すべきであろう。理知的な世界観の構築の一方で、数字や図式だけでは捉えることのできない人間の心理に着目しているからである。

今日、世界は、金銭、すなわち資本主義に支配されている。社会主義は、世界が理性と英知によって、経済的に、明確な目的のもと、有効に支配されることを意味する。この支配の手法は構成主義である。だが、理性が世界を支配する際、感性の領域を抑圧するならば、英知あふれるものにはならないだろう。乗算のかわりに、生活の貧困を意味するであろう。というのも、わたしたちの幸せにとって唯一価値のある豊かさとは、感情の豊かさであり、感性の豊かさなのである。そして、まさにここで、ポエティスムは、感性豊かな生活、歓喜、想像力を守り、それらを刷新すべく、ポエティスムが介入するのである[5]。

生活の大半を営む住空間、そして日常を活性化させるカーニバル的なポエジー、つまり構成主義とポエティスムという相補関係は、一九二〇年代前半の論考を集めた『建設と詩』(一九二七)というタイトルに集約されている。このような二重性は時として曖昧であると批判されることになるが、デヴィエトスィル自体、住空間という日常的な場を扱う建築家とポエジーという非日常的な領域で活躍する画家・小説家というふたつのグループから成り立っており、その両者をつなぐ役割をタイゲが担っていたとも言えるだろう。

絵画詩

従来の芸術ジャンルを否定する姿勢は、新たなジャンルの創出へと連なる。ブルジョア的であるとしてタブロー絵画を批判するタイゲは、「絵画と詩」(一九二三)のなかで、「詩は現代絵画のように読まれる。/現代絵画は詩のように読まれる」と述べ、詩と絵画の融合に着目する。もちろん、マリネッティの自由の言葉、アポリネールのカリグラムといった言語記号の視覚的特徴を強調する系譜はすでに存在していたが、言語的テクストの特性を維持していることから「言語」そのものからの決別を意味するものではなかった。それに対し、一九二三年から一九二六年にかけて、デヴィエトスィルのメンバーたちが次々に試みたのが「絵画詩(obrazová báseň)」と呼ばれるものであった。これは、絵画の図像的なイメージと詩篇の言語の組み合わせということではなく、詩的に増幅させた図像的イメージの組み合わせであり、適宜言語も用いられることもある。媒体としてはコラージュやフォトモンタージュにも類している。[6]

プロの芸術家を否定し、誰もが詩を作ることができるような世界を夢想したデヴィエトスィルの面々にとって「絵画詩」は理想のひとつの形態であった。このことを示すように、タイゲのみならず、画家インジフ・シュティルスキー、トワイヤン、ヨゼフ・シーマ、オタカル・ムルクヴィチカ、詩人ヴィーチェスラフ・ネズヴアル、ヤロスラフ・サイフェルト、俳優イジー・ヴォスコヴェッ（一九〇五－一九八一）など、多様な職種の芸術家たちが絵画詩の制作にたずさわっている。

美術史家ズデニェク・プリムスによれば、「絵画詩」の特徴として、ポエティスム期の詩とも共通するものが多くあり、それは、自由な想像力と詩の自律性を強調し、それによって抒情的な雰囲気を形づくられ、認識論、思想、傾向的側面は忌避されている。主題としては、大都市とエキゾチックな国（車、船、飛行機、旅、冒険、サーカス、映画）のモチーフが描かれ、それらは、人間の感性、愛、未来への希望といったものと結びついているとする。旅や遊戯といった文明社会による非日常世界への関心は、ポエティスムと一致するものであり、絵画詩においてもこのような傾向は鮮明に現れていた。

タイゲによる実作《旅先からのあいさつ》（一九二四）（別図1）を見てみよう。サイフェルトとともに旅に出た経験をもとにした作品は、垂直に三部からなり、上段左には白地に赤い丸を描いた三角形の旗が青地をバックに斜めに置かれ、右手には地中海の沿岸を想起させるモノクロ写真が置かれている。中段は二つの三角形で対角に分割され、左側には星空を背景に「Pozdrav」（挨拶）という単語が、右側には旅程を赤字で記した地図の上に「z cesty」（旅先からの）という文字が配置され、その右下に望遠鏡が置かれている。下段には、デイジョンの消印が読み取ることのできるヤロスラフ・サイフェルト宛の手紙の表面（宛名部分）と裏面（封印）が置かれている。封筒の裏側の封印と旗の白い面の円はともに赤い円盤で、『革命論集デヴィエトスィル』の表紙、そして「最も調和のとれた近代的な構成」と評した日の丸を想起させるものとなっている。

地図、望遠鏡、岸辺の写真といった要素から、異国の地への憧れが看取され、緩やかな自由連想が実現されている。「絵画詩」の「詩」が言語的な詩ではなく、詩的な想像力の意味であることが十分に感じられる。だがその連想は自由にできるため、解釈は受け手に依存するともいえるだろう。「絵画詩は自分の眼を通してのみ読むことができる。記憶に残るのは、個人的に訴えかけるもので、作品の訴えかけは覚えているものの、細部は失われてしまう。せめて自分のために言葉で置き換えるべく絵画詩を覚えようとしても、それは不可能である。ここに視覚的な詩の境界が生じている」[7]というプリムスの指摘にもあるように、作品の分析的解釈は受容者自身にゆだねられてしまう。たしかにタイゲの絵画詩《シテール島への船出》(一九二三―二四)(**別図2**)は、絵画詩を手がかりにして受け手が脚本を作成することを促す「映画化への手引き」が付されることがあったが、必ずしも受け手の反応は一様でもなかった。表現されている記号が喚起する連想が受容者に依存される新しい表現形態であったため、解釈の参照項が見出せずにいたのである。それゆえ、タイゲらが想定していたプロレタリア労働者の日常に刺激を与えるメディアとなったかどうかは疑問の余地が残っている。また作り手の側からみると、一九二七年以降、絵画詩の制作は下火になり、それぞれの媒体での創作に傾注するようになる。

とはいえ、「絵画詩」は詩的な想像力の発芽としてデヴィエトスィルのメンバーに刺激的な源泉となったほか、タイゲが大衆に流通するメディアの重要性を意識する契機ともなったことは以下の一節からも明らかであろう。

芸術はひとつしかない、つまり、ポエジーである。(『ディスク』二号で)ご覧になっている絵画詩は、絵画と詩の共通の課題を解決するものである。この融合は、時間はかかるにせよ、絵画と詩の伝統的な手法を遅かれ早かれ一掃するだろう。絵画詩は、現代の要求にきわめてかなったものである。機械による複製は、本というフォルムで絵を表現することが可能になる。絵画詩の書籍を刊行する必要が出てくるだろう。機械による複製は、芸術の大量かつ安全な大衆化を可能にする。印刷は、芸術作品と観客の仲介者となるのであって、博物館や展覧会ではない。展覧会の古いタイプは死に瀕しており、それは霊廟にあまりにも似ている。現代の展覧会は現代の作品のバザール（見本市、万博）となり、電気、機械の世紀を表明するものでなければならない。機械による複製そして印刷により、オリジナルは無用なものになる。というのも、印刷が終わると、原稿はゴミ箱行きになるからだ[8]。

ここで、「絵画詩」という新たなフォルムが提起されているが、想定されている媒体は何かというと「書籍」である。「書籍」が、複製芸術として所有可能なフォルムを有しているためである。それゆえ、タイゲが精力を傾けていくのが書籍の装幀、タイポグラフィーであり、広く流通し、所有が可能な芸術としての書籍を着目するようになる。

装幀

画家、詩人、建築家といった特定の領域での足場をしっかりと有しているデヴィエトスィルのほかのメンバーとは異なり、タイゲはあくまでも理論家であり、文筆家であった。だがそのタイゲがポエティスムの理念を具現化していった領域がある。それが絵画詩（およびコラージュ）であり、装幀、タイポグラフィーの領域であった。

タイゲと書籍の装幀との関係は、デヴィエトスィル結成以前の一九二〇年に遡る。まずは画家として詩人イヴァン・スク（一九〇一－一九五八）の詩集『森と通り』（一九二〇）に三点の表現主義的な版画を提供し、挿絵画家としてデビューを飾っており、その作品には、対角線の効果的な利用、円のモチーフといったのちの作品に見られる特徴がすでに窺える。翌年には盟友ヤロスラフ・サイフェルトのデビュー作の詩集『涙に埋もれた街』（一九二二）の表紙を手がけている。

ポエティスム宣言が発表された一九二四年に刊行されたネズヴァルの『パントマイム』（別図3）は、文字通り総合芸術としてのポエティスムの可能性を世に問う一冊となっている。巻頭に「わたしのミューズ、そしてタイゲに」という献辞がなされている同詩集は一九二二－一九二四年にかけて執筆された作品を集めたもので、帆船、ピエロ、西アジアの地図といった図像を組み合わせたインジフ・シュティルスキーのコラージュが表紙を飾っている。のちに単独で刊行される「アルファベット」に始まり、詩論「自転車に乗ったオウム」、アポリネールの「ティレシアスの乳房」に刺激を受けた戯曲「自転車の至急便」、『革命論集デヴィエトスィル』に収録されていた「驚異の魔術師」の改訂版のほか、音楽家イジー・スヴォボダによる楽譜「ネズヴァルのパントマイムに捧ぐ」など、様々なジャンルを包摂し、デヴィエトスィルの遊戯精神を体現した書物となっている。テクスト毎に特徴的な字体が用いられているほか、挿絵、写真も多く取り入れ、同書の後書きで演劇家インジフ・ホンズルが「現代性とは、楽観的な信念のことだ[9]」と述べているように、享楽的な世界観に充ちている。

ネズヴァルはその時のタイゲの様子をこう記している。


面白そうな文字がありそうな棚という棚に、タイゲは文字通り入りこんでいた。そう、現代の詩は、まず外見から、その新鮮さ、新しさを表明しなければならなかった。パイプを口にしたタイゲはやりがいのある仕事に気分が高揚し、初校ゲラができあがると、興奮した様子でカフェに駆け込んできた。印刷所の主人は首を振ったが、わたしたちの頑固さは、かれらの疑念よりもはるかに強固だった。〔……〕タイゲはひとりで作業を進め、最大限の感性と美的感覚を駆使して、文字を選択した。かれは、世界中の主要な雑誌はすべて知っていて、世界的な仕事をこなしていた[10]。

翌一九二五年に発表されたヤロスラフ・サイフェルトの詩集『TSFの波に乗って』（図8）もまた、タイゲの才能が存分に発揮された詩集となっている。「無線電信」を意味するTélégraphie sans filの略語をタイトルに冠した書物は、様々なジャンルのテクストを収録した『パントマイム』とは異なり、基本的に詩篇のみであるが、代わりに視覚的効果を意識したタイポグラフィーが駆使されている。プラハの芸術家に多大な影響を与えたギョーム・アポリネールに捧げた詩から始まり、「海」、「港」、「マルセイユ」といった詩篇を収録する「新婚旅行」と題されたセクション、一四九二年にコロンブスが「発見」した島周辺の地図、「そろばん」の図像など、異国情緒にあふれるものとなっている。

詩人サイフェルトはこのように回想している。

この本は当時としては本当に例外的なものだった。その表題からして。これは最初の本の一つとして新しい芸術への流れを宣言していたから、著者であるわたしだけでなく、書体配列上の調整をしたタイゲも、その各ページにポエティスムの精神を声高に、しかも挑発的に異彩を放つ形で表現しようと全力を注いでいた。〔……〕／タイゲはこの本に献身した。ブルノ東の町ヴィシコフにあったオブジナ氏のまじめな印刷所は、植字の際に活字ケース中のほとんどすべての活字を用いるだけでなく、十五世紀のグーテンベルク時代から引き継がれて完成され、現代造本の水準にまで成長した古典的書体配列のすべての規則を、机の下に投げこまなければならなかった。詩の表題やテキストはあらゆる活字でできていた。各々の詩も違った風に植字された。あるページは上の方に、別のページは縦に。ヴィシコフのオブジナ老はこのやり方に頭を傾げたが、わたしたちの願いを叶えてくれた。今の若い人たちならタイゲの努力をタイポグラフィ

ーのロデオとでも性格づけるだろう。(11)

このようなタイゲの装幀による詩集のひとつの到達点は、ネズヴァルの詩集『アルファベット』（一九二六）（別図4、5）である。このテクストは、まず『ディスク』第一号（一九二三）に収録され、翌年、先述の詩集『パントマイム』の一部として刊行されている。その後、一九二六年四月、イジー・フレイカ演出による「ネズヴァルの夜」が解放劇場で開催され、戯曲のほかに、この「アルファベット」がミルチャ・マイエロヴァー（一九〇一－一九七七）の踊り、俳優ヤルミラ・ホラーコヴァー（一九〇四－一九二八）の朗読で上演される。同公演は反響を呼び、マイエロヴァーはみずから写真家カレル・パスパに撮影を依頼し、そこにタイゲが装幀家として加わり、ネズヴァルの詩、マイエロヴァーの舞踊、タイゲの装幀によるかつてない書物が誕生するに至る。

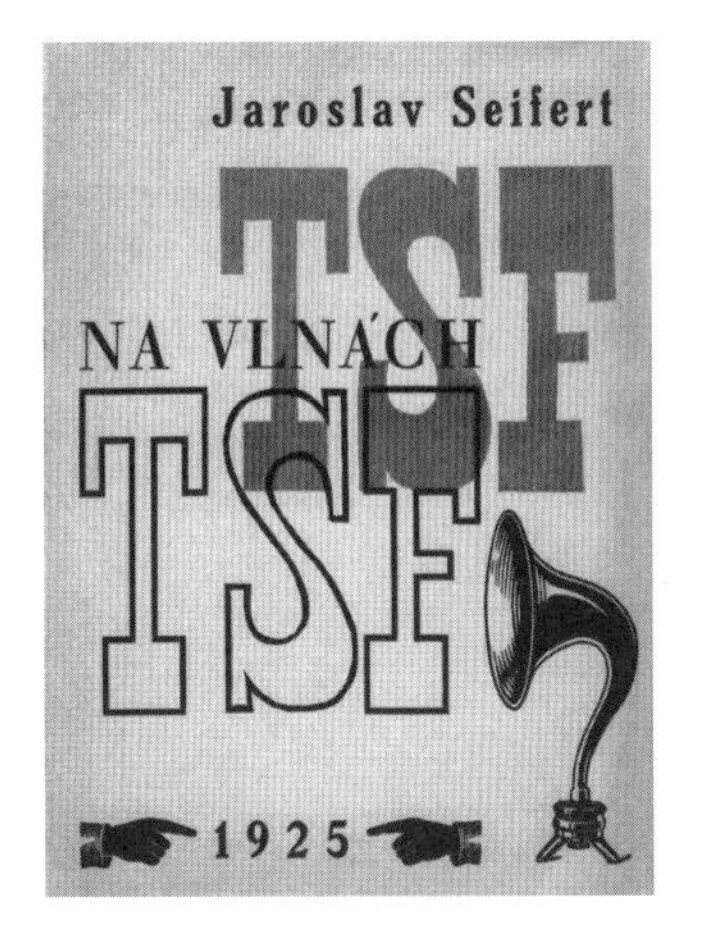

図8　ヤロスラフ・サイフェルト『TSFの波に乗って』(1925), 装幀カレル・タイゲ

『アルファベット』は、アルファベットの字母を題材にした四行詩であり、チェコ語にしかない補助記号のある文字（Č、Řなど）そしてCHを除く、二十五篇の詩からなる（JとQは同じ詩行で扱われている）。左ページの下半分に、ネズヴァルの四行詩が配置され、右ページには、マイエロヴァーがアルファベットの文字のポーズを取っている写真、さらにタイゲによる同じ字母のレイアウトがなされている。特徴的であるのが、写真とタイポグラフィーを融合した「タイポフォト」の手法である。

タイゲ自身、「ネズヴァルの『アルファベット』は文字の形を題材にした連作詩だが、この作品で、わたしは、ネズヴァルの詩行が言語による詩であるのと同じように、これがグラフィックな詩となるよう、純粋に抽象的で詩的な性格のタイポフォトを試みた[12]」と述べ、出来栄えに満足している。

このように、タイゲが装幀、タイポグラフィーに傾注していた背景には、いったい何があるのだろうか。一九三二年に発表した「本の新しいフォルムへと向かう途上にある構成主義タイポグラフィー」という論考のなかで、タイゲは、中世以来の印刷技術の変遷を次のように総括している。中世のグーテンベルク、マヌティウス以降、印刷術は根本的な変化を遂げていない。変化があったのは「ファサード」、いわゆる装飾の部分のみであった。例えば、かつての詩は朗誦される、音響的なものであったが、近代に入り、読み方が急変したとする。なかでも、読む速度が変化し、機械化以前の世紀の人びとと異なり、素早く、効率的に読むことが求められるようになった。この環境の変化によって、印刷物には、イメージ（特に写真、フォトモンタージュ）がより応用される傾向になり、なかでも、商業的、宣伝印刷が、書籍の形態の変化に影響を与えていると分析する。視覚的な要素が強調されるなかで、タイゲは、書籍の表紙、タイポグラフィーの役割に注目する。

> 表紙は（ポスターとして）、商業的目的を充足させなければならず、書籍の販売の一助となり、書店のショーウインドーで人目をひきつけ、書籍その物に注意を惹き、ひいてはほかの（競合する）書籍にもどりたてなければならない。ポスターは闘争の産物である。商業的な利益の戦いであれ、政治的、社会的、文化的、観念的戦いであれ[13]。

「本のフォルムは、ただ人の目を惹き、内容とは関係なく図案をつくるのではなく、内容とは不可分に結びついていなければならず、本の表現、顔、そして機能でなければならない」とする。だが、単に人の目を惹く目立つものであればよいということではない。表紙は内容と呼応し、そしてテクストへと誘う契機とならなければならない。つまり、「本の表紙の機能は、見る人を読む人に変えること」[14]であった。新しい本が生まれるのは、新しい内容が、新しい機能的なフォルムとして具現化されるときのみであり、そのためには、著者や編集者と装幀者との密接な協力が不可欠であるとし、著者もまた、テクストを視覚的に構成しなければならない、つまり、タイポグラフィーの面でも考慮しなければならないとする。ここでのタイポグラフィーは構成主義の理念を背景に持つものであるが、この構成主義的タイポは、内容の存在に関わるフォルムであり、その内容がなければ存在しえなかったものとして単なる形態の問題ではなく、「これは複製ではなく、制作であり、真の創作である[15]」と断言するに至る。

　古いタイポグラフィーはデザインする際に「どのように？」という問いだけを投げかけていた。つまり、どのような公式にもとづくのか、どのような想像的発想にもとづくのか、あるいは、どのような装飾を用いるのか？　構成主義的タイポは、本のデザインにあたって、「何を？」、「誰に？」、「なぜ？」といった問いかけを投げかけ、この問題を総合的に解決したのち、「どのように？」という問いに対する答えを導き出すのだ[16]。

書籍に対する機能主義的な姿勢は、この論考に先立つ「モダン・タイポ」（一九二七）のなかでも踏襲されている。ウィリアム・モリスらのアーツ・アンド・クラフツ運動に見られる印刷術のルネッサンスに触れて、かれらにとっての美しい本は中世への回帰でしかなく、この潮流には、非論理的で分離派的な装飾の重視、そしてアルカイズムという危険性があるとする。さらに愛書家の増加と収集家のスノビズムに対しては、次のように警鐘を鳴らす。

スノッブな愛書家の理想を壊すことを恐れてはならない。わたしたちは、本が希少なものになることは望まない。わたしたちが求めるのは、近代の本が、購入可能な価格ながらも、非の打ちどころのないタイポグラフィーの作品となることである。(17)

そこでタイゲが注目するのが、機能性と経済性を兼ね備えたタイポグラフィーによって十全に表現される書籍、つまり構成主義的タイポグラフィーの理念によって実現された書籍であった。それは先に触れた視覚的特性、機能性を重視することにほかならなかった。「ポスター、チラシの広告、産業タイポは、純粋なフォルムを練成し、目的を完全に満たした成果、つまり、正当で、機能的なフォルムの成果である」とし、ヒゲ文字など華美な装飾的特徴を排し、活字の「国際化」を図ることを推奨する。

書籍印刷は、書籍それ自体の発展ではなく、広告印刷の発展に多くを依拠し、「広告タイポとポスターは、光度(白黒)と色彩のコントラストによって、平面を視覚的に分割することを可能にした」(18)として、広告タイポグラフィーの特性をその幾何学手的構成に見出している。そしてまた、タイポと図像(写真)の関係性については、「タイポそれ自体が、独立した構成となった。さらに広告印刷において、タイポグラフィーと写真の完全な結合にいたる。それは、モホリ=ナジがタイポフォトと呼ぶもの。タイポ——テクストで伝えること。フォト——視覚的に捉えられるものをイメージで伝えること」(19)と述べ、書籍における絵画詩の実現を訴えている。また、詩人コンスタンチン・ビーブル(一八九八–一九五一)の詩集に見られる構成主義的特徴を説明するかのように、「視覚的な明瞭さを高めるために、あらゆる種類の適切な記号、線、矢印などを用いること。それらを流行の装飾として用いるのではなく、より描写的で明瞭な目的のため、平面の構成を分節する要素として用いること」[20]と述べ、幾何学的な世界観に見られる規律を強調する。

モダン・タイポグラフィーの基本的な特徴について、タイゲは次の六点を挙げる。

一、伝統や偏見からの解放——アルカイズム、アカデミズムの克服、あらゆる装飾主義との決別
二、読みやすく、幾何学的に簡素なスケッチの種類の選択
三、課題の把握と達成
四、平面と活版の調和のとれた検討
五、図像と印刷の結合、タイポフォト
六、装幀者と印刷工の密接な協同作業[21]

「課題」などの語彙から、機能主義的な考えがその根底にあり、そしてまた絵画詩のひとつの表現形態としてタイポフォトに対するタイゲの強い関心というものも、ここから窺える。いずれにしても、このような機能重視の姿勢は、構成主義に由来するものであった。

「構成主義と《芸術》の清算」(一九二五)においても、その姿勢は共通している。「新しい芸術は芸術であることをやめる」というエレンブルグの言葉を引用しつつ、従来の狭隘なジャンルにこだわる芸術のあり方を非難し、機能にもとづく新たなフォルムの探求を訴える。その際、中心的な役割を担うのが「新しい建築の始まりかつ象徴であり、新しい時代の文化と文明の登場である」構成主義だとする。構成主義は特定のジャンルに

限定されたものではなく、「新しい世界のプラン、新しい生活のプログラム」の提示を試みる。まさにここに生活の全様相を視野に入れた世界観としての構成主義の位相が見られる。しかしながら、このような規律、機能を重視する姿勢は、時として、人間の個性を抑圧するものとして作用することがある。つまり、人間の生活プランの固定化という懸念である。だがタイゲが構成主義を次のように語るとき、そこには人間中心主義とでも言うべき姿勢が根底に流れていることがわかる。

構成主義者にとって、人間はあらゆるものの基準である。建築、町、機械、スポーツ、これらはすべて、人間の基準に従っている。あらゆるものの共通の分母は人間である。[22]

タイゲのこのような姿勢について、文学者クヴィエトスラフ・フヴァチークは、これらの文章は美学的プログラムや原則を超越して、ある種の「ユートピア的な人類学[23]」になっていると評しているが、まさに「芸術」、「社会」、そして何よりも「人間」の様々な位相を視野に収めるタイゲの姿勢がこのような一節から窺い知ることができる。

「笑みを浮かべる世界」

構成主義への傾倒を声高に主張し、タイポグラフィーや建築など個別の領域において具体的な指針を提示する一方で、絵画詩やポエジーという抒情的で想像的な世界観を推奨するタイゲの姿勢は時として矛盾を孕むものとして見えることは事実である。だが、「機能」と「想像力」がどのように共存するのかという問いかけは、社会という「共同体」における個性を有するひとりの「人間」の位相の問題でもある。この時期のタイゲの思想について、「構成と詩、構成主義とポエティスム、規律と精神の冒険、知性と想像力、客観性と主観性――明白な意識と自由なポエジーが共生するこのような両極において、タイゲは、これまでのあまりにも綱領的な論考が、同時代の芸術の要素を支配するしっかりとした見解的な体系となるべく、弁証法的な統一体を模索していた[24]」とエッフェンベルゲルが述べているように、極端なものを組み合わせていくその姿勢こそが弁証法的な試みであったともいえる。

　この時期のタイゲが標榜する「芸術」の理想像が『建設と詩』といった論文集において披露されているとしたら、「人間」そのものへの洞察が繰り広げられているのが『笑みを浮かべる世界』（一九二八）（図9）だろう。同書は、後半部分にあたる『香りを放つ世界』（一九三〇）とともに、「ユーモア、クラウン、ダダイストについて」と題された連作を成す書物である。サーカス小屋を背景にしたチャップリンが表紙に描かれているように、クラウン、喜劇役者がもたらす「笑い」が主題として論じられている。書籍と同じ題名を冠した文章は次の一節から始まる。「この苦難に満ちた世界にいる人間が、安全な本能、そして生命力の賜物と呼ばれるもの、つまり幸せへの渇望に導かれて、最大限退屈しないように努めることほど、自然なことはない。近代の人間にとっての最大の不幸は、退屈な人生を歩まねばならないことだろう[25]」。過酷な日常生活に暮らす人間を「笑う動物[26]」として着目し、様々な笑いの様相に光を照ら

図9　カレル・タイゲ『笑みを浮かべる世界』(1928)の表紙。装幀カレル・タイゲ

していく。そこでタイゲは、「ポエジー、最も広義でのポエジー、禁欲主義者の美徳よりも魅力を放ち、繊細になり、享楽主義者の快楽よりも心地よく、経済的となりうるポエジー[27]」に注目する。ポエティスムの理念があらためて表明されているが、その背景には、近代的な人間が暮らす資本主義的生活というものがある。

自分の存在を苦労しながらも保とうとしている今日の人間は、空虚で多弁な学術的作品に触れる時間も十分になければ、そのような気持ちもほとんどない。資本主義システムによって機械化され、奴隷化された人間が、短く、簡潔で、明快で、荒々しい詩的な表現を求めるのは自然であり、そのようなものをユーモア芸術が提供しなければならず、ユーモア芸術は、あらゆる近代芸術同様、省略を用いつつ、全体を統合し、驚きをもたらさなければならない[28]。

この一節だけを読むと、前章で触れたプロレタリア芸術の議論を思い浮べるかもしれない。つまり、芸術を受容する側の視点である。だが一方で、同書にある次の一節を読むとき、そこでタイゲが論じているのは受容者の観点ではなく、作り手の視点であることに気づくだろう。

わたしたちは計算できるものはすべて計算する。機械化できるものはすべて機械化する。その時、計算も機械化できないものが何かに気づく。新しいメタファー、新しい発見をもたらすのは、偶然の出会いだった。偶然は、奪ったものとおそらく同程度の命と価値を救っているはず、偶然は幸せであると同時に不幸であり、喜劇であると同時に悲劇である、それはつまり、生命に潜むあらゆる下意識と同じように、善と悪という範疇を越えた、道徳の外にあるものなのである[29]。

つまり、機械化も数値化をも拒む、人間としての位相への関心である。このような論点は、言語をめぐるタイゲの唯一の論考、「ことば、ことば、ことば」（一九二七）でも繰り広げられている。そこでは、日常的言語と詩的言語の峻別を踏まえて、このように述べられている。「素材として言葉を用いる言語芸術、文学は、日常の光のもとで捉えるもののみを捉える。赤外線や紫外線の現実は、そこから宿命的に逃れてしまう。〔……〕だがポエジーは、ほかの世界のX線によって発見される」[30]。わたしたちが日常会話でコミュニケーションを行なう言語は、詩や小説を表現する詩的言語でもある。つまり、伝達という機能を果たすと同時に、詩的表現という芸術を表現する媒体ともなりうるのである。これについては、タイゲが同論考で名前を挙げている言語学者ロマーン・ヤーコブソンをはじめ、同時代のプラハ言語学サークルの人びと、とりわけ美学者ヤン・ムカジョフスキーが中心になって日常言語と詩的言語の機能の相違を述べている。端的に言うと、詩的言語は記号そのものへ志向が明確になる。つまり、構成主義とポエティスムという二極をめぐる議論もまた、機能を重視する日常性と記号性を重視する詩的性の問題と重なっている。というのも、日常的表現を逸脱する詩的表現こそが、創造の根源となっているからである。

図10　カレル・タイゲ『建築と詩』(1927) の表紙。装幀カレル・タイゲ

　それゆえタイゲは数値化されえないポエジ

ーを探求し続ける。

ポエジー、ポイエーシス、純粋な創作は、ふたたび、下意識という生の深みに、夢や想念というプンクヴァの地下水脈に、狡猾で黒い大洋の底の幻想的な植生に回帰する。理性や論理というレンズの体系や、知性という暗室を通過することなく、それらの閃光を感性という感光面に直接捉える。だが、それは文学と呼ばれるものとは異なり、ありとあらゆる文学とは異なっている。いかなる言葉も、絵画のように、感情や下意識から現実を呼び起こすことはない。言葉になる前は、思惟はイメージであった。赤外線、紫外線を通した現実のイメージである。赤外線のシュルレアリスム、紫外線のポエティスム[31]。

勿論、タイゲにとってのポエジーは言語に限定されず、「光、色彩、香り、動き、エネルギーによって詩にすること[32]」も射程に収めていく。「五感のためのポエジー」という論考をのちに発表するが、それは単に奇を衒ったものではなく、かれなりの思想を具現化したものであった。

一九二七年、タイゲは一九一九年から一九二七年までに発表した文章を『建築と詩』(図10)という示唆的な題名の著作にまとめて刊行している。のちに、タイゲは「シュルレアリスムの十年」(一九三四)という文章のなかで、ポエティスム期の創作については、「建設(stavba)の世界、すなわち物質文化の圏域における労働と創作の方法としての構成主義、そして詩(báseň)の世界としてのポエティスム[33]」という二つの流れがあったことを認めている。そしてまたこの時期の、一見矛盾しているように思われる両極への動きは、エッフェンベルゲルの指摘にあるように、弁証法的統一体をめざすタイゲの葛藤であった。だがその根底には、つねに「ポエジー」の探求があった。

タイゲが「ユーモア、クラウン、ダダイスト」について文章を記したころ、プラハでも二人のクラウンが世の中を席巻していた。「解放劇場」のイジー・ヴォスコヴェッとヤン・ヴェリフ（一九〇五－一九八九）（V＋W）である。すでに触れたように、デヴィエトスィルは多様な活動を展開したが、その一つが演劇であった。デヴィエトスィルの演劇部門として、演出家インジフ・ホンズル（一八九四－一九五三）とイジー・フレイカ（一九〇四－一九五二）の旗振りのもと、「解放劇場」が設立されたのは一九二六年のことだった。この名称は、ロシアの演劇家アレクサンドル・タイロフ（一八八五－一九五〇）の「演出日記」のドイツ語タイトル『解放された演劇』からタイゲが名付けたものとされる。

図 11　解放劇場，1926 年 1 月 9 日，アリストファネス『女だけの祭り』。梯子に乗っているのがタイゲ

まだ常設の小屋もなかった設立当初は、素人俳優を使うなどして、ジャリの『ユビュ王』、アポリネールの『ティレシアスの乳房』、ブルトンとスーポーの『お気に召すまま』といったダダ、シュルレアリスムの系譜を代表する作品に加え、ネズヴァル、ヴァンチュラらの戯曲も披露された（なお、アリストファネスの『女だけの祭』が上演された際、タイゲも端役で出演している）（**図11**）。

V＋W

一九二七年、ダダ演劇への志向を強めたフレイカが同劇場を去ると、代わりにやってきたのが、ヴォスコヴェッとヴェリフだった。二人のクラウンが、時折政治的な諷刺を挟みながら、即興的に演じていく演目は、ポエティスムの精神を見事に体現するものだった。一九二七年四月に初演された「ヴェスト・ポケット・レヴュー」は、上演数は二百八回を数える同劇場最大のヒットとなり、ジャズと喜劇を組み合わせた作品はプラハに新風をもたらす。一九二九年にホンズルが同劇場を去ると、「解放劇場」はV＋Wの代名詞そのものとなる。一九二九年には、ヴォジチコヴァ通りにある千人を収容する劇場に移り、さらには、「チェコのガーシュウィン」こと、盲目の音楽家ヤロスラフ・イェジェク（一九〇六－一九四二）が加わり、サーカス、ミュージック・ホール、キャバレーの要素と不条理演劇の要素を取り込みつつ、即興的な要素を踏まえた解放劇場は、プラハの一般市民に広く浸透する。

しかしながら、タイゲが演劇について書いた文章は多くはない。とりわけ、ヴォスコヴェツとヴェリフについてはほとんどない。これほどの現象を引き起こしたにもかかわらずである。一九二六年、感傷的な役を演じたとしてヴォスコヴェツをデヴィエトスィルのメンバーから除名したことが背景としてあるだろう。ムルシュチーク原作の映画『五月のおとぎ話』で、ヴォスコヴェツが演じたリーシャ役は、当時の左翼的な知識人、とりわけタイゲは許容できるものではなかったという。だがヴォスコヴェツはデヴィエトスィルからの除名をものともせず、ヴェリフとともに、独自の道を切り開く。

一九二七年、ヴォスコヴェツは雑誌『フロンタ』に「誰も話題にしない亀」という文章を寄せ、ポエティスムが世間を賑わせている状況を非難している。今では、「誰もが、『自分はポエティストだ』と自慢している。ポエティスムとは……、もう十分だ」と乱発されるイズムに辟易する。ヴォスコヴェツはさらに述べる。

たしかに、わたしたちには歴史を単純化する権利がある。だが、わたしたちが今生きているものを単純化してしまうことはあまりにも臆病というものだ。もちろん、今日の現実はかつてないほど複雑きわまりない。戦争やほかの世界的な出来事は、これまで以上に生活を複雑なものにしてしまった。だからこそ、恐ろしい生活から、プログラムや高らかに構築された構成主義といった公式のなかに身を隠してはならないのだ。[34]

明らかにここでのプログラム、構成主義といった表現は、タイゲを念頭に置いたものである。五感のためのポエジー、生活のためのポエジーを謳い、ポエティスムの射程が広がっていく一方で、理念と現実の乖離、知識人と市民の乖離は不可避であった。もちろん、知識人が一般市民から乖離していく様相は、タイゲのみならず、同時代の前衛芸術家の多くが直面したものであった。ヴォスコヴェツは語る。ダダ的な喧噪のなかでも、耐えがたい古典作家に優しく微笑みかけ、相異なる芸術の直接的な表現に感動して涙を流すようになれば、「誰も話題にしない亀」という芸術がいつの日か現れるにちがいないと。イズムとは無縁のふつうの芸術もまた大事であると説くヴォスコヴェツの姿勢は、イズムのエージェンシーとして様々な運動を牽引するタイゲとは正反対のものであったが、ポエティスムのひとつの極を表してもいた。

一九三九年、ヴォスコヴェツとヴェリフはプラハを離れ、アメリカ合衆国に亡命する。戦後、ヴェリフが帰国する一方、ヴォスコヴェツは現地に残り、俳優として暮らす道を選ぶ。陪審員制度を扱った珠玉の映画『十二人の怒れる男』（一九五七）では、実直な移民の陪審員を演じているが、その演技にポエティスムを代表するクラウンの面影を見ることはできない。けれども、かれの「誰も話題にしない亀」の言葉を重ね合わせてみると、生を真剣に考えるひとりのポエティストと陪審員十一番の姿はどこか共鳴しているように思えてならない。そう、タイゲの理論だけではなく、ネズヴァルの詩、さらには、ヴォスコヴェツの演劇もまた、ポエティスムというひとつの流れから生まれたものであった。

第3章

建築批評

世代の論争——基準の危機

経済恐慌が猛威を振るった一九二九年、プラハの前衛芸術家たちのあいだにある論争が起こる。その引き金となったのが、画家インジフ・シュティルスキーが『オデオン』に発表した「世代の片隅」（一九二九）という記事だった。同記事は、ある種の冷静な分析、そして諦念が交ざった論調で始まる。「わたしたちの世代は熟してしまった。月と電球を、愛とベッドを、ポエジーと財布を結びつけるようになった。質は成功の度合いで測られ、ぺこぺこ頼み込んで生活費を得ている」。そのため、キッチュが幅をきかせるようになり、「今日、いい、いい、いい、いい、いい、いい、いい真の詩人の居場所はさらし台しかない」と述べる。

わたしたちの世代は、冒険や風変りなものをよく話題にしたが、実際には平穏な集団であった。全世界を射程に収めるといいながら、自分の体積すら確認できなかった。この世代の道は、餌にしていた見知らぬ喜びが消失することと当初から結びついていた。視野を広げようとする試みがなされるたびに、羊が一頭、犠牲として倒れていった。その犠牲者の多くのものに対して、民族はすでに記念碑を建てている。坐った姿勢で描かれ、かれらの若さは緑青で覆われている[1]。

続いて発表された「世代の片隅Ⅱ」において、シュティルスキーはカレル・タイゲの名前を挙げて批判する。「タイゲがその指導力、戦闘的な活力をポエジーに関することに費やさず、近年、政治に対する関心がポエジーに対する関心を上回っていることはきわめて残念だ[2]」と述べ、さらに「かれ［タイゲ］の活動が創造的であったことは一度もなく、たえず編集者のようなもので、かれの作品全体が、外国の知識や理論、外国の芸術手法や外国の仕事などを編纂したものにすぎないのは火を見るよりも明らかだ[3]」と批判が続く。

K・タイゲが何になりたかったか、思い起こしてみよう――詩人、作家、ジャーナリスト、映画制作者、画家、風刺画家、文芸・美術評論家、建築家、編集者、音楽学者、映画学者、装幀家、広告デザイナーなどなど。そして、かれが今、何になっているのか見るがいい[4]。

これに対し、タイゲは「さらし台、二脚の椅子、財布、そして誇大広告」という文章で反論を試みる。「たしかにアヴァンギャルドの批評には数多くの欠点がある」と記したうえで、以下のような註で補足している。

今日のアヴァンギャルド批評の主要な欠点はどういう点にあるか、ここで明らかにすることは不可能である。ただ次のことを指摘しておく、つまり、このような欠点は、文芸批評の深刻な危機を反映し、その結果である。この危機とは、つまり基準の危機である。今日、文芸および演劇批評には、建築批評に見られるような信頼に足る基準がない。もうひとつのアヴァンギャルド批評の——きわめて自然であるが——欠点は、批判的な細部の分析よりも、しばしプロパガンダ的な性格を帯びた理論的な説明に多くの関心と場所を注いでしまった点にある。出版社の雑誌がブームになる時代にあって、この種の批評を専門とする雑誌がわが国ではまったくなく、規模がそれほど大きくはないアヴァンギャルド雑誌は、紙面が限られているため、簡潔かつ多面的な記事や批評文に制限しなければならなかった[5]。

シュティルスキーの記事がいったいタイゲにどのような影響をもたらしたかは定かではない。だが、アヴァンギャルド芸術の旗振り役としての位置を振り返る契機となったことは、この文章からもわかるだろう。デヴィエトスィル結成から七年、ポエティスム宣言から五年が経過し、世界恐慌という状況も相俟って、ただ単に「ポエジー」を謳うだけでは何も変わらないという焦燥感の共有が多くの人びとでなされていた[6]。おそらくそのような焦燥感が背景にあったのだろう。一九三〇年代に入ると、タイゲはある領域に勢力を傾ける。それは建築批評であった。

タイゲと建築

すでに触れたように『ジヴォットII』を編纂したのは建築家ヤロミール・クレイツァルであり、建築はポエジーと対になる構成主義の要素として、デヴィエトスィルの両輪をなしていた。タイゲ自身もまた、建築との関わりは長年にわたっている。「今日の芸術、明日の芸術」（一九二二）においても建築について言及をし、有用性を重視する今日の芸術は、ゴシック、バロック、ロココよりも、美術史家がこれまで評価してこなかったメキシコ、アステカ、チベット、アフリカの建築を参照すべきであると主張し、そのような意識を持っている建築家として、ベーレンス、ライト、ペレ、トニー・ガルニエ、そしてピュリスムの主導者としてル・コルビュジエの名前を挙げ、早い段階からピュリスム、そしてル・コルビュジエへの関心があったことが窺えるが、これについては建築家ヤロミール・クレイツァルの影響が大きかったことも指摘されている。[7] 翌一九二三年春には雑誌『建設』の編集に参加し、ピュリスム、構成主義の建築潮流を牽引する。同年に刊行されたばかりのル・コルビュジエの『建築をめざして』に触発され、タイゲもまた『建設』に「新しい建築をめざして」（一九二三）という文章を寄せ、「住居は住む機械である」といった言葉を引きながら、タイゲは「ル・コルビュジエの仕事は、建築時代の幕開けを示すものだ」という言葉で文章を終えているように、ル・コルビュジエの建築観、とりわけ、「技師の美学」に賛同を示している。

先に触れたように、一九二五年の「構成主義と〈芸術〉の清算」では、構成主義が新しい建築として位置づけられている。ここでは、有用性を突き詰めれば美にも到達するというル・コルビュジエにも通じる有用性の議論が繰り返されているが、逆に見れば、美そのものが機能性に付随しているとも理解することができる。そのため、建築家は有用性だけを探求すればよいのかという疑問が、設計にじっさいにたずさわるデヴィエトスィルの建築家の側から噴出しはじめる。ヨゼフ・ハヴリーチェクは「理論の極端主義」だと述べたり、カレル・ホンジークはタイトルがすでに雄弁な「牢獄のなかの美学」（一九二七）といった文章を発表し、構成主義という言葉に収斂できない、人間の抒情性や想像力の問題を提起したのは、奇しくも、建築家たちであった。

その後、タイゲは建築をめぐる基本理念を「構成主義の理論にむけて」（一九二八）にまとめる。建築は、様式や装飾といった技術的な事象ではなく、「科学、技術、産業」であるというのがこの論考の軸をなしている。その際、かれが依拠するのは構成主義である。従来、建築史は装飾のフォルムによって様式を分類してきたが、そうではなく、構成主義の理論は、実用性、目的、素材からそのフォルムを演繹すべきであると説く。「有用なるものは美しい」という古代の言葉を引きながら、有用性の重視を訴えているが、その目的および有用性はけっして固定されたものではなく、むしろ、建築家の介入によって深められる可変的な「パースペクティヴ」のことであるとする。というのも、「目的」自体がどのような関係性に位置づけられるかによって、変化していくからであり、そして必然的に人間の生活にも射程が広がっていくため、建築は「生活、時代、社会の批判となる」。

構成主義は、新しい芸術を提案するのではなく、新しい世界の地図、生活の新しい組織の計画をもたらす。建築家の仕事は、狭隘で特殊な孤立したものではなく、生活や経済的関係性を評価すること、つまり、ほかの多くの関心事と関係する創造であると構成主義は解している。住居および産業建築の問題は、かなりの程度、技術的な問題であるばかりか、社会的、政治的問題でもある[8]。

生活を根底から捉え直すことによって、生活の場である建造物のあり方も根本的に変化を遂げる。そのために建築家は社会学的な知見を備えると同時に、先の建築家の指摘を反映したのだろう、「創造的直観と発明の才」も必要であると強調する。「構成主義は、建築の様式の原理として、人間を位置づける」[9]と述べているように、タイゲの建築の基本には人間中心主義がある。社会的動物である人間のあり方、生活の様相を視野に収めた構成主義建築こそが、かれが目指すものであった。その後、ハンネス・マイヤー（一八八四－一九五四）の招聘により、一九三〇年三月、バウハウスの一九二九－一九三〇年度セメスターの一部として、タイゲが連続講義を行なったさい、タイポグラフィー、広告グラフィック、美学に関するトピックのほか、「建築の社会学に向けて」と題する建築社会学に関する講義を行ない、その原稿は『ReD』の特別号（一九三〇）として発表されているが、社会生活の諸相から建築を捉え直し、新たな建築を提言することこそが、タイゲの建築に対する大きな寄与のひとつであったと言えるだろう。

ムンダネウム

タイゲの名前が国境を越えて広く知られるようになったひとつの契機は、ムンダネウムをめぐるル・コルビュジエとの論争である。一九二八年、ル・コルビュジエは、ベルギーの法律家でドキュメンタリストのポール・オトレからある依頼を受ける。それはジュネーヴの国際連盟の敷地に隣接する場所での建設を計画するプロジェクト、ムンダネウムであった。「偉大な精神の営みを準備するための知の一大拠点」として構想されたムンダネウムは、「世界美術館」、「世界図書館」、「世界大学」、「世界研究所」といった人類の知の総決算とでもいうべき壮大なプロジェクトであった。「国際連盟本部」のコンペで当初選定されたにもかかわらず、横槍が入る形で落選したル・コルビュジエはオトレの提案に賛同し、設計を試みる。一九二八年八月にはオトレによるムンダネウムの概説とル・コルビュジエによる建築プロジェクトの図案を収録する『ムンダネウム』が発表され、各方面へのアピールが始まる。オトレは、そのなかで、古代のデルフォイ、オリンピアなどのギリシャ神殿から、ルーヴル宮、ヴェルサイユ宮に至る例を挙げつつ、「すべての人の期待に答えるのは、活動の統一性と建築物の壮麗さとを兼ね備えた大規模なモニュメント」[10]であると主張する。それに呼応する形で、「建築的秩序とは、尖塔を頂き、列柱の感動的な空間を擁するピラミッドである」[11]と述べて、ル・コルビュジエが提示したのは段状のピラミッドとしての世界美術館であった。

これに対して、一九二九年四月、タイゲは『建設』誌にル・コルビュジエを批判する文章を発表する。基本構造を紹介したのち、全体なコンセプトとして歴史主義的な印象を受けると述べたうえで、全体の見取り図からはエジプトかバビロンの遺跡の航空写真を想起させるとする。ムンダネウムの思想は理念が明確でなく、まったく生の息吹が感じられないものは、中途半端で妥協的な解決でしかない。近代建築は、そのような抽象的思索からではなく、現実の生の必要性から生まれるべきであり、またアカデミーや公的なものの庇護の下ではなく、生活の支配の下で生まれるべきだと説く。なかでも、批判の矛先が向けられたのはムンダネウムの「記念碑性」であった。

ル・コルビュジエのムンダネウムの誤謬は、記念碑性の誤謬であり（この記念碑性は、建築のメガロマニアのゲルマン的記念碑性とは異なり、それほど野蛮ではないが）、「宮殿」の誤謬である。〔……〕「ムンダネウム」は、その自明な歴史主義とアカデミズムにおいて、今日、建築を芸術として捉えることが不可能であるのを示している。「ムンダネウム」は、ル・コルビュジエの審美的、形式主義的理論の失敗を示すもので、それはわたしたちが構成主義の見地から否定してきたものである。ここにあるのは、黄金比、幾何学的比率、つまり、形式主義的に捉えられた歴史主義の様式から導き出されたアプリオリな美学公式をめぐる理論であり、それはわたしたちの時代においては、きちんと説明されることもなければ、維持することもできないものだ。〔オットー・〕ヴァーグナーとル・コルビュジエは、実践的、功利的要求の重要性を認めているにもかかわらず、芸術の女王と信じている建築の最後の目標を寺院や神殿の建設に見出そうとしている。かれらは、現実の諸問題の解決に関与することなく、大聖堂のことを考えている。あるいは、「宮殿」を考えている。(12)

このように形式主義的な建築を根底から批判するタイゲの意識の根底には実用性という意識があり、ハンネス・マイヤーの言葉を引用しながら、「機能」、「有用性」という言葉を強調する。これに対し、一九三一年、ル・コルビュジエは『ムサイオン』紙で「建築の擁護」を発表し、「用は美でない」と反論する。後に、建築史家ケネス・フランプトンは、同作品について、パラディオの平面形式同様、「古典主義を温存させていた[13]」と述べたように、タイゲはまさに日常生活から離れたフォルムに違和感を表明していた。だが同時に、その意志表明には、建築は世界再編のために必要な科学となるべきであるというタイゲの教条的な信条も表れていた。これに対して、ル・コルビュジエは「わたしは、完全なる自由のもと、自分自身を守り、芸術家であり創作者である自身の精神を懸命に守り、(警察の対応のようなものに抗って)アナーキーな状態にとどまり、来る日も来る日も、情熱的な模索を続けたい。そう、調和の模索を」と述べ、社会的な産物としてではなく、個人の想像力の産物としての重要性を説く。タイゲとル・コルビュジエの議論は最後まで平行線をたどるが、ある意味でタイゲの建築観が明確に浮かび上がることとなった。つまり、情動を排した機能主義的志向である。「建設」と「詩」の共存ではなく、構成主義的建設への盲目的な信頼であった。ル・コルビュジエがタイゲに「詩」を語る次の一節はあまりにも象徴的である。

タイゲ、君は詩的な人間だ。詩の即物性は、言葉の配置する方法に依拠している、それは、正確に言って、新しい言葉や流行りの言葉そのものではない。むしろ、正確な意味を持っている日常の言葉こそが、純粋な言葉なのだ。詩が成り立つ、つまり即物となるのは、配列された言葉の質がすぐれたものになるときだ。そう、わたしはつねにこちら側にいる、君がわたしをそこに招いてくれた。わたしはここに居続ける[14]……。

ありとあらゆるものにポエジーを探求していたタイゲであったが、建築の議論をする際には専門的で科学的な議論を行なわなければならないという意識があったのか、そのような姿勢をしばしば失うことがあった。それゆえ、ル・コルビュジエとの議論は、タイゲの立ち位置を改めて問いかけるものとなった。

『最少住宅』

タイゲの建築観をめぐっては当時から様々な議論がなされてきたが、おそらくかれが社会学的な文脈において建築を考え抜いていたことは誰もが認めることであろうし、建築批評におけるかれの最大の貢献もこの点にある。『ReD』に掲載した「建築と階級闘争」（一九三一）において、タイゲは従来の革命運動と住宅問題の交点を見事に描いている。十九世紀後半の近代建築は「住居問題」そして「都市問題」という二つの問題に直面したと考えているが、まず住宅を個別の事象として捉えず、社会的な枠組みで住宅を捉えている。そして両者を相互的に関係づけたうえでの検討が必要であるとし、「住居と町について、人間と社会階級の間の特定の関係の総体として見做さなければならない[15]」と説く。ライトからロース、ル・コルビュジエにいたる近代建築家の多くはブルジョア住居の品質改良という点にのみ傾注してきたと批判し、共同住宅の必要性を説く。その際、今日の社会の現実を知る必要があり、その悪の根源、つまり資本主義システムを排除することが肝要であるとする。「建築アヴァンギャルドは、階級闘争の社会的現実を意識し、同時に、住宅問題に対する姿勢は無力な社会的配慮ではなく、革命的、闘争的見解となるべきだ[16]」と述べ、住居問題を社会変革と並行して進めることを強く訴えている。現代建築の戦いは「政治闘争であることを意識すること」であり、それは「幻想や夢から事物や現実へ、抽象から具象へ、赤で自ら実践的な社会革命労働へ、生活への移行[17]」を意味するという。

その具体的方策は「最少住宅」と呼ばれるものであった。一九二九年、フランクフルトの近代国際建築会議（CIPRAC）で「最少住宅」が議題に挙げられたが、具体的な議論は十分になされていなかった。翌一九三〇年、ブリュッセルの同大会で、タイゲが「最少住宅」の具体案を発表する。一九三二年には単著として『最少住宅』（図12）が刊行され、その全貌が明らかになる。冒頭、「社会学、経済、技術、建築というすべての内容と範囲にわたる民衆、プロレタリアートの住居の問題[18]」を取り上げると述べているように、書物の内容は、チェコスロヴァキアのみならず、英国、オランダ、ドイツ、ソ連など多数の事例を参照しながら、「住居問題」、「建築および住居の状況」、「都市問題」と多岐にわたる問題を扱っており、「三〇年代に刊行された近代住宅の問題を扱った最も豊富な資料[19]」としても評価されている。

一九二〇年代末の世界恐慌の影響もあり、労働者、失業者の住宅問題は喫緊の課題となり、チェコスロヴァキアでは英国の田園都市をモデルにして、失業者を地方、郊外へ移住させる政策が進行していた。タイゲの著書『失業者たちの田園都市』（一九三三）で言及されているように、十分な生活手段を有しない失業者や労働者は庭に花を植えるか、安い賃金で果物や野菜を都市に売りに行くことしかできない。失業者の団地は住居と言える代物ではなく、「野蛮な」幌馬車やあばら小屋のコロニーでしかない。現在、プラハ市は、ドゥベチやビェホヴィツェで、二万五千コルナの住居を三百戸建設しているが、頭金七千コルナを現金で支払える失業者はほとんどいないのではないかと指摘する。このように、当時の建築家、都市計画家が直面していた労働者の住宅問題を一つ一つ検討を重ねていく。

建築の議論をする上で、タイゲに特徴的であるのが、建築や住宅を単なる「技術的な事象」としてではなく、「人間と社会階級のあいだの特定の関係に起因する組織」として捉える点である。機械、交通手段といったものは特定の階級が所有しているため、それ自体に階級的な性格を帯びており、建築の構造、フォルムもまた、既存の社会、生活スタイル、イデオロギーの影響を受けているとする。建築の問題を捉えるにしても、既存のシステム（資本主義）内の思考方法で進めるのか、あるいは、新しいシステム（社会主義）の観点を導入するのかどうかによって、建築における創造は根本的に異なるとし、タイゲは、「住居及びその概観フォルムを、建築技術の発展の結果としてだけではなく、家族と支配的イデオロギー（法体系、美学）、そしてまた心理学（所有と故郷の感情、家庭の暖炉の数など）の発展度合いの結果[20]」として後者を検討する立場を表明し、新しい概念のための新しいフォルムを想像する必要性を訴える。これはまさに、マルクスが『ドイツ・イデオロギー』の冒頭で触れた既存の表象ではない、革命的な視座の重要性を訴えたことに呼応するものである。実践的な建築家ではなく、建築理論家、批評家としてのタイゲの本分はまさにこの創造的な視点から生まれてきたと言えるだろう。

図 12　カレル・タイゲ『最少住宅』（1932）の表紙。装幀カレル・タイゲ

だが新しいフォルムを創造するにあたり、歴史的、社会的状況の分析は不可欠である。タイゲもまた、住宅のフォルムそのものを検討する前に、住居、とりわけ労働者にとっての住居の意味を問い直すことから始める。まず提案するのは、「住むこと」と「寝ること」の区別であった。

> 住居の概念は、睡眠の概念と分離しなければならない。宿泊、睡眠、生気を養うことは、生物学的な機能そして動きである。だが居住することは、社会的な性質のプロセスであり、行為である。「住居」という言葉から想像されるのは、生物学的な機能の休

労働
料理
家事
睡眠
娯楽と食事
養育

＝　原始的居住空間

機能に関わらず，普遍的な唯一の居住空間

（今日のいわゆるリビング・ダイニング）

支配階級の異なる住まい居住空間

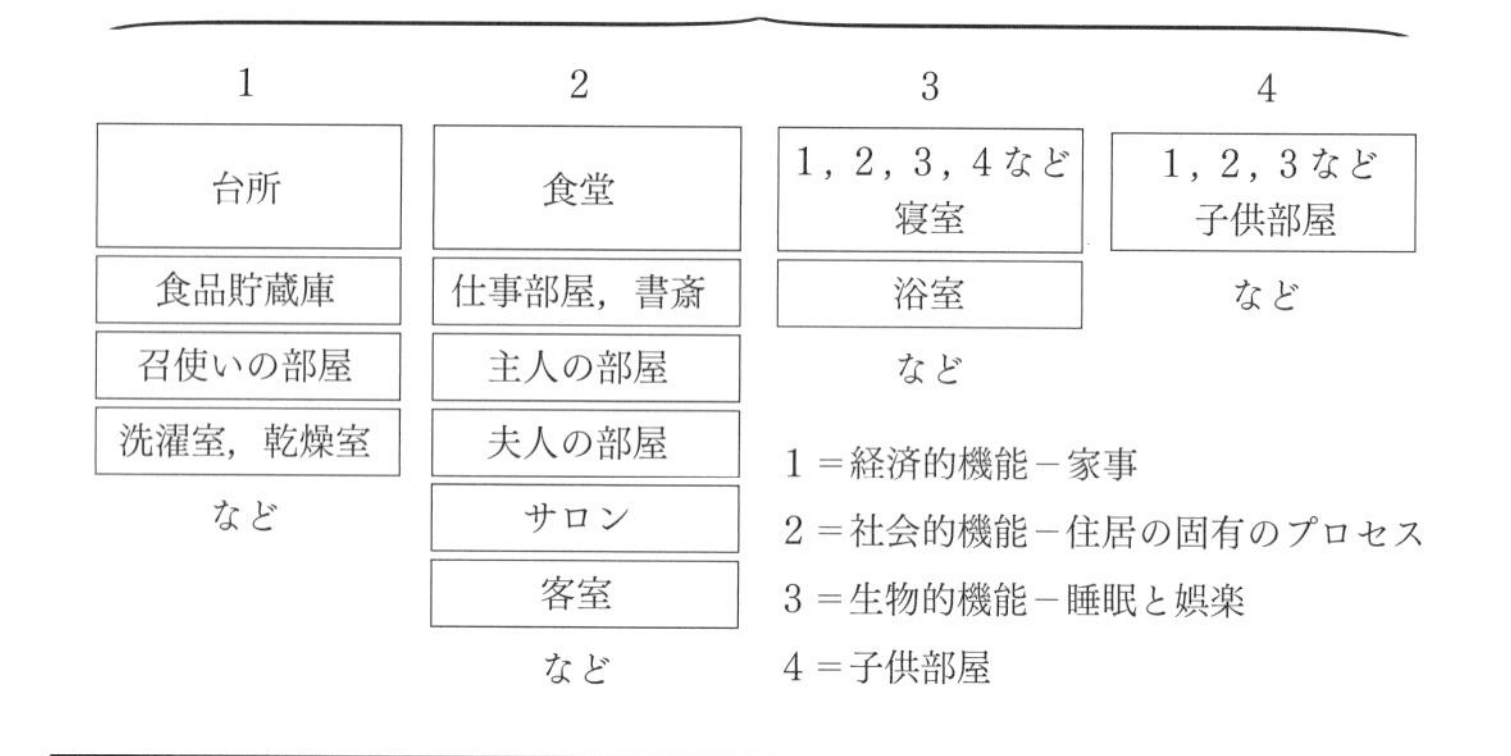

労働者の住居

（最低限の生活を営む層の住居）

かまどのある部屋
あるいは
リビング・キッチン　＝　睡眠

図 13　カレル・タイゲ『最少住宅』より

住居における居住活動と頻度

家庭で労働と家事をする場合
(二，三世代同居)
(中世のタイプ)

	午前	午後	夜
男(祖父)	家庭	家庭	家庭
女(祖母)	家庭	家庭	家庭
子供	家庭	家庭	家庭

富裕層，中産階級

	午前	午後	夜
男	仕事, 工場, 事務所	家庭	家庭
女	家庭	家庭	家庭
子供	学校	家庭	家庭

労働者
(住居は単なる寝床に還元され，住まいであることをやめる)

	午前	午後	夜
男	労働	労働	家庭
女	労働	労働	家庭
子供	学校	学校か, 労働	家庭

図 14　カレル・タイゲ『最少住宅』より

息、寒さを防ぐ空間だけではなく、それらと経済、製造、文化といった特定の機能と結びつく空間のことである。住居は、労働とレクリエーションという相反する機能を統一し、工房、備蓄庫、寝室という役割を変えていくある種の体系である。つまり居住＝労働空間（Wohn- und Werkraum）である。[21]

社会学的に「居住」を捉えつつ、プロレタリアの住居が直面する矛盾した状況を指摘する。労働力の対価として支払われる労働者の賃金は、労働力の維持と再生に必要な出費を補うために用いられ、本物の「住居」の家賃を十分には支払えない。むしろ、労働力を維持し、再生させるには「睡眠」だけで十分であるとする。ここでタイゲが導き出すのは、個人の「寝室」を基本単位とする住宅構成である（図13）。まず、タイゲは、中世から現代に至る居住空間の機能について次のように概観する。中世の原始的な住居においては、機能に特化されていない唯一の居住空間で、労働、料理、家事、睡眠、娯楽、養育がなされていた［上段］。支配階級の住宅では、機能によって部屋が分かれており、例えば、家事を中心とする経済的機能（台所、食品貯蔵庫、召使いの部屋、洗濯室、乾燥室など）、居住を中心とする社会的機能（食堂、仕事部屋、書斎、主人の部屋、夫人の部屋、サロン、客室など）、睡眠とレクリエーションを中心とする生物学的機能（1〜4、寝室、浴室など）、子供部屋（1〜3、子供部屋）から構成されていた［中段］。それに対し、労働者の住居、つまり最低限の生活しか保証されない層の住居は、睡眠に重きが置かれ、かまどのある部屋、あるいはリビング・キッチンとなっている［下段］。住居における居住活動および頻度の変化が示されているように、現代社会における住居の機能は中世とはまったく異なるものになっていたのである（図14）。

そこでタイゲが提案する集団住宅のスキームは、図15のようなものである。このようにして、キッチン、食堂、サロン＝クラブ、家事、浴室、子供部屋、サービス、運動を中央化、集団化し、個人の居住スペースを最

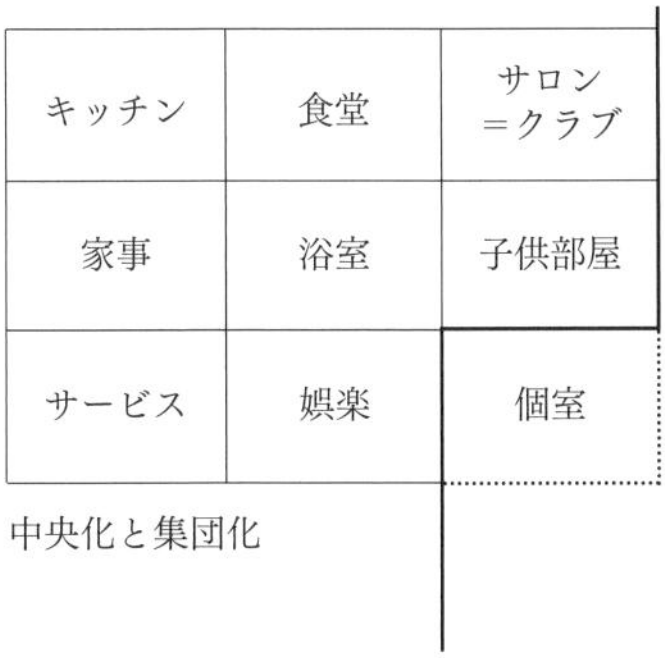

キッチン	食堂	サロン ＝クラブ
家事	浴室	子供部屋
サービス	娯楽	個室

中央化と集団化

居住空間の集団化による再編成

集団住宅のスキーム：

・生活プロセスにおける経済，文化，社会的要素の中央化，集団化

・「住居」を個室に縮約し，成人一人に対して一つの空間とする。

・その空間の中身（機能）は，リビングと寝室とする。

・高品質で差異のない部屋の再現

・社会主義的生活フォルムの物質的，有機的基盤

図 15　カレル・タイゲ『最少住宅』より

大限整備する。「寮」、「ホテル」といった施設に通じる建築概念がここで提示されているが、重要なことは男性労働者だけではなく、女性労働者への配慮がなされ、性差が無くなっている点である。タイゲによれば、女性が生産プロセスに編入され、家族の住まいではないプロレタリア住居に編入された結果、家族の崩壊は、近代社会において、破滅的、絶望的、非人間的な規模で進行しているという。だが、このプロセスは、生活と家族のより高次で新しいフォルムを準備するものだという。それが「最少住宅」であるわけだが、その際、準備されるのは「父権的な家族の枠組みを脱した家事の諸条件」である。つまり、父権的な家族の根本からの見直しを意味するものであった。

建築アヴァンギャルドは、集団住宅のフォルムによって、最少住宅の問題を解決する。集団住宅は、従来の住居‐家庭のフォルムより高い品質を有する構造、建築の形態であり、社会、経済単位として、現存する家族という状態、そしてまた家族という支配的なイデオロギーにまったく相容れないものである。これは、家族の住まいという従来の住居フォルム、あるいは、都市部の借家における住居‐家庭という関係性を否定する。これは、来るべき住居のフォルムであって、ユートピアではない。〔……〕以下の章で詳細に扱う集団住宅は、ある社会状態に対応するものだが、そこでは、家族が経済単位であることをやめ、男性と女性、両親と子供の間の不平等の原因となっている労働の分配が克服される。[22]

ここで、タイゲが家族という伝統的な形態に疑問を付しているだけではなく、結婚制度、女性の家事、家庭内の労働の不均衡といった問題系すべてを見通したうえで新たな住居フォルムの探求を提言していることはきわめて先見的である。なかでも、タイゲが問題視するのが夫婦の寝室であった。

ブルジョア夫婦を想定し、住居設計図にベッドを二つ並べる建築家は、近代的な建築家ではない、なぜなら「近代的な神経」を持っていないからだ。夫婦の寝室は、ブルジョアの性生活の低俗なフォルムの巣穴であり、ストリンドベリの戯曲の舞台であり、孵化場であり、驚愕するほどエロティックな凡庸さと退廃の表現である。(23)

このように、夫婦の寝室を設計図から排除することを提案する。同時代の住宅問題に関する議論のなかで、例えば、ブルーノ・タウトは『新しい住居』（一九二四）を著した際、主婦の負担の軽減を第一に考慮したと述べている。だがタウトは「主婦」という立場についてはまったく疑念を抱かず、自明なものとして捉えており(24)、それに対して、タイゲは主婦の存在どころか、家庭という形態そのものに対しても異議を唱えており、かれの主張がいかに先鋭的なものであったかが十分に理解できる。

一見すると、建築理論への関与はシュルレアリスムの議論とは無縁なように思われるかもしれない。しかし、ブルトンが『シュルレアリスム第二宣言』で「〈家族〉、〈国家〉、〈宗教〉といった概念をぶち壊すためにはあらゆることが為されてしかるべきであり、あらゆる手段が用いられてよいはず(25)」と述べているように、単なる住環境の整備ではなく、既存のシステム、とりわけ家族というフォルムを一新する可能性がタイゲの著書には根づいていた。

タイゲの理念は、建築家ヤン・ギラル（一九〇四－一九六七）ら一部の建築家に引き継がれたにすぎない。しかしながら、タイゲの「最少住宅」の理念が最も顕著に継承されたのは、戦後の共産主義建築においてであろう。もちろん、そこでは、タイゲが目指した家族単位が否定されることはなく、「集団」「管理」という点のみが重視された。そのような意味で、戦後の郊外の「パネラーク」と呼ばれる団地などには、タイゲの「最少住宅」の残響が見られる。

記念碑性、ふたたび

タイゲのまなざしは、ムンダネウム、プラハの建築のみならず、モスクワにも向けられる。一九三二年、モスクワのソヴィエト宮殿の国際コンペをめぐって、タイゲはソ連建築における古典主義と折衷主義の刷新の始まりだと弾劾し、機能主義からの後退、これまで後景にあったアカデミズム、古典主義、折衷主義が息を吹き返すものだと強い口調で非難する。翌年の二次選考でボリス・イオファン（一八九一－一九七六）の計画が選出され、ゲリフレイヒ、シューコ、イオファンによる最終案は、ルネサンス様式の高さ四一五メートルの塔、八〇メートルにおよぶレーニン像を提案する。『ソヴィエト建築』（一九三六）のなかで、タイゲはこのように述べている。

大聖堂、城館、宮殿、これらは、教会や国家が人民に永遠の沈黙を課す装置である。これらの記念碑は、その記念碑性によって、支配者層の自己意識を強め、人民には従属、そしてまた真の恐怖を植えつける。バスティーユの占拠は、パリでのヴァンドームの柱像やプラハの聖マリア柱像の破壊と同じ象徴的な意味を持っている。これによって、革命的な人民が、階級の優勢と支配の象徴となっている建築の記念碑をどれほど恨んでいたかわたしたちは理解できる。[26]

フランス革命の端緒となる襲撃事件を、一八七一年のパリ・コミューン、そして一九一八年のチェコスロヴァキア独立の折に柱像が破壊された事件と重ね合わせながら、タイゲは、「宮殿」のような記念碑性を備える建造物に支配関係を見ている。じつは、このような「記念碑性」をめぐる議論は、バタイユが『ドキュマン』で展開した議論と呼応している（建築史家シュヴァーハは、タイゲがバタイユから影響を受けた可能性を示唆している）[27]。記念碑性をめぐっては、『最少住宅』のなかでも「記念碑性は非社会的であり、搾取の表現であり、この伝統は完全に断ち切らなければならない」と批判しつつ、「今日、大衆にイデオロギー的に作用する最も強力な手段は、印刷媒体、ラジオ、ポスターなのである」[28]と述べている。

それでは、タイゲはどのような建築を思い描いていたのだろうか。「最少住宅」以外の建築の可能性は、どういう点に見出していたのだろうか。『ソヴィエト建築』には、以下の一節がある。

このような社会主義建築において、人類が歴史の過程において作り出した、至高の思想および詩的な諸価値が息づくことになるだろう。ウラジーミル・マヤコフスキーの言葉を借りれば、「見たことのない作品の建築」となり、人類の幸福を作り出す巨大な工場となり、作品、建物、住宅、公園を作る建築となるだろう。その具体的な形態は現段階では予感するばかりだが、それは、科学がポエジーと結びつき、階級のない社会主義の世界において、人びとの自由な生活と結ばれ、構成主義の五カ年計画の雰囲気と結びついた従来の構成主義建築よりも、はるかに繊細な方法の雰囲気と結ばれることになるという思想から生まれてくるにちがいない[29]。

「予感」という言葉が用いられているように、その具体像は明らかではないが、ここでもまた、科学とポエジーの融合が謳われる。また住居の社会学的実践の書と位置づけられる『最少住宅』であるが、同書では、機能とフォルムのあいだには自律的な因果性を損なうものは介入してはならないという機能主義的立場や功利的な側面だけが追求されていたわけではない。次のような宇宙的な調和を模索する一節もある。

外部でわたしたちを自然から分かつ家々の壁はわたしたちの巨大な服でもあり、わたしたちの体と、周囲の世界のプラズマ的、生体力学的なエネルギーとのあいだの膜となる。家々は、息をする大地の繊細な振動や流れをうまく利用し、太陽の影響が及ぶと、部屋は開かれる。居住空間は、四季の気温の変動からわたしたちを隔離するネガティヴな機能だけではなく、わたしたちの生活リズムや調子に作用するアクティヴな機能も備えている。団地は、石の砂漠になるのではなく、人口変動および自然の生命力の場所であり、人間、動物、植物のそれぞれの社会が混合し、蒸気や電気だけではなく、太陽エネルギー、月の引力によっても動き、自然の生活、昼と夜、満ち潮と引き潮などと調和するだろう。住居に関して、太陽は、ごく最近なされた発見であり、典型的に社会主義的な発見である。[30]

二〇年代、『建設と詩』という構成主義とポエティスムの融合を唱えていたように、三〇年代においても、タイゲ自身は明言していないものの、機能主義とシュルレアリスムの融合を意識していた箇所は随所に見受けられる。だがその語り口は徐々に修正が施されている。

あらゆる学術的分枝のうち最後の学問として位置づけられる科学的建築は、「感情」と「理性」という圏域の二重性を清算する初めての学問でもある。それは、科学に、生々しい官能性をもたらし、知的なプロセスに、抒情的興奮、炎、そして情熱をもたらす。思考の抽象的なプロセスは実践行為という高熱を通過し、理性的なレベルは、功利的なスキームだけではなく、人間のあらゆる気質に応え、そして、感動をもたらす、人間の生活において消すことのできない欲望に応える豊饒な物質的フォルムを考慮する。[31]

住居を社会学的に捉えることを提唱していたタイゲが、ここでは自然との関係性において住居を捉えている。ここでの人間は社会的動物というよりも、むしろ自然界における本能的な存在である。その多くの議論や論争において、機能ばかりを追求してきたように見えるタイゲであるが、論文集『建設と詩』のタイトルが示すように、完全な機能主義者というわけでもなかった。労働者、失業者という社会問題としての住居ではなく、ひとりの人間として住居を検討するとき、「機能」や「有用性」というタームだけでは片づけられないものが浮かび上がってくることもまたタイゲの意識にあったのだろう。この時点ではまだ、その意識は明確になってはいないものの、時間を経て醸成され、戦後、ふたたび建築を語るときの重要な論点となっていく。

第4章

現実をめぐる複数のイズム

胎動

タイゲが建築批評に多くの時間を費やしていた一九三〇年代初頭、かれの盟友がある雑誌を刊行する。『黄道十二宮』（図16）と題されたその雑誌が世に出たのは二号だけだったが、プラハの地にシュルレアリスムという流れを根付かせるには十分なものであった。一九二九年、もしくは一九三〇年のある日、詩人ヴィーチェスラフ・ネズヴァルのもとに、ブルトンの『ナジャ』の翻訳原稿が届く。その世界に圧倒された詩人は、ある決意を下す。

シュルレアリストたちが模索して道に迷っていたり、互いに多種多様な偶然に出会っていたり、瞳を輝かして通り過ぎていたりする様子を告げるブルトンの語りに、わたしは身震いをおぼえずにいられなかった。そこで、雑誌『黄道十二宮』を刊行し、そのなかで、フランスの友人たちのなかでわたしたちが好きなもの、よりよく言うならば、未来に至るまで友人としていつづけたいと思うものを、せめてその兆候だけでも、わたしたちの読者に紹介しようとしたのだ。[1]

そして一九三〇年十一月、ネズヴァル編纂による雑誌『黄道十二宮』が刊行される。ブルトンの『ナジャ』の抄訳、エリュアール、アラゴン、メゼンス、メグレの「シュルレアリスム・テクスト」、フロイト、ユングの文章のほか、ルドン、デ・キリコ、エルンストらの図版を収録した同誌は、チェコにおけるシュルレアリスムの胎動を知らしめるものとなった。

ネズヴァルは同誌の巻頭で「『黄道十二宮』はシュルレアリスムの雑誌ではなく、プシュケと芸術を同一視することはなく、心理的表現を質の面で分け、非芸術と芸術のあいだに大きな階段があるとする。『そこにあるもの』をあきらかにしつつ、プシュケの革命にいたる道をあきらかにする[2]」と述べているものの、シュルレアリスムと精神分析への多大なる関心は明らかである。一九三〇年十二月に刊行された第二号には、エンゲルス「弁証法的唯物論」、ボフスラフ・ブロウクの訳によるオットー・ランクの「出生外傷」が掲載され、思想的な背景が整えられていったともいえる。

一九二〇年代においてシュルレリスムについては慎重な立場を取っていたタイゲであったが、ブルトンが一九二八年の『シュルレアリスム第二宣言』で弁証法的唯物論の立場を明確にしたこともあり、このころになると歩み寄りを見せ、ネズヴァルの雑誌の第一号には、「シュルレアリスム革命」、「シュルレアリスム絵画」といった小文のほか、論考「詩、世界、人間」を寄せている。このなかで、タイゲはフロイトやユングの名前に触れながら、精神分析への関心を表明し、シュルレアリスムに対してそれまで距離を保っていた姿勢を一変させている。なかでも、大きな転換点となっているのが、想像力に影響を及ぼすエロスのエネルギーを肯定的に評価するようになっている点である。

あらゆる美に対する人間の関係がその核において性的であり、つまり、美的感動や興奮が性的な興奮と本質的に同一か、すくなくとも類似性があり、エロスのエネルギーが想像力の圏域に影響を及ぼすことが証明されれば、芸術と呼ばれるもの、つまりポエジーの機能は（機械主義の時代が生産にとって有用で有益な機能を排除したため）、旧来の社会、その道徳観、宗教、経済関係によって培養され、搾取され、抑圧されていた人間の生命力を錬磨し、調和し、社会化する——つまり、人間の感情と愛の諸感覚と力を錬磨し、豊かにし、調和させる——諸感覚の体系的な文化と感受性を照射することにほかならないだろう[3]。

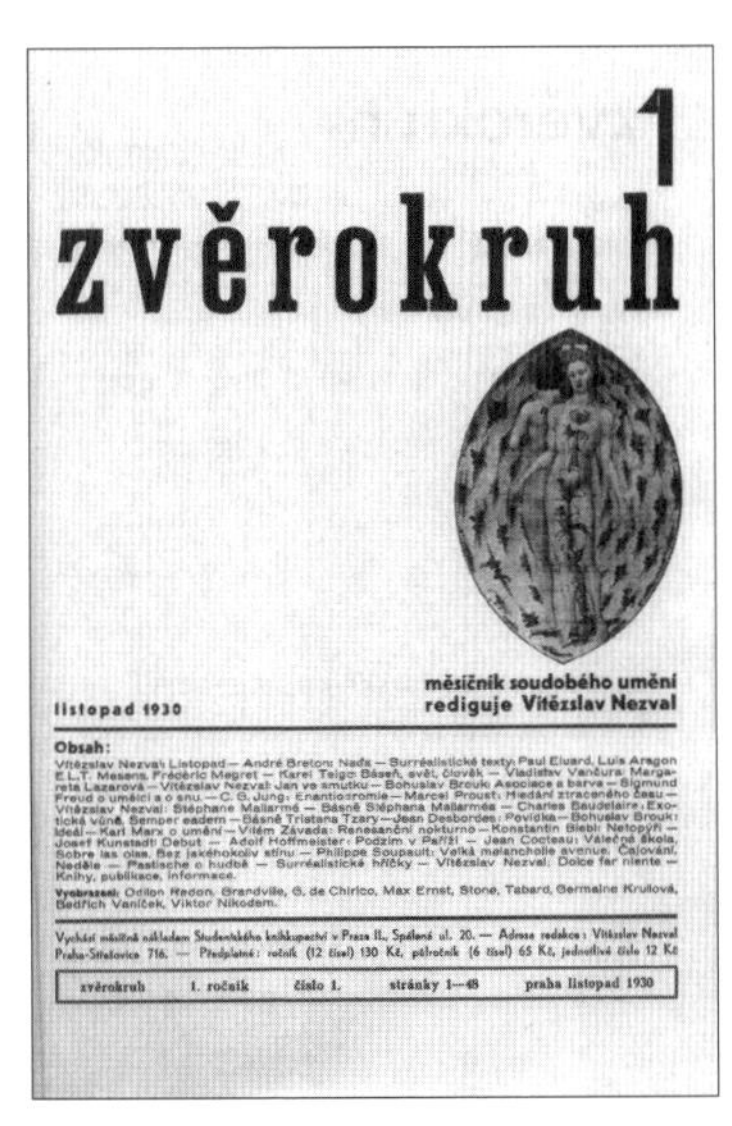
1

zvěrokruh

měsíčník soudobého umění
rediguje Vítězslav Nezval

listopad 1930

Obsah:
Vítězslav Nezval: Listopad — André Breton: Naďa — Surréalistické texty: Paul Eluard, Luis Aragon E.L.T. Mesens, Frédéric Megret — Karel Teige: Báseň, svět, člověk — Vladislav Vančura: Margareta Lazarová — Vítězslav Nezval: Jan ve smutku — Bohuslav Brouk: Asociace a barva — Sigmund Freud o umělci a o snu. — C. G. Jung: Enantiodromie — Marcel Proust: Hledání ztraceného času — Vítězslav Nezval: Stéphane Mallarmé — Básně Stéphana Mallarméa — Charles Baudelaire: Exotická vůně, Semper eadem — Básně Tristana Tzary — Jean Desbordes: Povídka — Bohuslav Brouk: Ideál — Karl Marx o umění — Vilém Závada: Renesanční nokturno — Konstantin Biebl: Netopýři — Josef Kunstadt: Debut — Adolf Hoffmeister: Podzim v Paříži — Jean Cocteau: Válečná škola, Sobre las olas, Bez jakéhokoliv stínu — Philippe Soupault: Velká melancholie avenue, Čajování, Neděle — Pastische o hudbě — Surréalistické hříčky — Vítězslav Nezval: Dolce far niente — Knihy, publikace, informace.

Vyobrazení: Odilon Redon, Grandville, G. de Chirico, Max Ernst, Stone, Tabard, Germaine Krullová, Bedřich Vaníček, Viktor Nikodem.

Vychází měsíčně nákladem Studentského knihkupectví v Praze II., Spálená ul. 20. — Adresa redakce: Vítězslav Nezval Praha-Střešovice 716. — Předplatné: ročník (12 čísel) 130 Kč, půlročník (6 čísel) 65 Kč, jednotlivé číslo 12 Kč

zvěrokruh　1. ročník　číslo 1.　stránky 1—48　praha listopad 1930

図 16　ヴィーチェスラフ・ネズヴァル編『黄道十二宮』（第 1 号，1930 年）の表紙

人間の生を豊かにするものとして、抑圧されていたエロスの解放を唱えているが、このような性への関心を表明していたのが、当時まだ犬猿の仲にあったインジフ・シュティルスキーであった。シュティルスキーは、『黄道十二宮』が刊行される直前の一九三〇年十月、雑誌『エロティッカー・レヴュー』の刊行を始めている。ブルトンらの「性についての探求」の議論、エロティックな詩や散文などを収録する雑誌であるが、当時としてはその性描写の急進さから

「公けの場所での販売、展示、貸与、あるいは広めてもならず、公的図書館への所蔵も許されない」と記載された予約購読制の雑誌であった。フランスのシュルレアリストたち、ランボーなど、フランスの芸術家への目配りがなされているが、チェコのシュルレアリスムにとって重要であるのが、若き精神分析医ボフスラフ・ブロウク(一九一二－一九七八)の存在だろう。ブロウクは創刊号に「世界観としての自慰」という論考を寄せ、学術的な裏付けを行ないながら、エロスの意義をより広い見地から位置づけ、シュティルスキーらの性への関心を後押ししているからである。

雑誌という媒体のみならず、展覧会という場においても、シュルレアリスムへの接近は一九三〇年代以降、随所に見られる。なかでも、一九三二年十月二十七日から十一月二十七日にかけて、プラハのマーネス画廊で開催された〈ポエジー　一九三二〉展はその分岐点となったといえる。シュティルスキー、トワイヤン、マコフスキーにくわえて、チェコ出身でパリ在住の画家ヨゼフ・シーマ、ハンス・アルプ、サルバドール・ダリ、ジョルジオ・デ・キリコ、マックス・エルンスト、パウル・クレー、ジョアン・ミロ、ヴォルフガング・パーレン、イヴ・タンギーらが出品し、この規模のシュルレアリスムの国際的な展覧会として初めてのものとなった。国内外の芸術家二十三名が百五十五点を出品した同展はマーネス主催によるものだったが、なかでも突出した存在感をみせたのが、インジフ・シュティルスキーとトワイヤンだった。模倣的な絵画からの決別を宣言する人工主義という概念を前面に出し、すでに詩人と画家の同一視を訴えていたふたりの画家は、パリ時代を終えて、新たな絵画の地平を開こうとしていた。タイゲは同展について、「ポエティスムの絵画についての雄弁なプログラムのマニフェストたらんとした展覧会で、デヴィエトスィル、つまりポエティスムの雰囲気にきわめて近い展覧会であった[4]」と述べているが、『ReD』の最終号が一九三一年に刊行され、デヴィエトスィルの活動が実質的に終了したということも考慮すれば、同展はポエティスム最後の展覧会であったとも言える。

このように、一九三〇年代初頭において、ポエティスムが実質的に崩壊状態にあり、さらに、一九三〇年、ハリコフでの国際作家革命同盟の会議でプロレタリア文学を堅持する方向性が明確になっていたということもあり、人間の内面への関心を寄せるネズヴァル、タイゲ、シュティルスキーらが一堂に会するのは時間の問題でしかなかった。

しかしながら、シュルレアリスムへの移行はけっしてスムーズに進んだわけではなかった。シュルレアリスムという磁場がパリにある一方で、モスクワには社会主義リアリズムというもうひとつの磁場があり、プラハの芸術家はふたつの磁場に作用されていたからである。

モスクワ‐プラハ‐パリ

このようなモスクワとパリに囲まれたプラハという地勢学が顕著に表れているのが、ネズヴァルが一九三〇年代に発表した三つの都市を舞台にした散文、『目に見えないモスクワ』（一九三五）（図17）、『ジ・ル・クール通り』（一九三六）、『プラハの散策者』（一九三七‐一九三八）である。前二冊は、一九三四年八月の第一回全ソ作家大会（モスクワ）、一九三五年六月の文化擁護のための第一回国際作家大会（パリ）の

図17　ネズヴァル『目に見えないモスクワ』(1935)の表紙。装幀カレル・タイゲ

参加記録でもあり、社会主義リアリズムとシュルレアリスムのあいだで揺れ動くネズヴァルの立ち位置がうかがえる。モスクワやパリ滞在を題材にしたこれらの作品は、政治的な緊張状態が続く三都市の様相を伝える証言、旅行記という側面もあるが、そこには、つねにネズヴァル個人の欲望、眼差し、夢想が投影されている。『目に見えないモスクワ』は、パリ滞在の描写から始まっている。一九三三年五月九日、ネズヴァルは劇作家インジフ・ホンズルとともにフォンテーヌ通り四二番地のブルトン宅を訪問する。あいにくブルトンはその直前に家を出ていた。そのあとの展開をネズヴァルはこう綴っている。「わたしは疲れをおぼえ、打ちひしがれた。広場の角にあるカフェで休もうとホンズルに提案した。店内に入る。空いていた一つ目のテーブルに着席することにした。向かい側に坐っていたのは、アンドレ・ブルトンだった[5]」。『ナジャ』の一シーンのような出逢いに感銘したネズヴァルはブルトン賛美を続ける。「かれの頭は閃光であり、現れた瞬間から一カ所に留まり、その音は一世紀にわたって響き続ける閃光である。かれの眼は、女性がそうであるように、この世において詩人は力をもっていることを示している。かれの手は柔らかく、その手が握るものは簡素さである。かれの髪は閃光のなかの閃光である[6]」。ブルトンの『ナジャ』、『シュルレアリスム第二宣言』の翻訳をみずから主宰した雑誌『黄道十二宮』（一九三〇）に掲載するなど、チェコにおけるシュルレアリスムを先導してきたネズヴァルにとって、パリでのシュルレアリストたちとの出会いは「閃光」のような衝撃であった。それゆえ、一九三四年八月、モスクワに渡ったネズヴァルの視線に入る風景もまた、パリと重なりあっていく。

わたしがたまたま目にしたほかの塔もまた、パリのサクレ・クール以上に東洋的な町であるという印象は受けなかった。／わたしにしてみれば、このふたつの都市は韻を踏んでいる。この灰色がかった皮、とてつもない数の骨董品やがらくたはポエジーを宿しているが、わたしの夢のなかでひとつの箱にしまわれる[7]。

ネズヴァルのモスクワ滞在の目的は第一回全ソ作家大会への出席であり、その会議において「悪意にまみれた中傷からシュルレアリスムを正当化[8]」することをみずからの課題としていた。だが「社会主義リアリズム」がソ連の基本的なドクトリンとして決定される会議において、「シュルレアリスム」擁護は叶わぬ夢でしかなかった。ロシア人の記者とのインタビューはともにうまくないドイツ語で話した結果、翌日の新聞では、ネズヴァルらチェコの前衛芸術家たちがマクシム・ゴーリキーの作品の研究に日々勤しんでいるという的外れの記事が掲載される。また会議でネズヴァルがブルトンの『通底器』を言及したにもかかわらず、会議録ではブルトンの名前はすべて削除されていた。だが、パリに魅了されたネズヴァルは、ここでもまたモスクワという町に魅了されてしまう。インジフ・シュティルスキーとともに一時期没頭した写真技術、のちに小説『モナコ』で描かれる女性との出会いなど、エピソードには事欠かないが、批評家チェルヌィーが述べたようにここで描かれるモスクワは「目に見えない[9]」ものとなっており、同書での下意識、夢への志向は、モスクワの現実を逃避する口実となっていた。

一九三四年、プラハ

「ファシズムという名の幽霊がヨーロッパを歩いている[10]――」。チェコスロヴァキア共和国におけるシュルレアリスト・グループの結成を告げる小冊子に掲載された詩人ヴィーチェスラフ・ネズヴァルの文章はこの一文から始まっている。プラハで「シュルレアリスト・グループ」が結成されたのは一九三四年三月二十一日（占星術に傾倒していたネズヴァルの意向で春分の日が選ばれたとされる）。それは隣国ドイツでヒトラーが国家元首となり、まさにファシズムが跋扈し始める年であった。同年、プラハの美術界でもある騒動が起きている。

プラハに亡命中のジョン・ハートフィールドの個展がマーネス画廊で開催された際、ヒトラーを題材にしたフォトモンタージュをめぐって、在プラハのドイツ大使館が展示作品の撤去を求め、外交問題に発展する事態となった[11]。ほかにも、プラハ大学の校章の帰属をめぐってドイツ語学部とチェコ語学部のあいだで乱闘騒ぎが起きるなど、プラハのシュルレアリストが船出を切った一九三四年はきわめて不穏な空気が漂っていた。

これまで「一九三四年」という設立年をめぐる背景については、タイゲが「シュルレアリスムの十年」(一九三四)で繰り広げた見解を援用するのが一般的である。プラハでは弁証法的唯物論をその世界観の根幹に位置づける「デヴィエトスィル」が二〇年代初頭から活動を進めており、パリで「シュルレアリスム宣言」が発表された一九二四年には、デヴィエトスィルは「ポエティスム」という運動をすでに始動していた。当初、デヴィエトスィルのメンバーは政治姿勢が明確ではないシュルレアリスムに距離を置いていたが、ブルトンが『シュルレアリスム第二宣言』で弁証法的唯物論の支持を明確に打ち出したため両者の接近が可能になったというのがその見解の骨子である。だがプラハのシュルレアリスムを考えるとき、ポエティスムとシュルレアリスムの内在的連続性だけではなく、ほかの外在的要因も考慮に入れるべきであろう。一九三〇年代中葉、タイゲやネズヴァルらはもうひとつのイズムにも多大な可能性を感じていた。一九三四年、モスクワの第一回全ソ作家大会で公認のドクトリンとして認められた「社会主義リアリズム」である。つまり、パリ発のシュルレアリスム、モスクワの社会主義リアリズム、さらにはドイツのファシズムという緊張関係のなかで、プラハのシュルレアリスト・グループは産声を上げたのである。

グループ結成を告げる小冊子はわずか四ページであるが、その構成は、ネズヴァルによる声明文の前に二通の書簡が冒頭に掲載されるというすこし変わったものとなっている。その二通の手紙とは、一九三三年五月十日付のネズヴァルがブルトンに宛てた書簡と一九三四年三月十九日付の「チェコスロヴァキア共産党中央アジプロ局」に宛てたグループの結成を告げる書簡である。前者において、ネズヴァルは一九三〇年のハリコフでの国際革命作家会議の段階でシュルレアリストたちとの協働を検討していたことを「デヴィエトスィル」のメンバーを代表して告げ、シュルレアリスムとの協力関係を表明する内容となっている（同書簡は『革命に奉仕するシュルレアリスム』第五号にも掲載されている）。チェコスロヴァキア共産党宛ての後者の手紙は、同グループが「弁証法的唯物論の意図において、文字、言葉、スケッチ、図像、造形手段、舞台、生活そのものを通して表現されるあらゆる圏域において、人間的な表現[12]」を試み、発展させていくことを告げ、同時にシュルレアリストたちは「実験的手法の独立性」を維持するとして、一定の距離感を表明している。このようにネズヴァルが作成を主導したこの小冊子は、チェコスロヴァキアの一般市民よりも、パリのブルトン、プラハ（ひいてはモスクワの）共産党へのアピールという意味合いが強いものであった。パリのブルトン、そしてプラハの共産党にそれぞれ友好関係を示すネズヴァルの位相は、当時のチェコ・アヴァンギャルドが模索していた二つの方向性を示している、つまり、ひとつはブルトンらシュルレアリストのいるパリであり、もうひとつはチェコスロヴァキア共産党、さらにはモスクワとの関係性である。

小冊子には、ヴィーチェスラフ・ネズヴァルのほかに、詩人コンスタンチン・ビーブル、精神分析医ボフスラフ・ブロウク、イムレ・フォルバート、演劇家インジフ・ホンズル、音楽家ヤロスラフ・イェジェク、カティ・キング、ヨゼフ・クンシュタット、彫刻家ヴィンツェンツ・マコフスキー、インジフ・シュティルスキー、トワイヤン、以上十一名の名前が掲載されている。タイゲはまだシュティルスキーとの関係が修復していなかったため、この段階での参加は見送っている。しかしながら、当時、社会主義リアリズムとシュルレアリスムが融合する可能性をより理論的なレベルで検討していたのは、ほかならぬカレル・タイゲであった。

現実をめぐる議論

一九三四年五月二十八日、プラハ市立図書館で「シュルレアリスム」をめぐる討論の夕べが開催され、タイゲもまた「シュルレアリスムの十年」という講演を行ない、ネズヴァル、ホンズルとともに、シュルレアリスムとポエティスムとの連続性を強調する。同年十一月十四日には同所で「社会主義リアリズムとシュルレアリスム」をめぐる討論会が開催される。タイゲは両者のあいだに理論上の矛盾はないとし、それに対し、批評家クルト・コンラットは社会的リアリズムをより狭義で捉えるべきであると主張し、「社会主義リアリズム」をめぐる議論が先鋭化する。

今日の視点から見ると、このふたつのイズムを並立して論じることは意外に思えるかもしれない。しかし、一九三四年の段階において「社会主義リアリズム」の内実はまだ明確にはなっていなかった点は留意しなければならない。この段階では「雑食」[13]的な定義に留まり、「社会主義リアリズム」とは何かという議論はこのあともしばらく継続する。だがあらためて「シュルレアリスム(surrealismus)」、「社会主義リアリズム(socialistický realismus)」という表現を並置してみると、両者には、realismusという表現が共通していることに気づく。そしてこの点をどのように位置づけるかという問題こそが、タイゲの議論の出発点となっていた。

タイゲが社会主義リアリズムの顕著な特徴として挙げているのは、「現実に対する弁証法的なまなざし」である。だがこの「現実」は、ソ連と西側では意味が異なっているとする。階級のない社会が実現しつつあるソ連において「現実」は詩的なものであり、現実それ自体がポエジーの直接の源泉となっている。それに対し、西側の「現実」は、人間が受け入れることのできない、人間に値するものではないという意味で「非現実」であり、前衛芸術や革命的芸術が「否定」すべき対象となっている。革命的思想はソ連および西側の革命的芸術家の両者に共通しているが、その方向性は前者が「構成的」であるのに対し、後者は「破壊的」であるとして両者を対置する。しかしタイゲは、このような対立関係もまた「弁証法的な対立」として克服が可能であると断ずる。

そこで、肝要になるのが「リアリズム」の美学的問題であった。理論家ラツォ・ノヴォメスキーの言葉を引き、社会主義リアリズムは十九世紀の「リアリズム」という概念や言葉から想像するものを否定するとし、実証主義的な十九世紀のリアリズムは観念的なイデオロギーであり、革命的あるいは進歩的イデオロギーではないとする。そして、これまでのリアリズムは客体（オブジェ）の経験というフォルムを通してしか射程を持たず、内面の心理的生活を無視しているとする。

芸術作品の真実は、写真、複製、鋳型のリアリズム的描写に対応する真実ではなく、真実は表面ではなく隠れており、芸術の真実も、あらゆる記述的リアリズムの境界の向こう側にあると説く。だが社会主義リアリズムはまだ理論的コンセプトでしかなく、また十分に芸術的実践が生かされていない。それに対し、シュルレアリストたちは、小説のフォルムの完全な解体そして克服に至り、詩的かつ分析的な研究、つまりポエジーと学問、想像力と分析を結びつける新しい独自な本を作っているとして、ブルトン『通底器』や『ナジャ』、クルヴェル『皿に足を突っ込め』、ネズヴァルの『目に見えないモスクワ』といった作品を挙げる。その際、弁証法的唯物論こそがシュルレアリスムの主たる参照項として再三言及される。

弁証法的リアリズムとして定義されうるシュルレアリスムは、現実と空想、意識と夢、認識と感覚という弁証法的対立を統合する。それゆえ、「最も真実味溢れる表現によって、最も完全に、そして最も弁証法的に捉えられ、感じられた現実」（ネズヴァル）である作品をつくりだすことができる。それゆえに、シュルレアリスムは、社会主義リアリズムの一般的な理論と矛盾することなく、むしろ、この理論に不可欠な精神面での補足をもたらすのである。[14]

さらに西側で、目的、夢、欲望であったものが事実となり、愛が新しい生活を祝うようになった時、西側の前衛詩も、現実を「リアリズム」的に眺めることなく、現実に回帰するにちがいないと述べる。そして「西と東のあいだにあるあの壁がなくなったとき、ソ連の新しい詩と西の新しい詩が結びつき、社会主義的生活の抒情主義というひとつの流れになるだろう[15]」と結び、東西の架け橋としてのプラハの位相を強調する内容になっている。

このように、存在はしていないが創出されるべきものを探求するという中世の実在論（リアリズム）的な方向性において、社会主義リアリズムとシュルレアリスムは一致を見せる。社会主義リアリズムとアヴァンギャルドの連続性を指摘したのはボリス・グロイスであったが、かれによれば、社会主義リアリズムに賛同する芸術家は新しい現実の創造者として「内面生活の内的現実」を描くことを要求されるという意味でシュルレアリスムに接近するが、党やスターリンの意志との一致が求められるという点において、それは「党派的シュルレアリスム[16]」という性格を帯びる。「超越的な世界外の出来事とそれが世界内にもたらした結果を描写する芸術[17]」として、社会主義リアリズム芸術はむしろ「聖人伝学や悪魔学」に近いものとなる。グロイスはモスクワの地では根付かなかった「シュルレアリスム」をロシア・アヴァンギャルドの文脈に措定することで、社会主義リアリズムとアヴァンギャルドの連続性を導き出しているが、タイゲの議論はグロイスの見解をある意味で先取りするものであり、モスクワとパリというふたつの磁力の影響を受けるプラハという地勢学的な背景こそがタイゲの先見性をもたらしたとも言える。

一九三五年一月、プラハのマーネス画廊でチェコスロヴァキアのシュルレアリスト・グループ第一回展（図18）が開催され、会期を二週間延長するほどの大成功を収める。タイゲは、トワイヤン、インジフ・シュティルスキー、ヴィンツェンツ・マコフスキーの絵画、彫刻、写真、モンタージュが展示されているホールの入口の上に、次の文言を掲げるべきであると述べる。つまり、「シュルレアリスムは流派ではない」と。シュルレアリスムは特定のイズムの範疇に留まるものではなく、「シュルレアリストたちが革命という言葉を発するとき、弁証法的唯物論の世界観にもとづく社会運動の支持者であることとまったく同義のことを意味している」と言明する。不正確さという危険性を意識しながらも、タイゲはシュルレアリスムの活動を詩的活動、実験的活動、批判的活動の三つの圏域に分けている。

プラハのシュルレアリスト・グループ第一回展

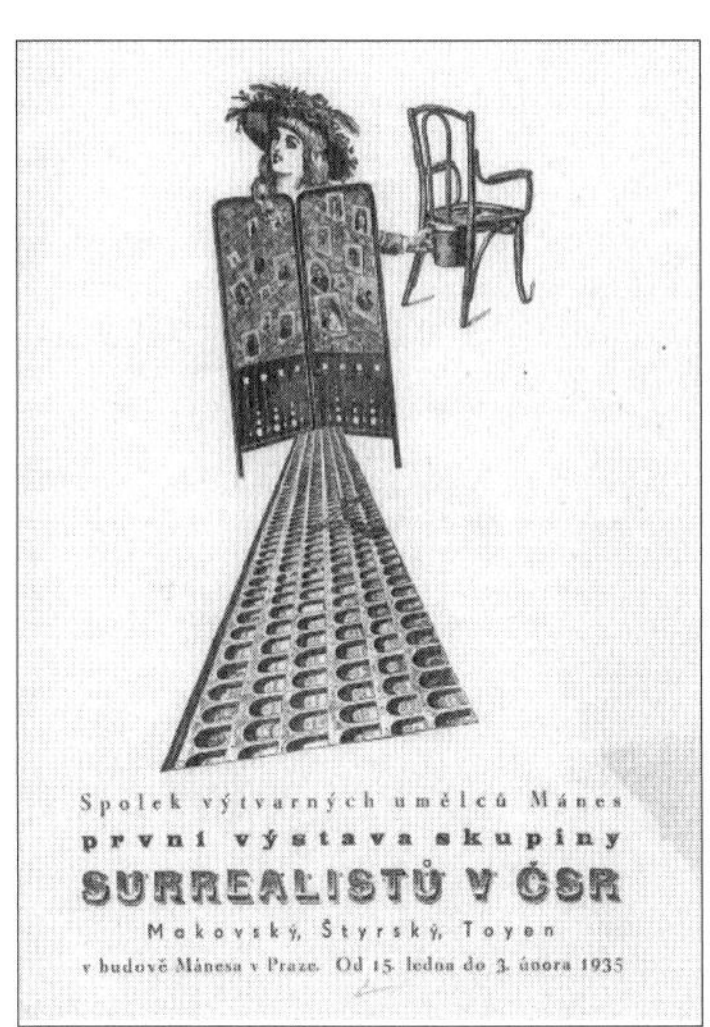

図18　「チェコスロヴァキアのシュルレアリスト・グループ第1回展」(1935)の冊子。表紙はインジフ・シュティルスキーのコラージュ

詩的活動とは、おおまかに言うならば、一般的に芸術と呼ばれるものに最も近いシュルレアリスムの構成要素であり、実験的活動は、芸術と学問の境界、むしろ学問の近くに位置し、批判的活動は、社会革命の理論的、実践的作業に結実する。シュルレアリスム活動のこのような三種、三側面は離反するものではなく、相互に関係している。

シュルレアリスムの詩的創作は、絵画であれ、彫刻であれ、演劇であれ、写真－映画的な手法であれ、革命という政治活動や実験、理論的な学術作業と切り離されることはない。それだけではなく、シュルレアリスムの詩的創作は、実験的要素と革命的批判要素の両方を内に潜めている[18]。

タイゲ自身、この議論がやや図式的であることは認めているもの、タイゲのシュルレアリスム理解を端的に示すものであろう。ここでのポエジーは、旧来の規範を克服する革新的な精神と社会を変革する政治的志向性と密接に連結している。それゆえ、シュルレアリストたちの「作品」には単なる耽美的なものや抒情的なものだけではない「何か」が探求されていくことになる。タイゲはその具体例として、ジョージ・グロスやジョン・ハートフィールドの名を挙げつつ、インジフ・シュティルスキーの作品に触れる。かれらの作品を注視してみれば、作家たちの創作のイメージ的、造形的ポエジーは、詩的、抒情的価値のほかに、実験的、革命的批判的特徴を有していることが看取されると述べ、次のように解説する。

特定の立場が明確なグラフィックとは異なり、インジフ・シュティルスキーのシュルレアリスム的モンタージュは転覆的性格を十分に有している。というのも、社会的感情が簡素であるために、知的ルポルタージュを介することなく、純粋に物質的に人間の本能に達するからである。それらが、感傷的な人たちの嫌悪と嫉妬を刺激していることに疑いはない。猥褻で嫌悪感を誘う組み合わせによって、家族や夫婦制度といった制度が依拠する聖なる感情を破壊させ、そればかりか、公認された売春という形態、抵抗と愛を殺すメカニズム、精神の貧困を作り出すメカニズムを破壊するからである。ブルジョアや司祭の倫理による神聖さは、革命的な諷刺よりもはるかに革命的方法によって、失墜させられ、疑問に付される。というのも、シュルレアリスムの際限ない想像力があらゆる手段を駆使して、信用を奪い、破壊しようとしているからである。[19]

ここでは、シュティルスキーのコラージュ《移動キャビネット》(別図6)が念頭に置かれている。一九三四年、シュティルスキーが製作した六十五点のコラージュの連作である。全作品に共通する明確な主題はなく、ゆるやかに関係する連作である。作品の全体的特徴としては、果物、野菜、大衆に流布した宗教画、解剖図、モードや下着写真などの切り抜きとシュティルスキー本人による絵画や写真の組み合わせが大半を占めている。とはいえ、白、グレー、ベージュの地に複数の図像の組み合わさったコラージュにはある種の傾向があり、それは、解剖図、裸体など、通常隠蔽されているものの内部が露見し、現実とは異なる図像が組み合わさっていることが多い。それは、明らかに性的な含意を含むものもあれば、死を想起させるものがあるなど、シュティルスキーの秘められた欲望を露見させるものとなっている。多種多様なコラージュのなかで、タイゲが反応するのは「家族や夫婦制度」であり、それはまさに『最少住宅』の議論で展開していたことでもある。このようにしてみると、建築をめぐる活動とシュルレアリスム期の活動はけっして離反するものではなく、既存社会の変革という基本的な世界観において通底していることが明らかになるのである。

プラハとパリの架け橋

一九三五年三月二十七日、ブルトン、妻ジャクリーヌ、ポール・エリュアールがパリ在住の画家ヨゼフ・シーマの付き添いのもと、プラハに到着する(図19)。三月二十九日、ブルトンは、七百人の聴衆が集まったマーネス画廊にて「オブジェのシュルレアリスム的状況」と題する講演を行ない、プラハの街を次のように評している。

まこと、伝説の魅惑に装われたプラハは、実際のところ、詩想をたえず多少なりとも空間にとどめ漂わせるたたずまいを見せているまちです。この都市の住民の風俗とこの都市が示している地理的、歴史的、経済的重要性をまったく別にしても、この都市は、遠くから眺めると、数々の塔がほかと比較にならぬほどびっしりと林立しているところから、老いたるヨーロッパの魔法の首都のように見えます。想像力のために、ここが過去の魔法の一切をなおことごとく懐に抱いているという事実からだけでも、すでに、わたしの話を理解していただくのが、世界のどこよりもこの場所では、むずかしいことではないように思えます。[20]

このようにプラハの詩想に触れたのち、チェコ・シュルレアリスムの二人の中心的人物に触れ、タイゲの「躍動的な解釈」、ネズヴァルの「詩的力添え」を受けながら、「今日プラハにおいて、シュルレアリスムは、パリと同じ興隆をえていると自信をもつことができましょう」と述べる。エリュアールもまた、同様な感覚を抱いていたことは、ガラに宛てた手紙からも伝わってくる。

この旅は発見だ。非常にすばらしい幾人かの人物。特に、ネズヴァルとタイゲ、それからシュティルスキーとトワイヤンという二人の画家。トワイヤンは非常に興味深い女性だ——すばらしいタブローやコラージュをつくっている。そして彫刻家マコフスキー。人数こそ多くはないが、かれらの「エネルギーの発散」と影響はあまりにも強烈なので、ブレーキをかけなければならないほどだ。〔……〕わたしたちにとって、プラハはモスクワへの防波堤でないかと思っている。[21]

図 19　ブルトン，ジャクリーヌ，タイゲ，シュティルスキー，トワイヤン，エリュアール，プラハにて，1935 年

この講演のなかで、プラハのシュルレアリストたちの心に強く響いたのは、「ポエジー」をめぐる一節であろう。ブルトンはヘーゲルの『美学』を引きながら、ポエジーをめぐって議論を進める。ヘーゲルは、すべての芸術の上にポエジーを置き、ポエジーに「精神の真の芸術」、「普遍的芸術」を見ており、そのような感性的形態の明確性に到達するのは、固有の方法、あるいは新しい方法のいずれかであるとする。ブルトンが着目するのは後者の「新しい方法」であり、これこそが「デペイズマン」という言葉によって表されるものである。ロートレアモンの「雨傘とミシンの手術台の上での偶然の出会い」というよく知られた一節について、ブルトンはこのように述べる。

この方法の機構は、このきわめて簡単な例で、明らかにされているようにわたしには思える。与えられた事実によって、つまり、外見的にはそれらに相応しくない場で、連結できないように見える二つの現実を連結することによって、諸条件が有利に変えられるたびごとに、愛の行為のような純粋行為があとにつづく完全な変換が、必然的に起こるであろう。[22]

このすぐあとでブルトンが「フロッタージュ」、「コラージュ」といった表現を用いているため、技法の単なる解説と誤解されがちであるが、この一節で注目すべきは「現実」という言葉である。ここに込められているのは、芸術の手法の問題としてではなく、現実の変革を促す契機としてのポエジーという認識であり、それによって、個人という「主観的要素」だけではなく、周囲の「客観的方向をもつ知覚」との問題とも連携することとなる。それゆえ、ポエティスムというポエジーの多層的な理解をつとめてきたプラハのシュルレアリストたちがこの点に共鳴するのは自然の成り行きであったと言える。だが、同時に、この「客観的方向」はより具体的な「場」、つまり社会、政治状況とも連動する。それゆえ、ブルトンのもうひとつの講演が「政治」を扱うことは必然でもあった。

四月一日、ブルトンは、プラハ市立図書館で「今日の芸術の政治的立場」の講演を行なう。ここで、ブルトンは、前年の第一回ソ連作家会議の議論を踏まえつつ、「人間の解放」を目指すべく、「統一戦線」の結成にはいかなる支障も見出されないと言明し、シュルレアリスト・グループの政治参加を示唆するわけだが、注目すべきは、パリとモスクワ、そしてプラハの地政学である。ロシア革命を達成し、第一回ソ連作家大会において、かろうじて「より以上の意識」に触れる作家がいたことから、ソ連に対する可能性をかすかに感じていることが文章全体から伝わってくるが、ブルトンが用いる「わたしたち」という人称表現には何が含まれるのかという問題がある。冒頭、この講演がなされた場所である「チェコ」の「左翼戦線（レヴァー・フロンタ）」について触れ、左翼の知識人、とくに詩人と芸術家に課せられている「政治」と「芸術」という二重の問題について考察する契機となったと述べている。その後、クールベやランボーといった芸術家に触れながら、「フランス」の状況の概観がなされていくのだが、その前提条件としてブルトンは次のように述べている。

> そこでまず、基本的な注意のために、わたしたちは西洋にいるのだということをくりかえしておきましょう。すなわち、ロシアの友人たちのように、新しい世界、つまり、その生成が人間の希望の無限の領域を開く世界の建設にわたしたちは立ち会ったり、参加したりしているどころか〔……〕、わたしたちは、わたしたちをとりまく直接の世界、超詭弁的な世界、どの面から訊問してみてもアリバイ無しであることが証明されている世界と、戦いの火蓋を切ったばかりのところで生きているのです。[23]

さらに、「すべての精神的概念が危機に晒され」、「金銭の穢れがすべてを覆い隠し」てしまい、「正義」や「義務」という言葉が何を意味するか、「わたしたちには解らぬものになってしま」ったと告白する。ここから導き出せるのは、新世界のロシアと古い西洋という対立関係であるが、このような図式関係において問題となるのは「チェコスロヴァキア」の位置であった。たしかに戦争体験を経たという点ではフランスと同じであるが、チェコスロヴァキアは第一次大戦の主戦場になることはなく、そして何よりも、その戦争によって、「チェコスロヴァキア」という新しい国家の樹立がもたらされたという点は根本的に異なっている。要するに、古い伝統を有する新しい国家というチェコスロヴァキアは地理的な面のみならず、社会体制という点においてもまさにモスクワとパリの中間に位置していたのである。そして、このことによって、ブルトンが触れた政治的な状況に関して敏感に反応する者が多くいたと言えるかもしれない。

四月三日には、ブリュッセルでも行なった講演「シュルレアリスムとは何か」をカレル大学の二百五十人の学生を前にして行なう。その盛況ぶりに、エリュアールは、「当時ベルクソンの講演には五十人しか集まらなかった」と誇らしげに記している。ラジオや雑誌のインタビューを数多くこなし、プラハの人びとに「シュルレアリスム」の存在を強く刻んだばかりか、ブルトンらにとっても強い印象を残す。かれらのプラハ滞在の様子は、チェコ語・フランス語の二言語表記で同年四月に発表された『シュルレアリスム国際公報』(図20)に記録される。『国際公報』はのちに、テネリフェ、ブリュッセル、ロンドンで刊行され、プラハの『国際公報』はシュルレアリスム運動の国際化の先駆けとなった。

プラハで刊行された『国際公報』は、チェコのシュルレアリストを対外的に知らしめるものとなった[24]。表紙には、ロートレアモンの言葉を示唆するようにヴェルトハイム製の巨大なミシンが平野に置かれたインジフ・

Bulletin international du surréalisme

Prague, le 9 Avril 1935.
Praha, 9. duben 1935.

Vydala Skupina surrealistů v ČSR.
Publié par le Groupe surréaliste en Tchécoslovaquie.

Cena 3 Kč
Prix 2 fr.

Štyrský: Sen 1935 - Le Rêve 1935

Mezinárodní buletin surrealismu

Ode dne, kdy našel surrealismus v dialektické myšlence jednoty vnějšího a vnitřního světa základ k neustálému vyrovnávání oné houpačky, kterou je člověk vzhledem ke skutečnému světu a k sobě samotnému, jakmile přestal viděti hranice mezi bděním a spánkem, vědomím a nevědomím, skutečností a snem, objektivitou a subjektivitou, jak by mohl ještě vidět hranice mezi národy a jazyky, jak by mohl nevstoupit prakticky do sféry internacionální aktivity, když tam ve skutečnosti směřoval odevždy poznáním a vyvrácením umělých antinomií.

Lidská psycha je internacionální, právě tak jako podmínky k plnému poznání rozvití a přeměně lidského individua jsou internacionální.

Hle, sen, ve kterém jsme prochazeči v lese představ, které opustily slova a jež jsou našimi představami, v lese představ beze slov. Čím je nám dnes slovo, než-li nositelem představy a myšlenky, která je všelidská a jež se dá transponovati stejně snadno z jazyka do jazyka jako melodie z nástroje do nástroje. Už nezáleží na tom, jak tento nástroj zní, od chvíle, kdy zní už ne on, nýbrž světlo, jímž je rozehráván.

Dès lors que le surréalisme a trouvé, dans l'idée dialectique de l'unité du monde extérieur et du monde intérieur, le moyen d'équilibrer d'une manière permanente la balance qu'est l'homme en face du monde réel et de lui-même; dès lors qu'il a cessé de croire à l'existence d'une barrière entre la veille et le sommeil, entre le conscient et l'inconscient, entre la réalité et le rêve, entre l'objectivité et la subjectivité, comment pourrait-il tenir compte des frontières qui séparent encore les nations et les langues, comment pourrait-il ne pas entrer, pratiquement dans la sphère de l'activité internationale vers laquelle il s'est orienté depuis toujours par sa reconnaissance en même temps que par sa négation des antinomies artificielles ?

Le psychisme humain est international aussi bien que sont internationales les conditions d'une connaissance parfaite du devenir et du changement de l'individu humain.

Tel est le rêve où nous nous comportons en passants dans une forêt de représentations qui ont abandonné les mots et qui demeurent n o s représentations, dans la forêt des représentations sans mots. Que peuvent aujourd'hui être pour nous les mots sinon les véhicules de la représentation et de la pensée, représentation et pensée qui sont universellement humaines, qui sont transposables d'une langue à l'autre aussi facilement qu'une mélodie peut-être trans-

1

図20『シュルレアリスム国際公報』(1935)の表紙

シュティルスキーのコラージュ《夢》（一九三五）が表紙を飾り、シュティルスキーの《氷を食べた男》とトワイヤンの《黄色い幽霊》が並置されるなど、文章を中心とした構成になっているとはいえ、チェコのシュルレアリストたちの活動もわかるようになっている。文章に関しては、ブルトンとエリュアールのプラハ滞在の記録が主となっているが、なかでも目を惹くのがザーヴィシュ・カランドラの存在である。そこでは、カランドラが『ハロー・ノヴィヌィ』や『ドバ』に発表した論考から、シュルレアリスムとマルクス主義の両立可能性、さらには『通底器』のマルクス主義的読解が長文で引用されている。カランドラは夢も人間の意識の一部であることを強調し、『通底器』は行為と夢が分かちがたく結びついていることを証明しているとして、同書の意義を高く評価する。これに対して、カランドラが『通底器』のチェコ語訳を論じた文章を読むことは、「わたしたち、シュルレアリストにとって多大な満足をおぼえる」ものと記され、良き理解者カランドラに対する絶大の信頼が表明される。さらに、左翼戦線に招聘されたブルトンとエリュアールの様子を綴ったカランドラの文章も引用される。シュルレアリスムの詩的活動がプロレタリア革命を前提としていることに触れつつ、美学と政治とのバランスについて、ブルトンはこう述べる。

シュルレアリスムは政治に無関心ではいられない。そうなれば、シュルレアリスムの歴史的正当性は失われてしまうだろう。けれども、シュルレアリスムはまた、政治的な存在だけでいることもできない。なぜなら、とりわけ芸術的な活動を奪われてしまえば、シュルレアリスムは空語となってしまうからである。(25)

緊迫した一九三〇年第中葉の状況が背景になっているが、ブルトンのこの言葉はシュルレアリスムの可能性と限界を暗に示すものと受け止めることもできるだろう。じじつ、その後の政治状況の変化により、プラハのシュルレアリストたちも、カランドラ自身も呑み込まれてしまうからだ。ブルトンはこのときのことが深く心に刻まれていたのか、一九五〇年にカランドラが絞首刑の判決を受けた時、絶縁関係にあったエリュアールに手紙を送っている。ブルトンとエリュアールをつなぐ一本の線がプラハでの想い出であったのである。それは淡く、苦い想い出であったことに想像は難くない。

そう、プラハとパリの蜜月関係は長くは続かなかった。プラハ滞在の返礼として、ブルトンはパリでの歓待を約束し、ネズヴァルは一九三五年六月、シュティルスキー、トワイヤンとともにパリへ出発する。このパリ滞在を描いたのが『ジ・ル・クール通り』(一九三六)である。ブルトンがパリの路上でイリヤ・エレンブルグに平手打ちをくわせたり、自殺したルネ・クルヴェルを追悼するシュルレアリストたちの姿など、興味深い情景が描き出されているが、ネズヴァルには、もうひとつの重要な役割が課せられていた。同年六月二十一日から二十五日にかけてパリのミュチュアリテ会館で開催された文化擁護のための第一回国際作家大会に、チェコスロヴァキア代表として参加することである。三十八カ国から二百五十名におよぶ作家が参加した同大会は、反戦・反ファシズムと新しい文化創造を目指すものだった。ネズヴァルは「チェコスロヴァキア・アヴァンギャルドは、二年前、シュルレアリスムの見解と強固な協力関係を結び、その証しのもとで、文化擁護のためのあらゆる力を結集した[26]」とブルトンらを支持する立場で原稿を読み上げる予定であったが、発言の機会すら与えられずに会議の終了がルイ・アラゴンによって宣言される。同書は、ネズヴァルがブルトンらに見送られてパリを去るシーンで終わっているが、ネズヴァルの後ろ姿はかれが「客人」であったことを感じさせ、パリとモスクワの仲介者としての面影はなかった。

ネズヴァルのパリ滞在から二カ月後、ブルトンは共産党との訣別を明確に表明する声明「シュルレアリスムがただしかったとき」を執筆し、ネズヴァルら、チェコのシュルレアリストにも署名を呼びかける。しかしながら、グループ内で意見がまとまらなかったため、チェコのシュルレアリストは一人も署名することはなかった。

第5章

流れに抗うシュルレアリスム

二人の画家－詩人、インジフ・シュティルスキーとトワイヤン

カレル・タイゲとヴィーチェスラフ・ネズヴァルがそれぞれ理論家、詩人としてチェコ・シュルレアリスムを代表する人物であったとしたら、造形表現の領域における実践者となっていたのはインジフ・シュティルスキー（一八九九－一九四二）とトワイヤン（一九〇二－一九八〇）である（図21）。先に触れたように、一九二〇年代末、シュティルスキーの文章に端を発した論争のため、一九三四年五月に和解するまで、タイゲとの関係は冷え切ったものであった。だが、タイゲの文章、とりわけ「人工主義からシュルレアリスムへ」を読んでみると、その間も、シュティルスキー、そしてトワイヤンの作品に対し並々ならぬ関心を寄せていたことがわかる。

一八九九年八月十一日、チェルムナーに生まれたシュティルスキーは、父が望んだ教員の道を捨て、絵画の世界に飛び込む。プラハの美術アカデミーの学生となったシュティルスキーは、一九二一年、プラハのトピッ

チ・サロン、翌二二年のボヘミア美術連盟展に出品しているが、タイゲはそのことを記憶しており、「展示されていたほかの美術商品とは明らかに異なっており、静かで抒情的な言葉でわたしたちに話しかけてきた」と述べている。同年春、シュティルスキーは旅行で訪れたコルチュラ島で運命的な出会いを果たす。一九二三年以降トワイヤンという名前を用いることになるマリエ・チェルミーノヴァーと出会い、「チェコ美術史上初めて、深遠な友情にもとづく、ほかに例を見ない実り多い共同関係[1]」を育むこととなる。一九四二年にシュティルスキーが亡くなるまでの二十年にわたって、二人は時に展覧会に出品し、時に文章を連名で発表する。二人の関係は「夫婦」でも、「恋人」でもない、きわめて独自のものであったにもかかわらず、理解されることはなかったため、トワイヤンは「自分とシュティルスキーのあいだに友人関係以外のほかの関係があるかのような中傷にはがまんならなかった[2]」とネズヴァルは回想している。タイゲがトワイヤンと出会ったのは、アンソロジー『革命論集デヴィエトスィル』、『ジヴォットII』を刊行し、〈現代美術のバザール〉とのちに称されるデヴィエトスィル第一回展を準備しているときのことだった。

数年前、無政府主義者、共産主義者たちの騒々しい会合で顔を合わせる機会のあったトワイヤンは今回初めてわたしたちに絵画を披露し、それによって、デヴィエトスィルの第一回展でのデビューを果たした。展覧会の図録を編纂しているときだろうか、それとも、シュティルスキーの二点のドローイング（およびかれの美学を表す序文）、トワイヤンのスケッチ《サイフォンのある静物画》を載せた雑誌『ディスク』の創刊号を印刷に回したときだろうか、わたしたちは、カフェのテーブルで、彼女の芸術同様に格変化をすることのないトワイヤンという名前を洗礼したのだった[3]……。

チェコ語の名詞には男性・女性・中性の区別があり、格変化もするが、そのような文法的制約に縛られることなく、マリエ・チェルミーノヴァーという本名を捨て、トワイヤン（Toyen）という格変化をしない名前を生涯にわたって用いた画家は、自身の過去についても、家族についても人前で話すことはなかった。つなぎを着用するなど異性装を頻繁に行ない、女性性を徹底的に否定した彼女の営為は、男性中心主義がはびこる前衛芸術に楔を打ち込むものだった。トワイヤンとシュティルスキーは、結婚といった公的な制度とは無縁のパートナーとして互いを刺激し続けていく。

一九二五年、二人はパリに移り住む。ブルトンの『シュルレアリスム宣言』が刊行されて一年弱という時期であり、まだ「シュルレアリスム絵画」として理解されるものは存在しなかった。新しい絵画の構造、絵画の新しい方法への起点を模索する当時の状況について、タイゲは「抽象主義」という言葉を用いて説明を試みている。それは「正確に定義された特定の審美的なプログラムというよりは、むしろ、モデル、外的主題を完全に、あるいはほぼ完全に除去したという特徴によってのみまとめられる多種多様な試みや模索に共通する名称」であった。それはつまり、外的なモデルとの訣別であり、換言すれば「非模倣的造形美術」と位置づけられるものである。ポエティスムとシュルレアリスムのそれぞれ独自の道程を経て達した「自由な想像という原則、意識と無意識の混合、実験への勇気、あらゆる芸術に

図 21　トワイヤンとインジフ・シュティルスキー，プラハの芸術会館のアレシュホールにて，1931 年 11 月

勝るポエジーの支配という認識、ポエジーの支配の下でのあらゆる芸術の有機的な統合、そして弁証法的唯物論の世界観にしっかりと錨を下ろしている[4]点において、二つの運動の接近は時間の問題であった。

この時期の絵画は、キュビスムを想起させる幾何学的要素が支配的であるが、そこには、ネズヴァルの詩集の世界に呼応するかのように、劇場、キャバレー、サーカス、ピエロ、曲芸師といったポエティスムのモチーフが多用されている。シュティルスキーとトワイヤンは、一九二六年、ある言葉を用いて、自分たちの世界を説明しようと試みる。「人工主義（artificielisme）」である。シャルル・ボードレールの『人工楽園（Les Paradis artificiels）』に触発されたとされるこのイズムについて、シュティルスキーはこのように説明を加えている。

> 人工主義は視覚の反転をもたらす。現実は手つかずのままに、ひたすら想像力の極点を志向する。そして現実を操作することなく、いつでも現実を享受できる。だが、道化師の帽子を幾何学形と見做すようなことはない。幾何学形は、抽象的な無謬性以外のどんな魅力ももちあわせていないが、老練な詩人を神秘のうちに満足させるのには十分なしろものだ。映らない鏡。人工主義においては画家と詩人は同じひとつのものである。人工主義は、空虚な形態の戯れとしての絵画を、眼の娯楽としての絵画（無対象絵画）を否定する。また、歴史的な形式にしたがった絵画（シュルレリスム）を否定する。人工主義は抽象化された現実の意識をもっている。人工主義は現実の存在を否定せず、また現実を操作することもない。人工主義の関心の的は、詩（ポエジー）にある。詩は現実の形体間の空隙を埋め、また詩は現実から照射される[5]。

ボードレールが麻薬の陶酔によってポエジーを生みだしたのに対し、シュティルスキーとトワイヤンもまた視覚的な世界の表象としての絵画を否定し、「想像力の極点」とともにポエジーを目指す。つまり、かれらの

「人工主義」とは、理性のみならず、下意識なども含めた人為の総体とも捉えることができる。「モデル、それに現実の模倣を重視しないという点において、人工主義は抽象絵画と交わり、外的主題を克服し、繊細で詩的な想像力の風景に主題を探し求め、そしてコンポジションのしばりが瓦解し、抒情的閃光に自由が与えられるという点において、シュルレアリスムと交錯する」[6]とタイゲが述べるように、外的モデルからの解放が人工主義の第一の特徴となる。そのとき、画家が志向するのは、「追憶」であり、「夢」であった。シュティルスキーが「追憶は発見する」[7]という言葉を残しているように、追憶を通して、新たな像を浮かび上がらせようとするが、追憶はつねに断片的であり、対象との距離感も定かではない。現実の痕跡が部分的にありながらも、現実そのものではない。シュティルスキーはこう述べる。「追憶は、刻印されることもなければ、消えることもないまま、意識を通過する。そのかたちは現実のものでなければ、人工のものでもない。それは、自然のものである。詩人は人工楽園のなかで幸せを感じることはない[8]」と。タイゲもまた、シュティルスキーの《夢遊病のエルヴィラ》、トワイヤンの《水槽》などについて「目に見えない足枷によって、現実と夢を、印象と追憶を結びつけている」と述べ、かれらの作品の深淵に潜むものの重要性を見抜いている。追憶、夢を探求する過程において、シュティルスキーが行きあたるのが「エロス」という源泉である。すでに触れたように一九三〇年、シュティルスキーは画業と並行して、雑誌『エロティッカー・レヴュー』の刊行を始める。それはタイゲが「詩、世界、人間」のなかでエロスの重要性を表明した年であり、個人的な関係は冷え切っていたとはいえ、両者の世界観がすでに呼応していたことを示している。

一九三二年の〈ポエジー　一九三二〉展を経て、グループ結成の翌一九三五年、プラハでのシュルレアリスト・グループ第一回展において、シュティルスキーとトワイヤンは初めて「シュルレアリスム」という名のもとに作品を発表する。シュティルスキーは絵画の連作《根》、《チェルホフ》、《氷で育った人間》、写真の連作《カエル男》、《目に眼帯をした男》、コラージュの連作《移動キャビネット》、トワイヤンは《薔薇の幽霊》、《黄色の幽霊》、《巨大立石》、《森の声》、《磁石の女》、《プロメテウス》を出品する。タイゲは、これらの作品についてこう述べている。

欲望が定めるものに従い、エロティスムの光を吐き出す作品は、美術的法則と呼ばれるものに関心がない。これらのカンヴァス、グラフィックは、コンポジションについての学問や色彩のバランスという教義が画家たちに指示するものをまったく考慮していない。そこにあるのは、謎めいた森の陰、夜の風景、海中の植生や動物に似ている形、あるいは類似するものは何もなく、ただ過去のない方向の絵を描くべく燃えたぎる記憶が消えていく形、明白な現実の断片の隣にある世界の残骸が発見場所となる形であって、それはけっして美術的な規律によるものではなく、この目覚めた夢の指示によるもの、詩的状態、人間存在の呪われた自由の状態、自由な想像と具象的非理性の圏域と呼ばれる、意識の星座の指示によるものである。トワイヤンとシュティルスキーが先験的で、意図的な美術的構成をすべて放棄し、絵画の調和や美といった伝統的な想念をすべて破壊し、みずからの作品によって、ルネサンス以来、画家の想像力を虐げてきた法則を果敢に乗りこえるとき、そのような絵画を目の前にした批評家は批評する基準と権利を失ってしまう。これらの絵画は、純粋な瞑想でしかない説明をことごとく批判する。同様な作品の価値を規定し得る批判基準、重みなどなく、正統性を証言するのは、ポエジーと絵画の親密な結合でしかなく、相互に独自の質によって確認し合っている「自律的な、具象的非理性の世界と、自律的な、絵画表現を過去に貶めることのないものとの、稀有なる統合」(ネズヴァル)である。[9]

シュティルスキーの作品のうち、《チェルホフ》（一九三四）（図22）に触れよう。二〇〇×一五〇センチの大判の油彩の名称はチェコとドイツ国境にある山の名前に由来する。作品そのものは、一九六一年輸送中の飛行機事故で消失したため、残されている写真だけが手がかりとなっている。大地の面と空中の面の境界線が曖昧に重なる面を背景にして、人間を想起させる一対の像が作品中央に位置している。樹木のような形状のものが左側にあり、その上部から伸びた根っこは覆面をした人間の像に突き刺さって絡まっている。左手の奥には水槽のようなものがあり、そのなかでは様々な数字が付された頭だけが水面に浮かんでいる。このような配置においてまず明らかであるのが、不明瞭な空間構成であり、人間らしき像の空虚さである。上部の非具象的な像の形象があるのに対して、像に絡みつき、像の内部を貫通する根っこは写実的に描かれ、空虚な身体の痛覚が喚起されている。

図22　インジフ・シュティルスキー《チェルホフ》(1934), 油彩, カンヴァス, 200 x 150 cm

またトワイヤンは、一九三四年、二十三点の絵画を制作している。この数は、それ以前にもそれ以後にもないものである。人工主義の時代では、トワイヤンは一つの平面に複数の対象を並列させることが多かったが、一九三四年以降、対象は一つに絞られていく。複数のモチーフがあることで風景といった空間要素が重要であったが、対象が絞られることで空間的な奥行きは失われるようになり、むしろ対象そのものへのクローズアップが進められている。自然の題材をモチーフにした油彩画《森の声Ⅰ》（一九三四）（別図7）では、中央に鳥を想起させる黒い物体が同じく黒の背景の前に位置づけられている。同時期に制作された《溶岩》同様、形態の可変性を想起させつつも、理性で捉えることを拒絶する奥深さを有している。三四年の作品が概して主観的なモチーフが多かったのに対し、一九三六年以降、「客観的な超現実」と称される写実的な要素が作品内に挿入されるようになる。その転換点となったのが《森の使命》（一九三六）（別図8）である。先述の《森の声》を想起させる青い鳥が右の鉤爪で少女の頭を掴んでいる。鳥と少女の頭という予期せぬ組み合わせによって、作品は強度を増している。

シュティルスキーとトワイヤンが「人工主義宣言」のなかで詩人と画家の合一を訴えたように、タイゲもまた二人の作品に「ポエジーと絵画の親密な結合」を見出している。外的対象の模倣から脱し、自由な想像という「具象的非理性」の圏域で展開されるかれらの世界は、理論家であるタイゲに理想的な表現形態にほかならなかった。

マーハ記念論文集

一九三六年には、チェコのシュルレアリストが関係した二冊の雑誌が刊行された。一冊目は、ネズヴァル編の『シュルレアリスム』である。ブルトンらが来訪した際にシュルレアリスト・グループの定期刊行物として企図したものであったが、予算が十分に確保できず、また執筆者も予想外に集まらず、三六年二月にどうにか刊行の運びとなる。定期的な刊行のむずかしさを理解してか、『黄道十二宮』とはことなり、番号は付されず、タイトルは簡素なものとなっているが、四八ページにわたる同書は、同時代の貴重な証言となっている。ブルトン「発見されたオブジェの等号」、エリュアールの「詩の明証性」（抄訳）のみならず、ルネ・クルヴェル、ジゼル・プラシノス、ルネ・シャール、バンジャマン・ペレらのテクストに加え、ブロウク「弁証法的唯物論と精神分析」、イェジェク「シュルレアリスムと音楽」、シュルレアリスムと演劇を論じたホンズル「到来」、ネズヴァル、ビーブル、タイゲ「ポエジーと革命」らチェコのシュルレアリストのテクストなど多様なものとなっている。なかでも、獅子奮迅の活躍を見せていたのが編者のネズヴァルである。同書に収録されたテクストの約三分の一、十五点がネズヴァルによるものであった。「シュルレアリスム的な遊び」としてメンバーたちによる連想も記されているが、これもかれの発案であったのだろう。それに引き換え、タイゲが寄せたのは「ポエジーと革命」だけであった。ここでタイゲが述べていることはきわめて明快である。ポエジーの復権であり、社会主義世界におけるその正当な位置の確保である。

ポエジーを禁じた資本主義社会においては、ポエジーは、バリケードという革命的な側にその場所が外在的に定められている。ポエジーの発展を豊かなものとするすべての詩人たちは、――ポエジーの発展こそが革命に連続する要素であり、ブルジョア的イデオロギーや美学からつねに距離を置いており、それ以外のものは単なる文学でしかない――、人類の歴史において、人類の精神的な発展の歴史において革命的な役割を外在的に担っている。ポエジーの革命的発展は、シュルレアリスムにおいて、次のような段階に到達する。つまり、詩人がポエジーという機能の外在的な革命性を心の底から意識し、ポエジーが主観的にも革命活動の一部を成し、それればかりか、人間の精神を革命するという事実だけではなく、要因にもなるような条件下においてのみ、ポエジーは、外在的な革命という役割のなかで、人間の精神行動の革命と解放という点において存続することができる。[10]

かつて様々な雑誌の中心にいたタイゲは、シュルレアリスム雑誌の中核となることはなかった。チェコのシュルレアリストが深くかかわったもう一冊の雑誌、ロマン派の詩人マーハの記念論集もまた、編者はネズヴァルであった。

すでに見たように、「新しくあること」の強迫観念は前衛芸術家の誰もが有しているものである。しかしながら、その「新しさ」は、未来的な志向だけではなく、忘却されてきた過去への照射というかたちでも実現される。その一例が、チェコにおけるシュルレアリストの「新しい」系譜の創造であり、具体的に参照されたのが、十九世紀の詩人カレル＝ヒネク・マーハだった。

自身もシュルレアリスムの洗礼を受けたことを公言する作家ボフミル・フラバルの短篇「黄金のプラハをお見せしましょうか？」には次の一節がある。

よろしいか、われわれの崇拝はなにもブルトン、エリュアールだけじゃありません。カレル＝ヒネック・マーハもまたその対象なのです。(11)

一九三六年、チェコスロヴァキア国内では詩人カレル＝ヒネク・マーハの生誕百周年の様々な記念行事が行なわれていた。『皐月』という一冊の詩集のみを発表し、わずか二十五歳でこの世を去ったロマン派の詩人は、国民詩人として崇められていた。ミュンヘン会談後の一九三八年十月には、ドイツ系住民が多数住むリトムニェジツェの墓地からかれの遺骸が掘り起こされてプラハに移送され、大きな話題を呼ぶ。タイゲは、『皐月』の初版の日付はチェコ詩が誕生した日付であると同時に、チェコ詩が国際的な詩のダイナミックな圏域に入った日付でもあるとし、それは「数百年の時を経て、暗く、空虚なチェコの地平に現れた抒情の輝き」であったとマーハを評している。

「国民詩人」として位置づけられるマーハであったが、恋人ロリとの性生活を日記に赤裸々に綴るなど様々なタブーを秘めた人物であった。それゆえ、タイゲは「十分に触れることのない自由とともに、人間の精神が現れるあらゆる詩、思想は、嫌悪感を誘う策謀、歪曲の対象となっていく」と警戒感を強め、「ブルジョア文学、文化は、平穏そして秩序にとってあまりにも危険な力となる、思想や詩の遺産を掠奪している」と糾弾し、詩人の世界観を恣意的に顕彰しようとする公的な記念行事を批判し、シュルレアリストたちとともに独自の記念論集『白鳥さえも、月さえも』(一九三六)(図23)を発表する。タイゲは、同論集に寄せた「革命的ロマン主義芸術家カレル=ヒネク・マーハ」という論考で、次のように述べている。

図23　ネズヴァル編『白鳥さえも,月さえも』(1936)所収のシュティルスキーのコラージュ

マーハの日記は、『皐月』や『ジプシー』同様に詩的な作品であるというのに、今なお、完全な形で刊行されていない、というのは、エロスに関する暗号化された箇所を無垢に解読する者たちが公の目に触れるのを厳しく監視しているからだ。それによって、今日なお、ブルジョアの倫理観はマーハを検閲しなければならないのが明らかになっている。現実の生活に挿入され、その力によって、ブルジョアの善と倫理の苦しみから解放された詩的反抗は、行為によって実現される欲望の夢であ

り、それは、詩における想像性という驚異の炎以上に、ブルジョアの公衆を挑発し、脅かすものである。[12]

タイゲの言葉に反応するかのように、マーハのエロスに秘められた意味に気づいたのは、ロシア出身の言語学者ロマーン・ヤーコブソンであった。一九二〇年にプラハに到着し、言語学者ヴィレーム・マテジウス、美学者ヤン・ムカジョフスキーとともに、一九二六年にプラハ言語学サークルを設立し、戦後、アメリカ合衆国にわたってからは、構造言語学を牽引した人物のひとりである。ヤーコブソンは「詩とは何か」(一九三三―一九三四)という文章で、マーハについてこのように述べている。

日記のなかでマーハは、自身の肉体の働きを、エロティックなものも排泄のそれについても落ち着きはらった叙事性をもって描写している。うんざりするような暗号を用い、簿記係の頑固な正確さでもって、〔恋人の〕ロリとの逢引の折、どんなふうに、なんど欲望を満たしたかを書きつけている。〔……〕日記に現れる恋人の外見の詳細にわたった描写は、どちらかといえば、ヨゼフ・シーマの絵にある頭のない女のトルソを思わせる。[13]

ヤーコブソンは、ブルトンとエリュアールがプラハに来訪した際に同行し、のちに〈大いなる賭け〉の一員となるチェコ出身の画家シーマの名前を出しながら、マーハの日記の記述を分析する。さらに抒情詩と日記の関係について虚構と真実ということではなく、「その両方の面がともに真実」であり、「同一の対象、同一の経験の異なる意味論上の次元」と位置づける。この議論は、構造詩学の文脈でしばしば言及されるものだが、当然ながら自動筆記に連なる指摘でもある。

タイゲは、シュルレアリストの先人のマーハを、とりわけ革命家として評価するが、その際、マーハの背後に見出すのは「内的亡命」という要素だった。

生きながらえた社会の形態さえも重々しく命を落とす、古い公的なヨーロッパの最も暗い片隅で、革命ロマン主義者マーハは、内的亡命という決定な的行為をなし遂げた。だが、故郷から異国への脱出によってではなく、故郷で異邦人となったからであり、「この世以外のどこか」へ逃げることではなく、自由へ向かう精神が自由な精神となり、宗教を通して育てられ、観念的な教育を受けた人間が無信仰、無神論者となる至高の行為、つまり怒りを通して、そうなったのである。そして、詩人は詩人となり、愛は愛となったのである。(14)

同論文集には、ビーブル、ブロウク、ネズヴァル、タイゲといったシュルレアリスト・グループのメンバーだけではなく、演劇家ブリアン、批評家カランドラ、ノヴォメスキーも寄稿し、さらには美学者ヤン・ムカジョフスキーのインタビューも掲載している。ムカジョフスキーは、一九二六年に結成されたプラハ言語学サークルのメンバーの一人であり、ロマーン・ヤーコブソンとともに、構造主義的な文芸理論、美学の礎を築いた人物である。ほかの地域においてはしばしば孤立することもあったシュルレアリスムという運動体が、同時代のプラハで学術的な関心を持つ学者と相互交流を行なっていたことを示す一例だろう。

「ブルジョア的」な社会は審美的なマーハ像を作り上げるべく、マーハの日記を検閲し、作品に介入し、シュルレアリストたちはそのような公的な祝賀に「復讐」するべく同書をつくったのだが、ほどなくして自分たちもまたマーハの運命をたどることになる。

マーハの論文集が刊行されてから二カ月後の一九三六年八月、反革命分子を粛清した事件として知られるモスクワ裁判が始まる。パリとモスクワという二つの磁場に挟まれたプラハでは、両極の動きが生じる。ジャーナリストのザーヴィシュ・カランドラらがモスクワ裁判の実情を伝える文章を発表する一方、党に近い文筆家ユリウス・フチークはモスクワ裁判の正当性を訴えるなど、モスクワ裁判の評価をめぐって世論が二分されていた。

タイゲは、一九三六年八月二十九日、「モスクワ裁判」という文章を書き、『プラハ－モスクワ』（六号）に寄稿する（しかしながら、同号は焼却処分され、公に流通することはなかった）。この文章で、タイゲは、ソ連の内政的な論争にわたしたちが口を挟むのは適当ではないとしながらも、かつて卓越した革命家たちが反革命というテロの陰謀で告発され、かつての反対勢力が追放され、さらには政治の要職から刑務所へ、そして処刑所へ向かうという事実は、国際的な公衆を震撼させる「悲劇」と位置づける。そして「協力というものはすべて相互批判を要する、客観的で、偏見のない批判は、批判対象を強めることとなる」と述べ、慎重に言葉を選びながら、同裁判ならびにソ連の体制を批判する。このようななか、チェコスロヴァキア国内のメディアは、モスクワの論争を内政の関心に引き付け、ヒトラーのメディアのプロパガンダはモスクワ裁判を反ソキャンペーンに用いようとしていると注意を促す。

ヒトラーの第三帝国が、冷笑的な開放ぶりで、ソ連に対する戦争の攻撃を準備し、秘密警察のエージェントを通して、陰謀を図ろうとしているなか、チェコ語の新聞が、それぞれの党や内政の利益に応じて、モスクワ裁判の「衝撃」を伝えたり、ソ連邦の擁護に傷をもたらしたり、反ファシズムの平和の世界戦線の要塞を弱めてはならない[15]。

タイゲを初め、ソ連との協働を訴えてきた左翼系知識人にとって、モスクワ裁判は踏絵の様相を呈していた。モスクワ裁判を非難することはみずからの理論的裏付けを失うことでもあり、チェコのメディアは一様に静観を決め込む。そのようななか、タイゲは「相互批判」の必要性を訴えるが、かれの文章は焼却され、一般の人の目に触れることはなかった。

一九三七年には、スターリン体制を非難するアンドレ・ジッドの『ソヴィエト紀行』が発表され、チェコスロヴァキア国内でも議論が湧き上がる。とりわけ、S・K・ノイマンは直後に『反ジッド』を発表し、ジッドならびにかれに賛同する左翼知識人に対する批判が展開されるようになる。

このような状況下、親ソ連の立場を取る人びとにとっての芸術綱領は社会主義リアリズムにほかならず、シュルレアリスムは反ソ連の代名詞となっていく。チェコのシュルレアリスト・グループの設立者ヴィーチェスラフ・ネズヴァルが一方的にグループの解散を宣言するのはまさにこの時期、一九三八年のことだった。一九三八年三月七日、プラハのワインケラー〈ウ・ロハ〉で、シュルレアリストたちは会合を行なっていた。その時の様子をタイゲは、次のように記している。

三八年三月七日、数カ月にわたって接触しなかったネズヴァルが喧嘩を誘発する意図でわたしたちのもとにやってきた。グループから離脱するという見解は、『トヴォルバ』（一三巻一三号、三八年四月一日）で述べた通り。ネズヴァルの態度の変化は、共産党の文化政策の変更時期と重なっている。五人のメンバーおよびび友人がいるところで、ネズヴァルは議論の口火を切り、モスクワ裁判の決定的な判断、メイエルホリドの劇場の解散といったソ連の体制が行なった行為を認めなければならない、というのも、その背後には、スパイが潜んでいるからだという。また国際的なユダヤ組織の関与も匂わせ、反ユダヤ主義的言動も述べる。その場にいなかったわたしたちの友人たちに対しても、聞くに堪えないアーリア人にまつわる文句を述べる。さらに、ブリアン、ブロウク、シュティルスキーに批判を繰り広げた(16)。

ここで「その場にいなかったわたしたちの友人」のひとりは、先に触れたロマーン・ヤーコブソンである。一九二〇年からプラハを拠点にして活躍していた言語学者は、翌一九三九年三月、プラハを脱する。

この騒動の後、グループの五人のメンバーはネズヴァルに手紙を送り、まだグループのメンバーに留まる意志があるかと訊ねたものの、ネズヴァルからは回答がなかった。その代わりに、一九三八年三月十一日、『ハロー・ノヴィヌィ』紙に、「詩人ヴィーチェスラフ・ネズヴァルは、これまでのシュルレアリスト・グループを解散したと本紙に伝えた」という記事が掲載される。三月十四日、ネズヴァルを除く、ビーブル、ブロウク、ホンズル、イェジェク、シュティルスキー、トワイヤン、タイゲが集い、ネズヴァルの声明を否定する記事を翌日の『ランニー・ノヴィヌィ』に掲載することを決め、ネズヴァルにはプラハのシュルレアリスト・グループを解散する権利はなく、グループはこれからも存続し、活動を、国外のシュルレアリスム運動と連携すると表明する。

その後、ネズヴァルは共産党系のメディアで、「グループの理論的な活動はもっぱらわたし［ネズヴァル］の仕事と主導権に依拠している」がゆえに、「公の面前で結成の任を担った形態の解散を宣言することは義務だと思う」と発言し、解散の理由は「わたしが不当で危険だと見做す政治見解が広がりはじめた」からだと説明する。これを契機に共産党系のジャーナリズムはグループに対する攻撃を強め、『ルデー・プラーヴォ』、『トヴォルバ』、『ハロー・ノヴィヌィ』といった共産党系メディアのみならず、ファシズム系の週刊誌『ナーロドニー・ヴィーズヴァ』もネズヴァルの見解を歓迎する。

ソ連およびチェコスロヴァキアの共産党の文化政策の転換とともに、ネズヴァルはシュルレアリスムと距離を置くようになったとタイゲは振り返り、一九三八年一月のシュティルスキー、トワイヤン展のオープニングの挨拶で、ネズヴァルは、グループを違う方向に誘導しようとし、解散の政治的口実を探していたと指摘する。そのような傾向は、詩作においても現れ、大統領マサリクを礼賛する詩を発表したり、ロベルト・ダヴィッドという偽名で甘ったるいソネットを一九三六年に発表したりしていることから明らかだとし、ネズヴァルの詩作には、真にシュルレアリスムの詩（『絶対的な墓堀夫』）と低いレベルにある紙のピラミッドに埋もれる作品（『希望の母』）という二面性があると見做す。

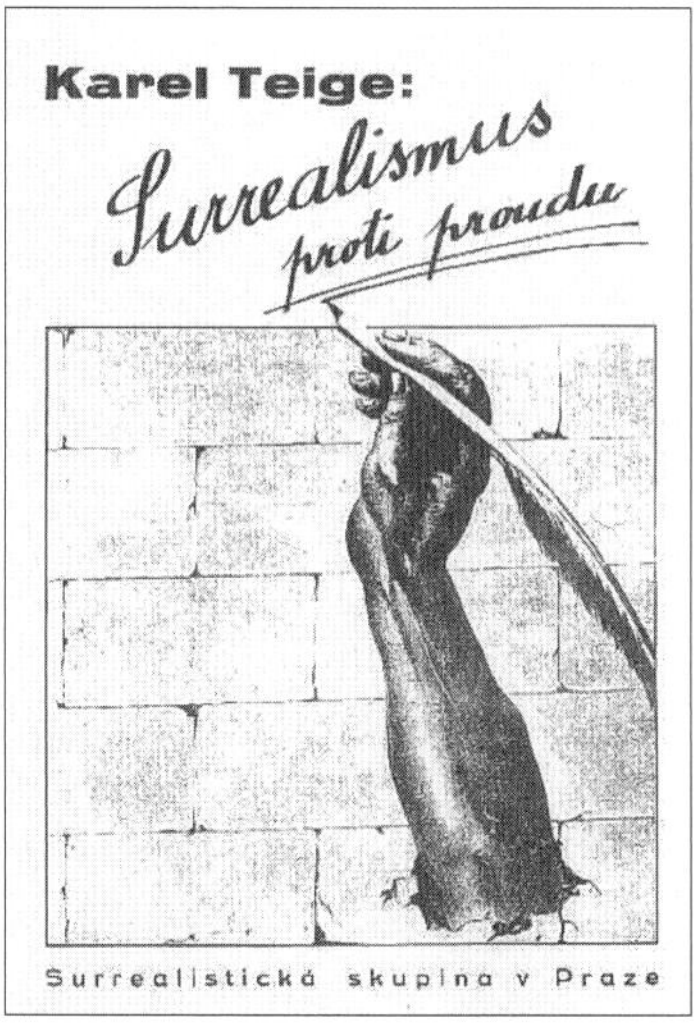

図24　カレル・タイゲ『流れに抗うシュルレアリスム』(1938)の表紙。装幀カレル・タイゲ

タイゲはブルトンに書簡を送り、支援を求めるも、四月にメキシコに向かう状況にあったブルトンは介入しない立場を取る。タイゲやほかのメンバーはネズヴァルによる解散宣言を認めず、逆にネズヴァルに除名宣言を言い渡す。批判が強まっていくなかで、タイゲは『流れに抗うシュルレアリスム』（図24）を同年五月に発表する。副題に「シュルレアリスト・グループは、ヴィーチェスラフ・ネズヴァル、ユリウス・フチーク、クル

ト・コンラット、S・K・ノイマン、J・リバーク、L・シュトルらに答える」とあるように、このパンフレットには、共産党に賛同する人びとからの批判や攻撃への回答という意味合いがあった。

タイゲは、まず共産党の見解に対する批判精神を持ち合わせていないメディア、批評家たちに批判の矛先を向ける。さらにソ連およびチェコスロヴァキアの共産党が文化政策を転換していくと同時に、ネズヴァルがシュルレアリスムと距離を置くようになったことを指摘し、ロベルト・ダヴィットという偽名で発表したソネット集など、詩作においても、それは明らかだと批判する。ネズヴァルの解散宣言を否定し、さらにはかれの振る舞いを次々と否定していくなかで、タイゲが注目するのはここでもまた「詩」をめぐる議論だった。「その本来の名前にふさわしいシュルレアリスム、そしてポエジーは、日々の政治が織りなす戦略や戦術がけっして足を踏み入れることのできない領域に位置している[17]」としてネズヴァルがスターリンやマサリク礼賛の詩を書いていたことを批判する。さらには、よく知られたロートレアモンの言葉を引き、ネズヴァルが当初、シュルレアリスム的な精神を持ち合わせていない単なる友人をグループのメンバーとしたことに異議を唱える。

シュルレアリスト・グループはみずからを秘教的なセクトと見做しているわけではない、だが、シュルレアリスムに多少なりとも真剣な関心をいだく人びとをすべて受け入れる組織でもない。受け入れられるのは、みずからの作品によって、シュルレアリスム思想の発展に寄与できる者だけである。真にシュルレアリスム的に活動する者であるならば、誰とでも協力関係を結ぶ用意はできている。ネズヴァルが当初グループに連れてきた新しい人びとのなかで能力を発揮した者が一人としていなかったこと、そして、シュルレアリスムの本質をまったく理解していなかったのだろう、かれらがつくった文章、せいぜいよくても詩行は惨憺たるものであったばかりか、シュルレアリスムとはほとんど関係のないものだったことは、わたしたちの責任ではない。ポエジーをつくらず、みじめな文学しか産み出さない奴らは、わたしたちが予言として確信するロートレアモンの言葉の傘下に入ることは不可能だ。ロートレアモンのアフォリズムこそ——それは、労働の隷従的分配ならびに芸術や学問の専門化が克服されれば、人間の精神および人間の創造力は解放されるというマルクスとエンゲルスの予測に呼応しているようにたえず思われる——わたしたちにとって真なる予言なのである。共産主義という階級のない社会において、誰もがポエジーをつくるようになるはずであり、それは、今日わたしたちが知っているようなポエジーではないだろう。詩人の数が増えれば詩の質も変わるはずだが、それがどのような方法となるかについては、今はただ不確かな推測としてしか言うことはできない[18]。

ネズヴァルの友人であったイムレ・フォルバート、ヨゼフ・クンシュタート、カティ・キングはグループ結成時のメンバーとして名前を連ねていたが、実質的な活動はほとんどしておらず、『国際公報』にもかれらの名前は掲載されていなかった。さらに、彫刻家マコフスキーは、プラハのウィルソン駅前にルーマニア国王を歓迎する門を作成したために除名処分になっている。その結果、ネズヴァルを含め、五名がグループから去り、ビーブル、ブロウク、ホンズル、イェジェク、シュティルスキー、タイゲ、トワイヤンの七名がメンバーとしてとどまっていた。

だが、タイゲのこの文書はネズヴァルへの個人的な怒りをただ表現したものではない。そこにはいくつか当時としては先見的な眼差しもうかがえる。その一つが、スターリン主義とナチズムの文化政策の共通点を指摘している点である。

ソ連と第三帝国では、本質的に同じ美学的な議論、つまりアカデミックな回顧趣味と伝統主義の議論によって新しい芸術が批判され、忌み嫌われている。しかし、その議論は、両国で異なる色調を有する政治スローガンで覆われている。ナチスによってバウハウスが清算されたように、メイエルホリドの劇場はドイツでも存在し続けることはできなかっただろうし、ドイツから亡命を余儀なくされたパウル・クレー、V・カンディンスキー、ハンス・アルプら画家も、ソ連に居続けることはできなかっただろう[19]。

ソ連の改革によって、識字率や一般市民の教養が向上したという成果を認めながらも、芸術、学術面での自由な思想を取り締まる官僚的な命令や指令が、今日、ソ連芸術を停滞させていると指摘し、それはナチズムの第三帝国にも共通するものだと見做す。さらに、『反ジッド』を著した批評家ノイマンの語彙はナチスのそれと同一であると述べ、国内の右翼勢力もこの二つの勢力との親縁性を持っていることを指摘する。ネズヴァル事件以降、シュルレアリスム批判ばかりを繰り返す国内のメディアに対しても異議申し立てを行なうタイゲは、「シュルレアリスト・グループは、自由、創造、討論、そして批評の原則から一歩たりとも譲歩しないことが不可欠だと考えており、それゆえ、実行するに値しない共産党系のメディアが進める文化政策が復古主義であることを証明する必要がある[20]」として、流れに抗うシュルレアリスムという姿勢を明確にする。一九三八年の段階において、スターリン主義とナチズムを同列に扱う視点は稀有であり、タイゲの先見性を示している。しかしながら、この指摘により、のちに共産主義者から徹底的に非難されることとなる。

このような論争と同時に社会情勢は一段と予断を許さない状況になっていた。ネズヴァルによるグループ解散を伝える記事が出てから二日後の三月十三日には、ドイツによるオーストリアの併合がなされ、チェコスロヴァキア国内でもズデーテンの対応は喫緊の問題となる。『流れに抗うシュルレアリスム』が刊行された五月には予備役兵一万七千人が招集されるなど緊迫した情勢となり、そのようななか、九月にはミュンヘン会談を迎えることとなる。

シュルレアリスム、ポエジーは政治が足を踏み入れることのできない領域に位置しているとタイゲは述べたが、プラハのシュルレアリスムト・グループは、ミュンヘン会談以降の政治的・社会的緊張によって、その実質的な活動を停止する。展覧会や出版活動が制約されるなか、一九三九年一月にはイェジェクは海を越えてアメリカ合衆国に渡り、奇しくもプラハでシュルレアリスト・グループの結成が宣言されてからちょうど八年目にあたる一九四二年三月二十一日、シュティルスキーは病のためこの世を去っている。トワイヤンの画業、タイゲの執筆活動といった個人的な活動を除くと、集団的な営為としてグループの活動は一九三八年を境に実質的に停止する。この出来事の意味はプラハのシュルレアリスト・グループの活動停止というグループに関わる事象だけではなく、「前衛」をめぐる議論とも関連する。タイゲの著書がいみじくも示しているように、三八年以降、プラハのシュルレアリスムは「流れに抗う」位置に置かれる。つまり、社会的、政治的な趨勢に掉さす立場となったことを明確に言明したのである。それは前衛芸術の中心人物として、あるいは先導者として活動をしてきた前衛芸術家タイゲにとって大きな転換点であり、「前衛」という輪舞からの転落、むしろ「後衛」といってもよい立場への移行であった。このとき、タイゲが信じていたのは構成主義でもなければ、ポエティスムでもなく、ほかならぬシュルレアリスムであった。「前衛」の不可能性を感じ取ったのか、これ以降、タイゲが語る口調はそれ以前の高揚感漂うものとは異質なものになっていく。

第6章

内的モデル

内への志向

かつて様々な芸術潮流の中心に位置し、「イズムのエージェンシー」と称されたタイゲは、一九三八年以降、その輪の外にはじき出されてしまう。戦後のプラハのシュルレアリスト・グループについて、タイゲはこう記している。「シュルレアリスムの地図において、最も重要な場所のひとつだったプラハでは、まだ、集団での活動、シュルレアリスト・グループは展開していない、そのグループからは、当初の結成メンバーの何人かがいなくなり、シュティルスキーの死後〔……〕、グループは実質的に存在せず、再結成もされていない[1]」。

ナチス・ドイツによる保護領の時代、プラハのシュルレアリストたちは四散する。イェジェクはアメリカ合衆国に亡命し、シュティルスキーは一九四二年にこの世を去っている。保護領下にあったため、タイゲはシュティルスキーの追悼文を発表することもできず、戦後一九四六年四月に、タイゲはトワイヤンと共に回顧展をマーネスで開催するのみだった。そしてそのトワイヤンもまた、戦時中彼女の許に身を潜めていたインジフ・

ハイスレル（一九一四－一九五三）とともに、一九四七年三月、パリに渡り、その後、トワイヤンがプラハに戻ることはなかった。主要なメンバーはほとんどいなくなり、タイゲは孤立する。とはいえ、ヴァーツラフ・ジクムントやヨゼフ・イストレルら、のちにグループRaを結成するブルノの若い芸術家たち、ヴラチスラフ・エッフェンベルゲルら、プラハの若いシュルレアリストたちと出会い、交流を重ねてきたことは指摘しておかねばならないだろう。保護領の時代、そして戦後、タイゲが若いシュルレアリストたちの精神的支柱として言葉を交わしたことによって、タイゲら第一世代以降の世代にその精神が継承されることになるからである。それについては別の機会に論じるとして、話をタイゲに戻すことにしよう。

一九四八年の二月事件によって共産党の実質的な独裁体制が確立すると、ブルジョア活動家と見做されたタイゲに対する批判が高まり、出版の可能性も絶たれてしまう。だがタイゲに残されたのは執筆を続けることであり、未完に終わったものの、自身の芸術理論の到達点である論考「芸術の現象学」の執筆に没頭することだった。表舞台にでることがほとんどなくなった一九四〇年代のタイゲの活動で顕著であるのが、理論的な著作の執筆である。なかでも「内的モデル」に関する議論は特筆に値する。

ヴァシリー・カンディンスキーが「精神的なるもの」を探求し、フランチシェク・クプカが「造形芸術における創造」を追及したように、二十世紀初頭のモダニズム絵画には、視覚中心の外的世界を拒絶し、内的な、精神世界を探求する動きがある。そのひとつの極に「模倣」からの離別を宣言したキュビスムがあり、この傾向をシュルレアリスムという文脈においてより明確に言語化したのがアンドレ・ブルトンであった。ブルトンが「こんにちあらゆる精神が一致してもとめている現実的諸価値の徹底的な再検討の必要にこたえるために、純粋に内的モデルをよりどころにするだろう、それ以外にはないだろう」[2]と述べ、「オートマティスム」の志向とも呼応する「内的モデル」がシュルレアリスム芸術の基本原則のひとつとなったことは知られている。

だがブルトンは適宜この術語に言及するものの、体系的な説明を繰り広げてはいない。これに対して、タイゲは「内的モデル」の検討をより積極的に試みている。奇しくも、それはナチス・ドイツの保護領という外的な活動が制限された時期のことでもあった。

「内的モデル」の系譜

興味深いことに、タイゲが「内的モデル」をめぐる議論を初めて体系的に展開したのはシュルレアリストの作品についてではなく、チェコの画家ヤン・ズルザヴィー（一八九〇－一九七七）(図25) をめぐる文章においてであった。論考「ヤン・ズルザヴィー――先駆者」（一九四二）の中核をなしているのは、象徴主義、表現主義、キュビスム、瞑想絵画など多様に形容されるズルザヴィーの絵画の特性の説明、とりわけ、「内的モデル」という概念を通しての解釈である[3]。タイゲは、まずジョルジオ・デ・キリコ、マルク・シャガール、パウル・クレーといった名前を挙げ、外的対象のフォルムと決別した芸術家のひとりとしてズルザヴィーの位置づけを試み、「物理世界のなかで視覚が物理的に見るものを伝えるのではなく、内的世界、つまり内面の視覚が眺めたものの知覚を視覚的に表現する[4]」として、物理的視覚世界とは異なる世界が表現されている点を強調する。さらに「欲望」、「偶然」、「無

図 25　ヤン・ズルザヴィー《瞑想》(1915)，油彩，カンヴァス，50.2 x 37.5 cm，プラハ国立美術館蔵

意識」というシュルレアリスムに頻出する語彙を用いながら、霧や闇の無形の世界から生じる「内的モデル」の位相を指摘する。

想像的絵画の内的モデル、つまり、非理性的で詩的かつ内面的な想念は、精神的組織の力の作用によって具体化し、形成される。そのような力の磁場を通ったのちに今ある姿になる、つまり、欲望という霧や本能的な傾向、あるいは偶然の体験で現実になったものの回想で覆われた不確かな痕跡から、無意識という闇から芸術家の内的視覚に現れる想念として結晶化される。(5)

まずここでの「想像的絵画（imaginativní malířství）」とは、「内的モデルの《精神的フォルム》の視覚化(6)」を念頭に置いており、シュルレアリスムのみならず、ズルザヴィーの絵画など、内的モデルを具象化した芸術という意味で用いられている。「非理性」、「詩」、「内面」といった形容から看取されるように、視覚を通して認知される外的世界ではなく、欲動の根源となる精神への志向が表明されている。外的な知覚の対極をなすのが内的イメージ、想像世界のスナップであり、内的モデルの忠実なイメージをカンヴァスに定着することを目指していた。「内なるもの」が形象化されるプロセスについて、「内的モデルは無意識の闇から浮かび上がったその瞬間にシャッターを切らなければならず、内的モデルは頻繁に変化したり動くため、オートのレリーズを必要とするが、それは（心の）自画像でもある(7)」など、タイゲは写真光学の語彙を用いて説明を加えている。(8)無意識という無形なものを造形化するプロセスが光学的な装置を介してわかりやすく解説されるのだが、その一方で、画家は「高感度の感光板」を自在に扱わなければならないなど、心に浮かぶイメージの消極的な受容と誤解されかねない表現も散見する。そのため、タイゲの内的モデルに関して、「狭く、問題を孕む創造性の理解[9]」といった指摘もなされている。たしかに「ネガ」と「ポジ」の関係に喩えるなど、何らかの契機に生じた内的モデルをあるフォルムを有する感光板に投影するという過程は、ともすれば受動的なプロセスと見做されることもあるだろう。だがこの投影のプロセスは自動的なものではなく、何らかの作用が必要とされる。トワイヤンの同名の連作を論じた「射撃場」(一九四六)のなかで、タイゲは次のように述べている。

> 存在と意識、認識と想念、対象と記号の相互関係は、機械的な一致を見るものでも、類似するものでもなく、現実の事実がその精神的痕跡を直接規定するものではない。自然は鏡に反射して二重になり、眺められた客体は、陰画(ネガ)として、眺めている主体に陽画(ポジ)を残す[10]。

「陽画(ポジ)を残す」という言葉があるように、「内的モデル」は、ある種の作用を引き起こす関係として捉えるべきだろう。心に浮かぶ何らかの想念の正確な複製をつくることが問題にはなっておらず、ある種の動因として「光」を放ち、作用をもたらす点にこそ、「内的モデル」の積極的な役割がある。次の一節は、同モデルが出現し、作用する様相を伝えている。

> (夢想とは異なる)無意識の不断の活動がもたらす連想的な想念が強力な一群をなして心のなかにイメージを作り、それによってわたしたちが魅了され、内的モデルとしてわたしたちのなかに押しかけてくるとき、心理的なショックが引き起こされ、それは恍惚(エクスタシー)や啓蒙と同じ状態になる。つまり、霊感(インスピレーション)という花火のような閃光が放たれるときが露光の瞬間となる。この一瞬を撮影することで、わたしたちの精神という感光板にイメージが生まれると同時に完成を迎える[11]。

「花火」、「閃光」といった語彙は「霊感」という語の比喩であると同時に光学的解釈への導入ともなっている。それは精神的な領域と物質的な領域の横断を試みる「内的モデル」の本質ともいえる。さらにタイゲは画家ズルザヴィーの言葉も引用しつつ、「内的モデル」を芸術作品の創造のプロセスの位置づけを試みる。「わたしの芸術は、人間という存在の下意識という闇に錨を下している精神状態を転写したものであり、そこから、あらゆる出来事が生まれ、外見にも現れる。それはつまり、絵画においては、物質を精神的圏域に高めることであり、物質に精神的な力を授けることである」[12]。ズルザヴィーの発言に賛同を見せるタイゲにとって、「内的モデル」とは、単なる内面世界の表出ではなく、精神性をより高い圏域に昇華させるヘーゲル的な世界観と呼応している。

「内的モデル」を論じるにあたって、タイゲがまず選んだのはトワイヤンやシュティルスキーといったシュルレアリストではなく、ズルザヴィーであった。このことは、タイゲが「内的モデル」をシュルレアリスムの文脈に限定することに意図があったのではなく、より広範な文脈での位置づけを念頭に置いていたことが看取される。そのひとつの枠組みとして、「美術史」への参照がなされていく。前述の論文「ズルザヴィー」では、外的世界の表象が主題となっていない幻想芸術への言及もなされる。グリューネワルト[13]、ボスといった名前を挙げ、幻想芸術はトラウマを伴う歴史の転換期に現れるものの、美術史の脇に位置づけられてきたとする。さらにマニエリスム美術でしばしば用いられる表現であり、「内的構図（Disegno interno）」という術語にも言及がなされる。これは新プラトン主義にもとづく概念であり、「非自然主義的抽象化」、自然模倣にとって代わる幻想芸術を解釈するものとして、グスタフ・ルネ・ホッケが『迷宮としての世界』で議論を展開したことでも知られる[14]。ルネ・ホッケはマニエリスム美術の評価にあたって刺激を受けた人物としてウィーン美術史派の美学者マックス・ドヴォジャーク（一八七四－一九二一）の名前を挙げているが、「内的モデル」の説明を行なうにあたってタイゲが言及したのもドヴォジャークであった。ドヴォジャークは、アロイス・リーグルが提唱した「芸術意欲（意志）（**Kunstwollen**）」という概念を発展させ、美術作品の「精神性」に着目し、ゴシックからマニエリスムにいたる美術の評価に尽力したことで知られる。ゴシック芸術に関する議論のなかで、「古代とはまったく異った意味で、芸術における真実性や合法則性客体としてではなく、その主体として、芸術の革新となった」[15]人間は、意識的に写実性や自然模写から離背し、外界を精神の産物として理解し始めるとしているが、このような「精神性」への探求はドヴォジャークの理念の基本的な軸をなすものであり、タイゲもまたその延長線上で「精神性」にしばしば言及している。[16]

ドヴォジャークがゴシック、マニエリスム美術を論じながら、オスカー・ココシュカから同時代の芸術家に関心を寄せていたように、タイゲもまたグリューネヴァルトら古典の作家に言及しつつ、同時代の画家をめぐる論考を展開する。なかでもズルザヴィーに影響を与えた人物としてタイゲが注目するのは、チェコのキュビスム画家ボフミル・クビシュタ（一八八四－一九一八）である。タイゲはクビシュタについての文章を複数発表したほか、クビシュタによる論考集『様式の前提』（一九四七）にも文章を寄せている。例えば、タイゲがキュビスム美術を次のように解説するとき、その視線の先には「内的モデル」が広がっている。

キュビスム絵画は、客観的な模倣でも、主観的な印象でもなく、イメージという全体性において、フォルム、線、色を統合することである。諸対象の断片的なアスペクト、示唆、省略は、イメージという全体性の建築に従属し、そこでは、見慣れたものの顔はほとんど消えてしまっている。イメージは、外的現実の記述ではなく、芸術家の精神によって形づくられ、抒情性に満たされた、芸術家の内面から生まれた新しいものである。[17]

ここでタイゲは「芸術家の精神」に着目しているが、この精神性こそが、クビシュタが探求したものでもあった。クビシュタはある私信で、「近代芸術は、内的道徳的状態から派生させなければならない〔……〕キュビスムはそのため表面的で、客観的身体に関与し過ぎている」と綴り、さらにはピカソらの基盤を踏まえつつも、「精神的領域に進まなければならない[18]」と言明している。タイゲが共鳴したのもまさにこの精神性の探求であり、「内的モデル」という語を用いて、クビシュタ作品の解釈を試みている。それゆえ、タイゲにとって「クビシュタの作品は、チェコの近代絵画史において、その様々な価値によってひとつの頂点をなしている[19]」ものであった。

このようにして見ると、タイゲが関心を示したヘーゲルの思想、ドヴォジャークの美術史、そしてクビシュタの芸術観のいずれにおいても「精神性」というキーワードが通底している。タイゲの「内的モデル」は、ブルトンのみならず、このような思想家、美術史家、芸術家らとの対話によって育まれたものであり、とりわけ後者の二人との関係は中欧美術という文脈から醸成されたものであった。

記号の介在／不在——トワイヤンの《射撃場》

次に、作品受容の観点から、「内的モデル」の問題を検討する。シュルレアリスムに限らず、幻想芸術や抽象芸術をめぐってしばしば用いられる「意味」の問いかけは様々なレベルで行なうことができるが、タイゲはチェコのシュルレアリスム画家トワイヤンによる同名の連作をめぐる論考「射撃場」(一九四六)において、記号論的解釈の可能性について触れている。内的モデルと何らかの形で連関する作品を解釈するにあたって重要な要因となっているのが、様々な意味生成を担う記号の介在（あるいは不在）である。端的に述べると、外的モデルとの決別は、記号内容（シニフィエ）という記号表現（シニフィアン）という「記号」としての関係性との決別を意味し、それは同時に、従来の記号論的解釈が失効することでもある。だがタイゲは、きわめて抽象的な無対象絵画においても、記号作用は残存していると指摘する。例えば、「非自然主義的、抽象的な絵画においては、イメージのある文脈により、ある種の線条的でカラフルな幾何学的なかたちがこれやあれといったものを具体的に意味していることがある。楕円は顔を、楕円の中央にある垂直三角形は花を、その楕円の外にあるものは、木、先端、塔、岩、帆船など、意味的コンテクストに応じて、ありとあらゆるものを意味することがある」[20]ためである。

チェコの美学者ヤン・ムカジョフスキーの論考「絵画におけるシュルレアリスムの認識論と詩学」（一九三八）に依拠しながら、タイゲはトワイヤンやシュティルスキーの絵画の説明を試みる。いわゆる写実的絵画において記号は示されているものへ向かい、さらに何かを代替する象徴として、ほかの隠れた意味や想念を潜在的に意味するが、トワイヤンの《射撃場》に見られる模倣的なスケッチは、事物の暗号、徴候、記号ではなく、事物それ自体の痕跡として捉えるべきだと主張する。

ヘーゲル、フロイトの名前を挙げ、象徴の多義性に触れながら、絵が表現しているもの、意味しているものは何かとこたえることはできないとする。というのも、「描かれた対象はいずれも、それ自体を意味すると同時にほかの想念や事物を象徴することがある」[21]からである。従来の記号表現と記号内容という関係性を留保しつつも、さらにそれとは別の何かの象徴性を担うことで、多層的な意味が構成される。しかしながら「ほかの想念」という不確定な表現がきわめて雄弁に物語るように、記号の象徴性は固定されたものではなく、可変的である点が強調される。

十二枚のスケッチからなる連作《射撃場》(図26、27)が描き出すのは、「祝祭、お祭り、縁日の見世物」と「集中砲火で荒廃した世界のイメージ」という二重の世界である。「射撃場」という名称自体が二重の意味を帯び、それぞれのスケッチ、そればかりか、描かれたそれぞれの事物もその背後に隠れている二次的で比喩的な意味の境界に位置づけられ、幼少期の世界と戦争の世界という二重のプランを有しているとする。描きこまれたすべての事象は幼少期の追憶や遊びのリストに属しているが、有刺鉄線の杭はテロルと虐殺の日々を想起させ、その激烈さゆえに、聴衆の脳裡には戦争の恐怖が刻印される。

芝生のうえに子供がつくっていたものの、廃墟となった建物、爆撃された町の廃墟、遊んでいて殺された子供たち——撃墜された飛行機のように地面に横たわる、ずたずたにされた鳥の胴体——壊れた人形——画面の地平線をめざす小学生の女の子——パリが陥落し、古びた椅子の近くで、地面に散らかっている葬儀用の花——小さな人形劇場には切断されてぐったりとした指が一本吊るされ、舞台上には、切断され、無残な姿の魚が市場の露店のように首から吊るされている。値段の書いてある値札は、歴史という屠殺場でも商いをして儲けることができることを示唆している。もうひとつの劇場の幕はまだ下ろされたままで、どういう演目がこれから上演されるのか知ることはない……。朽ちていき、半ば腐食しているこれらの事物はすべて、多方面にわたる意味を多く孕んでいる。子供の楽園の遊具は現実の歴史の悲劇の舞台を作り、わたしたちが驚愕する対象となっている。幼少期の時代、人類の失楽園、それは、時代の野蛮な怒りのなかで座礁している。縁日の的を狙う遊戯の射撃は、世界的なカタストロフィの血にまみれた恐怖へと一変していく。(22)

図 26　トワイヤン《射撃場》(1939) より，カラー印刷，個人蔵

図 27　トワイヤン《射撃場》(1939) より，カラー印刷，個人蔵

戦争の背後には「攻撃的かつ破壊的な直観や死の暗い衝動」が、幼少期の失楽園の背後には「幼児期の多様な欲望を想像面で充足するもの」があることを指摘しつつも、心理学的分析をもってしても、絵画のすべてを余すところなく照らし出せないとタイゲは述べる。「イメージと詩の多義的な暗号文は、奥底まで完全に解読されることはない[23]」と。

トワイヤンの《射撃場》に描かれた具体的な事物について「有刺鉄線」など特定することは可能であり、さらにタイゲが指摘したような「幼少期」と「戦争」という二重のモチーフは看取することはできるだろう。だが、兎の頭部、記された数字など、個々の事物の背後で記号性が一旦留保され、従来の記号的解釈では探り当てることのできない世界が広がっている。トワイヤンの《射撃場》の例が示すように、「内的モデル」は作品の作り手だけではなく、作品の受容する側も能動的に関与することを求める。芸術理論家であったタイゲにとって、様々な作品の解釈を試み、言語化していく営為こそが「内的モデル」への能動的な関与であったともいえる。

「現象」としてのモデル

タイゲによるトワイヤンの作品解釈を通して記号的関係性の介在（不在）に触れたが、この議論を推し進めていくと、記号表現と記号内容の関係だけではなく、記号と「現実」の関係性の問題にも直結する。「内的モデル」が外的世界の模倣とは異なる立脚点から出発していることはすでに確認したが、「内的モデル」という表現ゆえに、外と内、理性と非理性、写実と抽象といった対立関係のなかで同モデルが捉えられるのではないかという誤解が生じることがある。だが、タイゲにとって、これらは対立関係をなすものではなかった。

見られるものとなった想像力は知覚と想念を結ぶ橋をつくり、その橋では、人間が幻影と出会い、外的現実と内的現実が相互に浸透し合っている。ここでは外的モデルと内的モデルがたがいに手を差し伸べている。この瞬間から、あるイメージへの衝動がイメージの中でその特徴を見ることのできる外的な対象から発したものなのか、あるいは、客観的な現実から解き放たれた衝動が芸術家の内面に沈潜したものであるのかどうかはどうでもよいことになる。非理性的な想念が具象的な現実へと移行するやいなや、具象的な対象は非理性的な想念へと変形する。[24]

このようにタイゲは外的対象と内的モデルが「相互に浸透」しあうものとして想定し、具象性と非理性の対立は溶解していくものと捉える。このような理性・非理性という二項対立の関係性の克服という点において、タイゲに立脚点を与えたのは、ほかならぬ弁証法的唯物論であった。

非理性主義と理性主義のあいだの絶えることのない葛藤に終わりを告げたのが、弁証法的唯物論であった。弁証法的な思考は、具体的な非理性的な資料をそのなかに統合する。理性は、現実のプロセスと全体的かつ十全に結びつき、非理性的要素を同化させる。理性のこのような同化と統合によって、それらは別のレベルに移行し、そこでは、もはや意識が神秘化されることなく、むしろ、意識を開き、豊かにし、実らせる。それは宗教的な幻覚などではなく、詩的想像力の魔力である。[25]

タイゲは一九二〇年代から晩年にいたるまで弁証法的唯物論を自身の美学の軸としており、それゆえ、外と内、理性と非理性は二律背反の対立関係に措定されるものではなく、むしろ相補的な有機関係に依拠するものであった。それは、内的心象と外的現実という対比関係ではなく、相互に浸透するあるひとつのものを構成するという理解をしていた。その際、重要であるのが、弁証法的唯物論に依拠しながらも、ヘーゲルの現象学に由来する「現象」という概念をつねに参照していた点にある。

絵画手段によって、このような非理性的なヴィジョンに対して、現象的な現実(fenomenické skutečno)の触知可能なオブジェという具体性が与えられる。素材を形づくる空想は、力強い情動的な弾倉にみちたある種の新しい現実をつくる。それは、魔術的な特性のために、日常の現実が否定する満足感を無意識の欲望をもたらす。[26]

晩年、タイゲが執筆に没頭していたのが「芸術の現象学」という未完の論考である。「現象学」という言葉が用いられているものの、タイゲはヘーゲルやフッサールに連なる哲学的な枠組みを想定していたわけではない。「タイゲの〈現象学〉は、美術をめぐる考察の成果であり、ある種のシュルレアリスム的〈理論の理論〉を提示している」[27]との指摘にもある通り、かれの「現象学」はきわめて独創的なものである。ヘーゲル的な「現象」という意味が含意されているものの、「芸術の現象学」で繰り広げられるのは、むしろ芸術社会学という性格を持っているからである。「社会学的概略」という章から始まっているように、「芸術の現象学」では社会における芸術の位置およびその可能性をめぐる検討がなされている。『芸術の市場』(一九三六)以来、タイゲが一方で芸術社会学的な枠組みで美術の位相を忘れるべきではなく、タイゲにおける「現象」という語もそのような文脈で理解すべきであろう。

「社会」の雛形としてのモデル

自明なことであるが、「内的モデル」という術語を通して解説される一枚の「絵」は、個別の現象として機能するだけではなく、芸術史や社会史のなかに位置する「作品」であり、市場においては「商品」ともなる。それは特定の枠組みに流通することによって、何らかの「価値」を有するが、その「価値」はつねに変動する。タイゲの『芸術の市場』ではまさにこのような議論が展開され、十九世紀、「価値」を規定する審判は「サロン」であったが、それはのちに「見本市」や「市場」へと移行することが指摘される。「サロン」に展示され、古典的、アカデミックな美学で判断される芸術作品は、交換可能な価値を有する「記号」である。それは「商品」であると同時にある基準や規範を代替する。つまり、記号としての作品は、ある種の美的規範（シニフィエ）と交わる。「サロン」は交換市場であり、作品は交換される記号でもある。だが美術史の書物を繙けばわかるように、市場の評価と美術の発展は平行的ではなく、むしろ、「博物館はモニュメントである。〔……〕有名な価値がミイラ化[28]」しており、「サロン」は過去の規範を明示する博物館としての機能を前景化させる。

しかしながら、タイゲの主眼は、事後的に芸術社会史を総括することではなく、むしろ、芸術作品の現在性、そしてその未来的な「価値」を探求することにあった。そのなかでもかれがシュルレアリスムに託していたのはまさに「内的モデル」の「予言的機能」という志向性にあった。

客観的現実の反映は、シュルレアリスムの大気のなかで、意識的な欲望、そして――さらに幻想的な――無意識の欲望を通して変化し、その欲望から、内的、非理性的、だが具体的なモデルを彫塑する。つまりそれはイメージではなくモデルそれ自体が想像力の産物である。創造のプロセスは、心のオートマティス

ムのプロセスであり、そこでは、内的モデルが結晶化されていく。(29)

この一節を読むと、内的モデルが心象に浮かび上がったあるイメージの投影という消極的なものではなく、それらから触発されたうえで、「具体的なモデル」を彫塑するという当事者の関与を強く求めていることがわかる。つまり、タイゲの「内的モデル」の「モデル」は、イデアの複製という副次的なものではなく、イデアの創出というきわめて創造的なものであった。(30)

これは、タイゲが芸術作品と社会の関係性をつねに視野に入れていたこととも関係する。タイゲは「社会変革」という意識を抱いて文筆活動を行ない、それはしばしば「左翼知識人」の政治・社会的発言という形を取ることもあったが、その姿勢は芸術を語るときのかれの視点に通底している。初期の論考「イメージと雛形」（一九二二）には、次のような一節がある。

〔真に新しい芸術は〕**新しい生活の雛形をつくる**〔……〕、雛形とは、簡潔さであり、つまり、すべてを内包すること、複雑なものを単純にすることであり、空想や夢に存在する事物や人物である。この意味において、新しい世界の雛形を提示することが、あらゆる精神的な創造の課題なのである。(31)

「イメージの前にあるもの」とも訳出できる předobraz「雛形」という語には、ペトシーチェクが指摘するように、まだ存在していないもののモデルであると同時に、来るべきものを創造する始点という意味が込められている。(32) つまり、生のモデルとしての意味合いである。このような含意を踏まえてみると、タイゲの「内的モデル」は単なる内面世界の表出という狭隘なものではなく、今生きている世界、そしてこれから到来する時代という広範な様相を射程に収めている。トワイヤンの連作《射撃場》に「地獄の世界から脱したい欲望であり、この非人間的な生と世界を変えたいという意志」を看取するなど、タイゲは「生」、「世界」への関与を積極的に捉えている。また「想像的絵画の作品は、現実という概念を修正する刺激となりうる[33]」と明言し、「現実」を揺さぶる契機となることも強調する。

「詩、夢、想像力、そして愛を解放するという欲望もまた、歴史の再建に参画しなければならない[34]」とタイゲが語るとき、「内的モデル」は「生の変革をもとめた」シュルレアリスムという理念に完全に合致する。それは、シュルレアリスムが美術史だけではなく、社会史、思想史のなかにおいても措定されるべき位置を有していることの表れでもある。

第7章

夢、コラージュ

「内」と「外」

これまでの章で、生前発表された文章を中心にタイゲという「理論家」の像を捉えようと試みてきた。当然のことであるが、そのかれにもまた「私的な」側面がある。かといって、ここで取り上げたいのは、タイゲの死後、命を絶ったヨゼフィナ・ネヴァシロヴァー、エヴァ・エベルトヴァーという二人の女性との私生活をめぐるゴシップ的な関心ではない。ほかの著作とともに光を照らしてみたいと考えるのは、かれが生前発表せず、のちに様々な形で知られるようになった「コラージュ」、「夢日記」、「自動筆記」といった「作品」についてである。

厳密に言えば、画家を目指していたタイゲはデヴィエトスィルの活動を始める以前に、『ディ・アクツィオーン』に挿画を寄せていたほか、すでに見たように数多くの書籍の装幀を手がけており、生前に公けにされた「作品」がなかったわけではない。後で触れるが、書籍の表紙に自身のコラージュを用いた例もある。だが、生前のタイゲは何と言っても「理論家」、「批評家」として知られていた。そのような意味でも、タイゲはシュルレアリスムの歴史において稀有な位置を占めている。とくにかれの書いた文章は、多義的な読解を可能にするブルトンの文章とは異なり、きわめて理知的に書かれ、かれ自身も「理論」を意識していたからである。それは、アヴァンギャルド、あるいはシュルレアリスムといったものをほかの人びとにいかに理解してもらうかという姿勢に貫かれていた。[1]つまり「外」との関係に依拠したものだった。だが、死後に明らかになったのは、三百七十四点のコラージュを制作していことであり、夢日記や自動筆記を行なっていたことだった。理論家という「外」の顔がある一方で、コラージュの作り手、作家としての「内」の顔も持っていたのである。

弁証法は、シュルレアリストたちが愛する公式である。相反するもの、異質なものを組み合わせて閃光をもたらす現象を好んだかれらが、ロートレアモンの「雨傘と手術台」の遭遇をしばしば好んで引用したことは言うまでもない。だが、それは単なる手法や技術的な面に留まるものではない。カレル・タイゲもまた「弁証法」という表現を好んで使っている。それは時に「建設」と「ポエジー」の融合を念頭に置き、あるいは、「社会主義リアリズム」と「シュルレアリスム」というイズムの弁証法として現れる。ここでは、「内」と「外」のより基本的な対立関係、つまり、「わたし」と「公」という関係性をコラージュ作品などをたどりながら触れてみたい。

「コラージュ」という弁証法

タイゲが初めてコラージュを制作したのは、チェコスロヴァキアにおけるシュルレアリスト・グループ第一回展が開催された一九三五年のころだったとされる。それ以来、没する一九五一年までに、三百七十四点のコラージュを手がけている。だが生前中に発表されたのはごく一部にすぎない。その大半にタイトルはついておらず、制作順に番号が付されているだけである。理論家として活躍していたタイゲは発表を意識して制作していたのではなく、時間があるときに趣味として制作に携わっていた面が強かったように思われる。だがこのようなコラージュを単なる「趣味」として片づけてしまうには、その量はあまりにも多く、そしてまたその世界も強烈である。美術史家ラホダは、こう述べている。

(例外を除き)公表しなかったこのメディアにおいて、タイゲは精神の自由を保とうとし、コラージュを自身の個人主義だと見做していたかのようである。何が迸り出ようとかまうことなく、想像力の水門を、前衛、社会主義の規律によって拘束された理論やイデオロギーの対極をなす弁のようなものを開こうとしていたかのようであった。コラージュは、ある種の息抜き、安らぎであった。というのも、想像力は、党の規律や原則という命令に拘束されないからだ。[2]

「ポエジー」という言葉を強調しながらも、創作ではなく、理論的な文章を著していたタイゲにとって、その党派的色彩の濃い文章は、時としてかれ自身の足枷になっていたかもしれない。論争に次ぐ論争で、かれの文章は時に攻撃的になることもあった。そのような人間にとって、私的な営為としての創作は「息抜き、安らぎ」という側面もあったかもしれないが、それだけでは説明にはならないだろう。むしろ、自身に潜む「想像力」を意識する契機となっていたにちがいない。とりわけ、相異なるものを並置させて、別の世界観を創出するコラージュの弁証法的側面は、タイゲの様々な理念的葛藤の裏面を映し出すものであったかもしれない。タイゲ自身、コラージュを含めたフォトモンタージュの議論のなかで、「フォトモンタージュの構成は、言うなれば、弁証法的である。フォルムの対立が統合して、表現性と感情の作用のより高い次元にもたらされるからである」[3]と述べているように、弁証法としてのコラージュはほかの表現手段とは異なる意味合いを持っている。

タイゲがコラージュの制作に本格的に取り組み始めるのは一九三五年であるが、それ以前にも、コラージュに類する創作に従事している。まずは、一九二四－一九二五年にかけての絵画詩の先例がある。この時期にシュティルスキーらと共同で作った作品は、ポエティスムの理念を表すものとして、サーカス、異国趣味的な要素が強いものであった。その後、かれが手がけた装幀においても、ネズヴァルの『アルファベット』など、写真を活用した例は多数ある。またネズヴァル『複数形の女』、『雨の指をしたプラハ』、『橋』など、表紙のみならず、不連続のイメージを挿絵として提示しており、異質なイメージの共存というコラージュの原則はすでに活用されているとも言える。タイゲは書籍の装幀に自身のコラージュを用いることはほとんどなかったが、一九三五年に刊行されたアンドレ・ブルトン『シュルレアリスムとは何か?』のチェコ語訳（一九三七）（別図9）の表紙には例外的に自身のコラージュを用いている。髪の毛のみならず、肌も黒色で描かれたその顔は、ただ瞳だけが白く際立っている。頬は黒く、鼻の上部までしか描かれていないため、表情や感情は窺い知ることはできず、むしろ、その表情の奥底に秘められた「何か」を強く想起させるものとなっている。

もちろん、プラハのシュルレアリストのなかでコラージュをつくっていたのはタイゲだけではない。シュティルスキーは、グループが結成されるまえの一九三〇－一九三一年には雑誌『エロティツカー・レヴュー』に掲載するコラージュを作成している。さらには、一九三五年のプラハのシュルレアリスム展で出品された《移動キャビネット》は、一九三四年以降に制作されており、タイゲが国外の作家たちのみならず、シュティルスキーの作品からも何らかの刺激を受けていたことは想像できるだろう。

このように概観してみると、三五年に制作を開始する以前にすでにコラージュをめぐる下地が醸成されていたとも言えるだろう。それは、絵画詩、装幀といった実作面のみならず、理論面においても並行的な状況が見

別図1　カレル・タイゲ《旅先からのあいさつ》(1924), 鉛筆, 墨, コラージュ, 紙, 32.5 x 24.5 cm, プラハ市立美術館蔵

別図2　カレル・タイゲ《シテール島への船出》(1923-1924), 鉛筆, 墨, コラージュ, 紙, 26.5 x 22 cm, プラハ市立美術館蔵

別図３　ヴェーチェスラフ・ネズヴァル『パントマイム』(1924)，装幀カレル・タイゲ

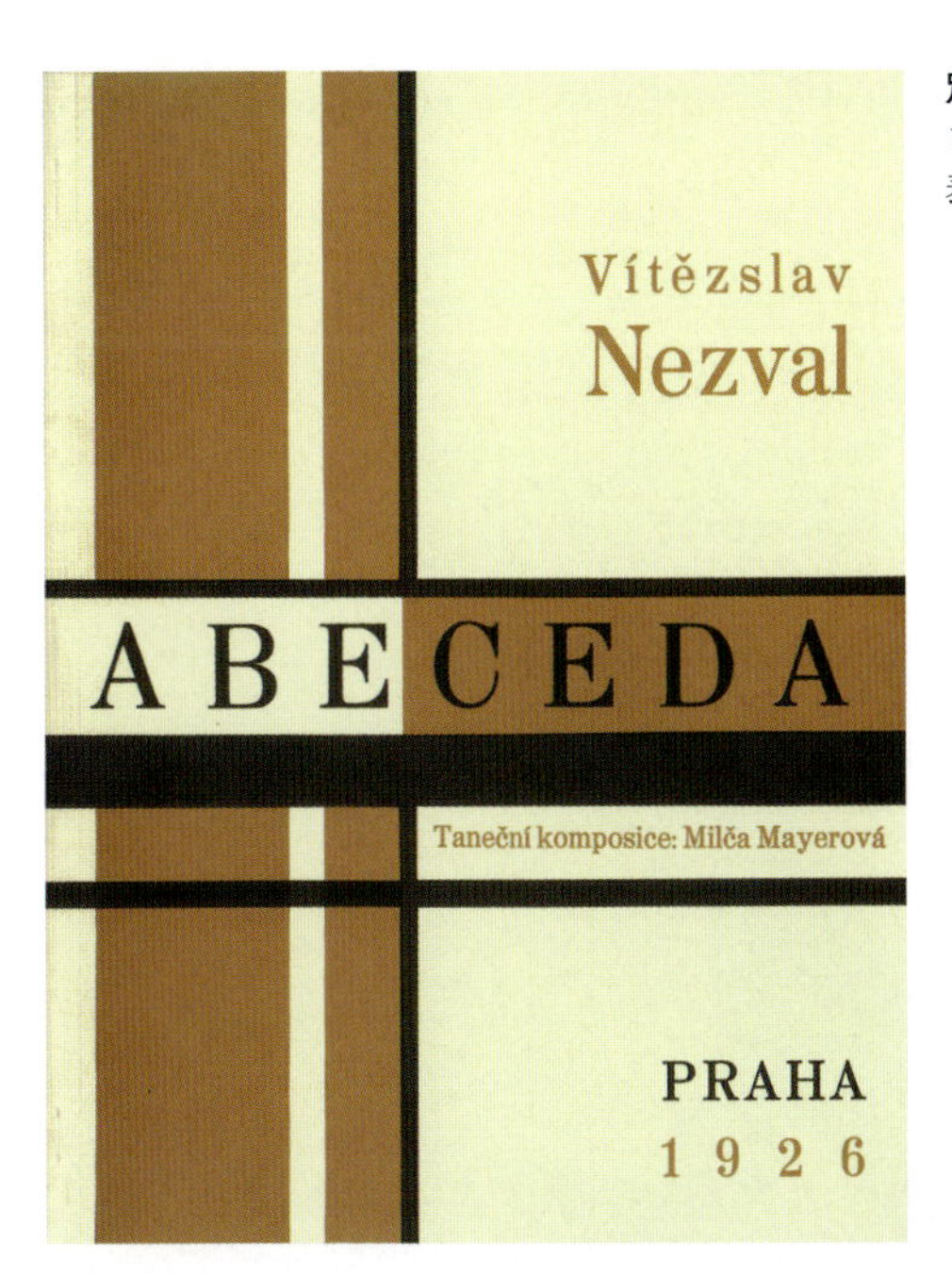

別図4　ヴェーチェスラフ・ネズヴァル『アルファベット』(1926)の表紙。装幀カレル・タイゲ

別図5　『アルファベット』の見開き頁

別図 6　インジフ・シュティルスキー《移動キャビネット（恋人たち）》(1934)，コラージュ，紙，60.5 x 49 cm，プラハ国立美術館蔵

別図 7　トワイヤン《森の声 I》(1934), 油彩, カンヴァス, 92 x 72.5 cm, ブルノ・モラヴィア美術館蔵

別図 8　トワイヤン《森の使命》(1936), 油彩, カンヴァス, 160 x 129 cm, 個人蔵

別図9　アンドレ・ブルトン『シュルレアリスムとは何か？』(ブルノ，ヨジャ・イーハ出版，1937)，装幀カレル・タイゲ

別図 10　カレル・タイゲ《コラージュ 21 番》(1936), 紙, 23.9 x 18 cm, PNP

別図 11　カレル・タイゲ《コラージュ　50 番》(1938), 紙, 26.8 x 29.4 cm, PNP

別図 12　カレル・タイゲ《コラージュ　325 番》(1947)，紙，22.6 x 17.4 cm, PNP

別図 13　カレル・タイゲ《コラージュ　353 番》(1948)，紙，28.9 x 21.4 cm, PNP

出せる。コラージュをめぐる理論的な面において中核をなすのが、一九三二年発表の「フォトモンタージュについて」という文章である。キュビスムのパピエ・コレから、クルト・シュヴィッタース、未来派を経て、写真、タイポグラフィーを活用したフォトモンタージュ、とりわけ、ジョン・ハートフィールド、ラウル・ハウスマン、ハンナ・ヘーヒといったドイツ語圏およびロトチェンコらのロシア構成主義、さらにはマックス・エルンストのコラージュの系譜をたどるもので、同時代の包括的な論考としては画期的なものとなっている。[4] 芸術潮流や個々の作家ごとに特徴を整理しながらも、タイゲがまずフォトモンタージュ／コラージュの特性として注目するのが、専門的な技術を必要としない、万人に開かれた技法である点である。

フォトモンタージュは、芸術的な専門家の技術の地位を低くする。ここでは、写真と同様、素人や自習者の人たちもまた、能力を発揮できる。フォトモンタージュと写真は、「手を持たないラファエロ」が、新しい素材をつくることを可能にする。その技術はたいへん容易で、その原則は誰でも操ることができる。[5]

ロートレアモンの言葉にあるように、誰でも詩人となることができるという平民的な特性は、タイゲがつねに意識してきた点である。特定の芸術家から解放されるという視点は、芸術媒体をめぐる議論にも連動し、タイゲはいわゆる「芸術家」による作品のみならず、「広告とポスター」、「書籍のフォトモンタージュ」、「政治プロパガンダ」など、フォトモンタージュの機能についても幅広く検討している。

タイゲはまた、「古い絵画、古い本のグラフィックがひとつの断片から構成されることを目指していたとしたら、モンタージュは、新しい技術によって、複数の要素からなる全体の構造となっている[6]」とも述べ、ひとつのまとまった平板な世界の表出ではなく、複数の異なる現実の共存、併存に依拠する雑種性にも着目している。

同論文の最後では、「今日、フォトモンタージュ、タイポフォトは、新種の文字、図像の言葉を有している。わたしたちはまだそのアルファベットを習っているところだ。実験を数多くこなすことで、この新しい相互理解の手段、この新しい文字の体系を操ることができる。そうすれば、わたしたちは、これを用いて、新しい真実、訴え、そして新しい詩を書くことができる」[7]と結び、同媒体の「新しさ」、可能性を訴えている。

興味深いのは、タイゲはみずからが記したフォトモンタージュ／コラージュの特性、とりわけ政治的、広告的なメッセージ性に依拠することなく、「新しい」造形言語を造りだしたことである。この点において、同時期、プラハに滞在していたジョン・ハートフィールドのコラージュとは本質において異なっている。それでは、タイゲ自身がつくったコラージュはどのようなものであったのだろうか。

女性の身体

三百数十点ものコラージュを手がけたタイゲであるが、ある種の潜在的な強迫観念であるかのように、その多くに共通するモチーフが繰り返し用いられている。それは、女性の身体である。もちろん、その身体は全体が提示されることはなく、その大多数が女性の身体の一部や断片が切り取られ、地の図像と組み合わさっている。多種多様なタイゲのコラージュを簡潔にまとめることは難しい。さらに、それらが意味するものは何かという問いもまた、大きな障壁として、わたしたちの前に立ちはだかる。

シュルレアリストの作品、とりわけ男性の画家による作品のなかで、女性の頭が身体へと変容するという事例は少なくない。よく知られているのは、ルネ・マグリットの《凌辱》（一九三四）だろう。女性の顔の眼の位置に胸が、鼻の位置には臍が、口の場所には女性器の毛が描かれたこの作品は、顔が女性器によって凌辱されているかのように、部位の転換がなされ、さらには、異質であるはずのものが何らかの統一性を示している。タイゲもまた、《コラージュ二十一番》（一九三六）（別図10）など、顔に乳房が描かれるコラージュを複数作っている。乳房を性愛的な対象として眺めることも可能であろうが、それよりも、本来異質であるはずのものが、それほどの違和感を生じさせることなく、ひとまとまりになっている点に注目したい。クザヴィエル・ゴーチエが「このような肉体のメタモルフォーゼを成就させる暴力とは、革命でもありうるし、また芸術でもありうる」[8]と述べているように、本来の女性性から逸脱することは、社会における女性の位置を転倒させることにも連なっている。

女性への身体のタイゲの造型的な関心は、コラージュ制作に取り組み始めてからのものではない。装幀を手がけた作品にも、女性の身体が強調されているものもある。その代表例が、ネズヴァルの『アルファベット』（別図4、5）であろう。バレエダンサーのミルチャ・マイェロヴァーがアルファベットの文字を模す形で取ったポーズを写真に収めたものであるが、ここでもまた、身体の本来の機能から、異なる機能（図像表現）への移行が見られる。つまり、身体が別の意味を帯びるのである。そのようにして考えると、ネズヴァルの詩集の表紙など、描かれている女性の身体の一部はそれぞれバイオリンなど別のオブジェの形象との関係性によって、その表現が高められていることに気づく。またタイゲの晩年のコラージュでは、女性の身体の一部が、バロック建築などの実際の建築物と結合し、ある種の「シュルレアリスム的な風景」をつくりだしているものもある。

このように、タイゲにおいて女性の身体は、単なる性的な対象として措定されていることは少ない。エロスに対する関心について、タイゲはすでに「詩、世界、人間」で、性的な本能を創造的な本能として位置づけており、リビドーを「新しい生」をもたらす動因として捉えている。だが、そのようなかれの内的なリビドーばかりがコラージュに表出されているわけではない。かれがコラージュの制作に取り組んでいたのは、モスクワの社会主義リアリズムとプラハのシュルレアリスムの融合を夢見、さらには前者がつくりだす「流れ」に後者がのみこまれる時代であった。そのような背景を踏まえてみると、当時の社会情勢も何らかの影響を残していると思われる作品がある。例えば、《コラージュ五十番》（一九三八）（別図11）には、モスクワの地下鉄の駅を背景にして、女性が立っている。そこには、キリル文字で「ジェルジンスカヤ」という駅名も記されているが、それは、のちのNKVDやKGBといった秘密警察の母体となる「反革命・サボタージュ取締全ロシア非常委員会（チェーカー）」を創設したフェリックス・ジェルジンスキーを想起させる。一九三八年といえば、ネズヴァルがグループを脱退し、タイゲの『流れに抗うシュルレアリスム』が刊行された年である。そのような歴史的状況を踏まえてみると、線路上に横たわってトランクを手にしている女性の身体は不穏な雰囲気を醸し出していることに気づく。そして、ソ連型の社会主義リアリズムの先行きが不透明であるのを暗示するかのように、トンネルの先は闇になっており、エロスの先にあるタナトスの存在が予感されるからだ。

夢

しかしながら、タイゲのコラージュを前にして、ある種の虚無感に襲われることがある。というのも、そこにあるのは、女性の肢体、乳房、髪の毛といった見知った要素であるのに、それが、バロック建築、草原、あるいは別の女性の身体と組み合わされることによって、見る人にとっても手の届かないものになっているからである。それは、まるで他人の頭脳のなかに入りこみ、まったく素性の知らない人物になり代わって目にしている夢のようでもある。タイゲ自身、トワイヤンの《射撃場》をめぐる文章のなかで次のように述べている。

夢の潜在的な内容を詳細に分析しても数行にしか要約できず、それは、しばしば夢のなかで上演された魅惑的で幻想的なドラマをめぐるそっけない報告でしかない。芸術作品の感情を呼び起こす力は、接近すると火花を散らす個々の意味的圏域のあいだの内的緊張がもたらす不安な謎のなかにひそんでいる。それは、事物と象徴、生と夢の両極のあいだにある抒情的な電気の放電である。イメージと詩の多義的な暗号文は、奥底まで完全に解読されることはない(9)。

タイゲという作り手の外にいるわたしたちが、かれのコラージュの断片から、いかに意味づけを試みたところで、それは断片の断片でしかなく、「完全に」解読することなどありえない。とりわけ、内的モデルが対象になっている場合は、それぞれの想像力を働かすしかない。ただそれは、作り手もまた同じである。かれ、彼女もまた、みずからのつくりあげたコラージュを「完全」に理解することなどないからだ。

とはいえ、多少なりとも、断片から、その痕跡をたどることはできるだろう。理論家として知られるタイゲは、コラージュのみならず、自動筆記、夢日記を残している。コラージュと比べると、数はそれほど多くはないが、装幀のみならず、文章においても、実作を試みていたことは注目に値する。例えば、一九四二年五月四日－五日にかけて見た夢の記録は次のようなものである。

わたしがよく知っている古物商の店に、後ろで箪笥に寄りかかりながらわたしが立っているなか、若くて美しい婦人が素早い波打つような歩みで入ってきた。わたしは彼女に気づく、それはEだったので、わたしは驚いて衝撃を受ける。彼女はわたしに気づかない、おそらくわたしが視界に入っていないのだろう。

——ご用件は何でしょうか？　古物商が尋ねる。何をお持ちで？

彼女は箱を持っていないのを見ると、古物商は、ハンドバックや袖から、小さい、それほど珍しくもない骨董品、おそらく祖母から受け継いだ扇、開くと薄暗い店内で装飾が光り輝く古風な扇でも取り出すのだろうと思う。

けれども、エヴァは古物商に近寄り、カウンター越しにすこし身をかがめ、小さい声でこう言う。

――本物のマイセン製のわたしの胸を持ってきたんです。

――おや、それは、と古物商が答える、ではこちらに、そして、彼女を店の奥にある小部屋に連れて行く、そこにはタイプライターがあり、高価な宝石や価値のある芸術作品の購入が行なわれるのだった。

エヴァは、わたしを見ることなく、落ち着いた様子で、あらゆる決意ができている決然とした表情を浮かべながら、そこに歩いていき、古物商に自分の胸を見せる。

――マイセン？……マイセン？　骨董品店の男は囁きながら、胸を手に取ってあらゆる方向に向ける、まるで商標を探しながら、花瓶を回しているようだった。

――もちろん、商標をご覧ください。最も穢れのないマイセンの陶磁器のなかから、自分の胸を差し出し、傷あるいは母斑のように刻まれた工場の商標の位置を知っているエヴァは、古物商の男に教える。ほら、ここです。

古物商は拡大鏡を使って眺める。その正統性に驚く。そしてテーブルに坐り、相当な数の紙幣を数える。最も汚れのない、本当のマイセンの胸をもっているエヴァは店を出ていく、今や少年のようにスリムになり、家族最後の宝石を売った少女の悲しい眼差しをしている。[10]

エヴァという女性――言うまでもなく、タイゲのパートナーのエヴァ・エベルトヴァーを想起させる――が、ある古物商に「マイセン製」のものとして、自分の胸を差し出して、売りに出すという情景がここには描かれている。これは、乳房という女性の身体が「オブジェ」と化す様子であるが、そのシーンを脇から覗いている傍観者のタイゲ自身にとっても、「意味」がつかめないものとして綴られている。乳房そのものの象徴性よりも、陶磁器に置換されるという関係性にこそ、その違和感が創出されており、それがまさにコラージュという原理に連なっている。

女性と自然、あるいはシュルレアリスム的風景

それでは、タイゲのコラージュにおいて、女性の身体は、どのような要素と組み合わさっているのだろうか。晩年のコラージュ作品で顕著であるのが、自然の風景との結合である。風景がコラージュに介入するようになるのは一九四一年頃であるが、それは、タイゲ自身がプラハの中心部からスミーホフへと引越しをした時期と重なる。そのような自然な風景への目覚めも一因にあったかもしれない。

だが、それ以上に着目すべきは、コラージュにおける女性の身体と風景の関係性を論じた文章、一九四七年にラジスラフ・ジャークの著作の前書きとして、タイゲが記した「建築と自然をめぐる序文」である。戦前、ジャークは、カレル・ホンジークらとともに、機能主義的建築を多数手がけていたが、戦後に入ると、青空の下での建築、自然との共存を重視するようになり、一九四七年、風景画の研究をもとにした『住まう風景』を発表する。タイゲは同書の序文を書いたのだが、建築について文章を記すのは、『チェコスロヴァキアにおける近代建築』を除くと、三〇年代以来のことだった。戦後、前衛芸術の挫折を体験したタイゲは、この文章でみずからの世界観に大幅な修正を行なっており、建築をめぐる議論のみならず、この論考の意味は重要である。とりわけ、挫折を経てもなお、タイゲは「シュルレアリスム」という言葉を用いており、ある意味での新しい

ヴィジョンの創出を試みているからである。

まずタイゲは、建築作品によって人間は自然から遠ざかり、建築は人間と自然のあいだに立ちはだかり、住居は風景の対立物となり、さらに「洞窟の隠れ家〔……〕以降、建築の歴史を通して、人間、建築、自然とのあいだの次々と変わる相互関係および対立関係の調和および対立が行なわれてきた[11]」と述べ、これまで検討することのなかった「自然」という要素を重要視する。ラスキン、モリスの思想の延長線上に展開した十九世紀末の「田園都市」、さらには二十世紀に入って、ル・コルビュジエの「ユルバニスム」という流れに触れつつ、自身そしてジャークが探求した「最少住宅」の事例を挙げる。その後、ジャークは「最少住宅」から遠ざかるわけだが、その際、ジャークは「最少住宅という最もアクチュアルなテーマから、建築アヴァンギャルドが忘れていたもの、つまり庭園と公園の造成にいたる[12]」と指摘し、庭園、公園というより自然の要素が高い空間を評価するようになる。

ジャークの計画は、自動化された生産という条件下で、都市と農村、文明と自然、労働と休息、活動と怠惰の対立を克服し、これらの対立によって引き裂かれた人間を統合し、再統合を図る。活動と瞑想、行為と夢、理性と感情、熟考と自然さ、理性的なものと奇跡的なもの、経験と想像のあいだの対立、さらには、精神的なミクロコスモスにおける現実原則と快楽原則の対立、社会的なマクロコスモスにおける必要の王国と自由の王国の二律背反の対立の克服を訴える。

ジャークに代表されるこのような試みは、まさに芸術家による現実への介入として描かれる。

近代芸術、絵画、ポエジーにおいて、ある想念を生活において実現したり、夢や欲望によって触発された錯覚を物質世界において物象化するという強力な傾向がある。夢のなかで、自然への愛、楽園への欲望が触発された画家たちは、自分たちが描いたカンヴァスの幻想を生きていた。科学的な計画によって具体化されたものは、現実へと姿を変える。画家の風景を作り出した楽園の夢は、生きた風景のなかで実現されることを望み、産業的な砂漠から自由な自然をつくることで、それを具現化しようとする。／復活し、構成された風景は三次元の造形作品となり、詩的な夢を具現化し、もはや印象派の風景画では事足りず、その一瞬の自然のスナップショットを提供する。それは、ヘーゲル的な意味での、人間が求める、より高次の自然となる。つまり、人間の組織となり、人間精神の作品となる、人間化した自然である。[13]

気をつけなければいけないのは、ここで訴えられているのは「自然」と「人間」の共存というクリシェではないということだ。「産業的な砂漠」を「自由な自然」へと変えるには、「夢」や「欲望」に触発されることが肝要であり、それらから受ける刺激は不可欠である。さらに、タイゲは、山の小川の早瀬をつくる石のあいだに、ブランクーシの彫刻やアルプの作品を見つけることはできないのはなぜかと疑問を提起する。

今日、大地と自然が、宮殿、寺院、建築なしで、人間の住まいとなることが肝要である。自然がその詩的な気まぐれによって、自然の公園、断崖の町、迷路、洞窟、鍾乳洞を形づくるのであれば、人間の作品もまた、特定の場所を選び、自然の空間に、いくつかの彫刻、造形オブジェを置くこともでき、そうすることで、その限定された自然空間を、シュルレアリスム的空間、シュルレアリスムの風景と呼ぶことのできる公園に変形することもできるだろう[14]……。

この文章はまさにタイゲのコラージュの世界そのものでもある（別図12、13）。女性の身体の一部は、自然なまでに背景の風景と融け合い、人間と自然という対立関係はなくなっている。それは単なる二つの要素の共存ではなく、まったく別の、より高次の存在となっている。「母なる大地」、あるいは「大母（great mother）」と称されるように、大地にはしばしば「女性性」を付与されることがある。それゆえ、タイゲにおける女性の身体と大地の結合をそのような文脈で措定することもできるだろう。あるいは、前衛芸術の進歩的価値観の敗北として、このコラージュを眺めることもできるかもしれない。いずれにしても、解釈は、見る個人に委ねられる。なぜなら、そこには一つの回答はないからだ。

タイゲはジャークの本を「新しい道教」へ回帰させる書籍と位置づけ、「道教から超現実に向かうのは、現実の世界において、最も深遠な人間的な詩を生きるという欲望[15]」であると述べ、近代的な価値観との訣別を宣言する。ここで、「道教」という東洋的な世界観を言及していることは注目に値する。汎ヨーロッパ的な志向が強く、欧州の様々な潮流に身を置いてきたタイゲであるが、それほど数は多くはないとはいえ、東洋的な世界への関心は適宜表明してきている。デヴィエトスィルのロゴが日の丸に触発されたものであることはすでに述べたが、一九二三年に発表した「ヤン・ズルザヴィー」でも、画家の形而上学的世界を表現する上で老子らの名前を挙げながら、あらゆる対立を超克する東洋的な世界観に触れている。もちろん、そのような理解は理想化されたものである。だが、「内的モデル」の議論の際にズルザヴィーの作品が俎上にあがっていたことは示唆的である。複数の事象を「対立」として捉えるのではなく、「調和」として積極的に捉えようとする視座の転換が、内的モデルの議論のなかであったことはすでに触れた通りである。つまり、晩年のコラージュ、そしてジャークの建築をめぐる文章には、社会主義リアリズムとシュルレアリスム、理論とコラージュ、前衛芸術の主導者と一個人といった様々なレベルにおける対立からの昇華を願う、タイゲの欲望が潜んでいると読むことはできないだろうか。それはある意味で理想郷かもしれない、それは、相容れない、異質なものの共存による高次の存在への変容を夢見てきたひとりのシュルレアリストの生の姿でもある。

タイゲは「内的モデル」や「射撃場」の論考でズルザヴィーやトワイヤンの作品を論じてきたが、タイゲのコラージュを目にすると、それらの文章はまるで自分自身の内なる営為を解説するものとしても読める。そして数々の理論的文章を著してきたタイゲがシュルレアリストとなった一九三〇年代後半以降コラージュを制作してきたことは、社会という自分の外にポエジーを探し求めてきたタイゲが、自分自身の内側に自身の秘められたポエジーを見つけ出した営為と受けとめることができるかもしれない。労働者の日常、絵画詩、書籍の装幀、最少住宅など、周囲にポエジーを創出してきたタイゲは、最後にコラージュによって自分の内にあるポエジーを解き放ったと言えないだろうか。それは、理論家と実作者という対立が無化され、外と内、公と私という対立が超克される一瞬であったとも言える。それゆえ、ゆるぎない強度を有するコラージュが生み出されたのではないだろうか。ポエジーを探し求めてきたタイゲは、自らの内に比類なきポエジーを見出したのである。

終章

タイゲとポエジー

アンドレ・ブルトンは、一九四七年のプラハでの〈シュルレアリスム国際展〉の図録に寄せた「第二の方舟」の冒頭でこう述べている。「シュルレアリスムがプラハに現れたのは十二年前のことである。そしてこの町においては、人びとはこの時期の半ばをおそらく他のどこよりもきびしいかたちで経験したのである[1]」。たしかにヨーロッパ全土が戦争の惨禍に晒されたが、「ミュンヘンと呼ばれる閉じることのない傷口」によってナチス・ドイツがその一歩を踏み出したのはチェコスロヴァキアだった。ナチス・ドイツによる保護領化、さらに一九四八年の二月事件を経て、シュルレアリストたちもまた、戦前とはまったく異なる世界に直面することになる。

ここで、序章でも触れたエリュアールにふたたび登場してもらおう。ラドヴァン・イヴシッチによれば、フランス共産党の一員となった詩人は一九四六年にプラハを公式訪問した際、かつてこの地で出会ったひとりのシュルレアリストと個人的に会うことを切望したという。数台の車両とともにかれが訪れたのは、トワイヤンのアトリエだった。戦時下のパリの状況を知らずにいたトワイヤンは目の前に現れた元シュルレアリスムの詩人に困惑した表情でこのように尋ねたという。

トワイヤン「……ブルトンはどこ？」
エリュアール「よくは知らない、ニューヨークにいるかもしれない、それはたいしたことではない。バラは今やバラになった」
トワイヤン「どういう意味？」
エリュアール「シュルレリスムは死んだ、バラは今やバラになった。ブルトンはもう終わりだ。奴か、私かどちらかを選ぶ必要がある」
トワイヤン「もう選んでいる」
エリュアール「なら、君たちを壊すためにできるかぎりのことをするだけ(2)」

エリュアールがトワイヤンに特別な感情を抱いていたことは知られているが、ここで強調したいのはそのようなことではない。かつてのシュルレアリストが「シュルレアリスムは死んだ」と述べるほど、シュルレアリストを取り巻く環境が一変し、集団的な営為としてではなく、一個人としてふたたび立ち上がることを余儀なくされたということである。一九四二年にシュティルスキーは他界し、トワイヤンもまた、一九四七年、ハイスレルとともにパリへの移住を選び、その結果、タイゲはプラハでたった一人のシュルレアリストとして孤立する。美学者ムカジョフスキーに誘われて、大学で教鞭を執る可能性も模索したが、最終的にはその誘いも断っている。雑誌の編集、装幀でどうにか生計を立て、シュティルスキーの回顧展など、わずかな活動に参加するばかりで、文化の表舞台からは遠ざかってしまう。

そのようななか、戦後唯一の大きな動きと言えるのが、一九四七年、プラハでの〈シュルレアリスム国際展〉である。一九四七年七月、パリのマーグ画廊にて、〈一九四七年のシュルレアリスム展〉がブルトンとマルセル・デュシャン主導によって開催されたことを受け、ハイスレルは同展をプラハでも開催する可能性を画策し、プラハ側からはタイゲがハイスレルの要望に応えて実現に向け尽力する。同年十一月には、パリの数分の一の規模ではあったが、プラハのトピッチ画廊で開催の運びとなる。同展の質素な図録には、ブルトンの「第二の方舟（Seconde arche）」が収録されているが、これには二つの意味が込められている。一つには「アーチ」という意味であり、一九三五年のブルトンらのプラハ来訪に次いで二度目のパリとプラハの交流としての同展の位置づけである。もう一つは、先を見通せない荒波に浮かぶシュルレアリスムという「方舟」という意味である。この比喩的な由来からも示唆されているように、ブルトンは戦後という状況下で「新しい神話」の必要性を説く。

これに対し、タイゲもまた「シュルレアリスム国際展」という文章で神話を形成する力としてのポエジーの可能性を言及する。

ポエジー――夢のなかにその源泉がある――、それは、つねに神話を形成する力であった。ポエジーが生み出した神話が、意図的な韜晦や人民の阿片を通して現実のものとなったとき、生から切り離されたポエジーは、わたしたちの生活の一部になろうとする。中世において宗教的な神秘主義があらゆる存在や振舞いのなかに浸透していたように、今日の人間的な、深遠なまでに人間的で非宗教的なポエジーは、みずからのシンボルや振る舞いを通じて、現実の生に浸透しようとする。自由の王国への道を新たに照らし出す新しい神話に光を当てようとするのである。世界変化という具体的な全体を検討する学問体系は、人間の欲望からなるユートピア、ファンタジー、昔からの夢のなかに、原初的な源泉を持っているが、経済的、社会的構造の変化によって、自由な人間の自由の生活に基盤を与えるためには、知的な意識や確信だけではなく、情熱、熱狂、興奮、感情、本能、欲望といったあらゆる非理性的な力を総動員して、まったき人間として、人間の運命を賭けた戦いに関与しなければならない。目指すのは、理性とエロスを統合したまったき人間である。詩もまた、みずからの約束された土地を、自由という地上の王国を有している。今日芸術と呼ばれる特化された形や行為は、その王国内で通常の生活現象として、自由な人間の日常的な振舞いを通して発展していくにちがいない。詩や絵画によって現実となる夢は、実現を望み、生との一体化を望む力となっていく。人間を信じる者、人間の精神の力を信じる者は、奇跡、夢、詩、そしてユートピアが実現されることを知る者なのである。[3]

ブルトンとタイゲがともに、ポエジーに新しい神話を形成する力との源泉を見出す背景には、ありとあらゆる神話が崩壊した戦後という時期ということもあるだろう。しかしながら、ブルトンが『秘法十七』など、戦後、秘教的な世界観に傾倒していくのに対し、「内的モデル」、「射撃場」といった文章からもわかるように、タイゲはあくまでも唯物論的な、ときとして学問としてのシュルレアリスムの探求を続けた。これについて、チェコ・シュルレアリスム第二世代の理論家ヴラチスラフ・エッフェンベルゲルは、その背景として、チェコ・シュルレアリスムの弁証法的唯物論の基盤が強固でより徹底しており、それはタイゲの理論のみならず、ネズヴァル、シュティルスキー、トワイヤンの具象的非理性の客観的、客観化された面を強調する個別の芸術創作にも現れているとする。[4] これは、詩人ペトル・クラールが、チェコ・シュルレアリスムは「夜」ではなく、

「昼」のシュルレアリスムだと評したこととも呼応する。(5)

だが、これ以降、タイゲの名前は公的な場から消えてしまう。プラハへの〈シュルレアリスム国際展〉からわずか数カ月後の一九四八年二月に共産主義体制が樹立されると、社会主義リアリズムがこの地においても採択され、退廃的な芸術と見做されたシュルレアリスムは地下へ潜ることになる。タイゲのもとには若いシュルレアリストたちが集っていたが、タイゲが輪の中心にたえずいた二〇年代とは明らかに様相が異なっていた。一九五一年、カレル・タイゲは第二世代のシュルレアリストたちのアンケートに答え、次のように述べている。

今日、シュルレアリスム運動は隠遁している。そこには自分たちの意志で入ったのだが、古代の哲学者たちがこのような隠遁の聡明さを賞賛したことをわたしたちは忘れてしまっている。シュルレアリスムの公な場での活動はいたるところでその可能性を制限されたり、場合によってはまったく不可能なものとなっている。国際的な接触、書籍や刊行物や展覧会の交換は禁じられている。だが、広がり(extenze)の喪失は、強度(intenze)を高めることで補填されると期待したい。(6)

戦後、シュルレアリスムはその活動の基盤を地下(意識下)へ移すことを強いられ、同時に、それまで声高に主張してきた政治的な関心は、タイゲを含め、鳴りを潜める。つまり「前へ」(それは「進歩」、「発展」、「未来」といった語彙にも変換される)の動きを強調してきたアヴァンギャルド(前衛)としてのシュルレアリスムにとって、「後退」を意味するものであった。だが、このことは、政治的姿勢を一変させたとはいえ、シュルレアリスム自体の強度の「後退」を意味するものではない。タイゲは「構成」と「破壊」という表現を用いて三〇年代のヨーロッパの「現実」を分析したが、その際にかれの試みた分析は、共産主義体制下のチェコスロヴァキアにおいてこそ強度を増すからである。つまり、共産主義体制の「現実」は否定すべきものとして多くのひとびとの意識で共有され、「現実」を破壊するシュルレアリスムはきわめて強い訴求力をもつようになったからである。詩人ズビニェク・ハヴリーチェク（一九二二―一九六九）はこう記している。「戦時中の炎のなか、シュルレアリスムというバトンをつないだのは、ほかならぬタイゲだった。〔……〕タイゲは、チェコスロヴァキアにおけるシュルレアリスム思想の生きたシンボルである。かれの作品、それは未完であるが、そこには、発展的なパースペクティヴがあり、その後続は、友人たちや継承者に引き継がれている。机と会合の場所だけに空間が限定された暴力的な孤立によって、かれは他の者よりも深く物事を見ることができ、そして、人間の自由をかけて永遠に格闘する怪物との耐えることのない争いのなかでも、自身の精神を保つこともできたのであろう[7]」。

プラハのシュルレアリスムは地下への潜伏を余儀なくされることによって、「新しい神話」を形づくる源泉としてのポエジーをあらためて検証することになり、その作業は、エッフェンベルゲルら、次の世代に継承されていく。そう、「広がり（extenze）の喪失」によって、「強度（intenze）」を増したと言えるのではないだろうか。

『革命論集デヴィエトスィル』をともにつくった詩人ヤロスラフ・サイフェルトは、タイゲ（図28）の最後について次のように回想している。

タイゲは一九五一年十月一日に死んだ。それは秋たけなわのもの悲しい日だった。心電図は嘘をついていた。タイゲの死の直前にこれを読んだ医者は、心電図の記録から、かれの心臓が正常に働いていると言うしかなかった。心臓は働いていなかった。もう長いこと正常には働いていなかった。タイゲの心臓はボロボロになっており、死体解剖を行なった医師には、こんな心臓でまだこのように生きられたなど、信じられなかった。[8]

タイゲの死後、社会主義体制下のチェコスロヴァキアではかれの名前はタブーとされ、一九六〇年代のプラハの春など、一時期を除き、大半の文章は公けの眼に触れることはなかった。だが公的な美術史の受容の問題など二次的なことである。問題は、ひとりの人間の生が、ひとりの人間の残したものが、どれだけの閃光を放つのか、ということでしかない。たしかに、タイゲの文章は、同時代のチェコスロヴァキアという文脈に即して書かれたものが大半である。独立直後の高揚感漂うポエティスムの一九二〇年代、政治的な緊張が伝わってくる一九三〇年代、あるいは、絶望感漂う戦後の時代の雰囲気は行間からも迸り出ている。だが、「ポエジー」に対する絶対的な信頼は揺らぐことはなく、ポエティスムの時代から晩年にいたるまで、ポエジーを探求し続ける姿勢は驚くほど一貫したものだった。年表だけをたどると、一九三四年に遅れてシュルレアリストになったように見えるが、ポエジーについて語るタイゲの声は生涯変ることはなかった。特徴的であるのが、かれの著書の題名『建設と詩』が如実に物語っているように、愛やポエジーという言語化しえない世界への志向と即物的な事象への志向が共存し、その両極を共振していたということである。

図 28　晩年のタイゲ

一九二二年に発表された『革命論集デヴィエトスィ

ル』のなかで、タイゲは「あなたは机に坐っている、いまあなたが坐っているのは椅子だ。それは、物、物質、現実である」と述べていた。最晩年の一九五一年、若きシュルレアリストたちの問いかけに答えて、タイゲはこう記している。「芸術、ポエジーとは、最も十全な自己表現を可能とし、内面生活を十全に表明できる領域である」と。前者を唯物論の信頼を表明する一節として、後者をそれからの変節として見做すことはたやすい。だが、かれにとってのポエジーは、自己をも変革する力であったことはすでに見た通りである。タイゲは述べている。「作家の心を至高な形で自己表現する芸術は、精神世界が知覚できる、新しい、活性的な要素を授ける」[9]。それはすなわち、ポエジーとは意識化されないものを志向するものだということだろう。下意識だけではなく、他なる自己への志向でもある。それは、一つしかないと思われていた輪の中心がいくつもあることを知ることでもある。

付録

カレル・タイゲ評論選

詩、世界、人間

芸術の消失は幾度となく宣言されている。偶像破壊、未来派－ダダ－ロマン主義の宣言のみならず、歴史学、社会学、美学の厳密な分析によって、個々の芸術分野が消失したり、段階的に衰退していることは説明され、立証されている。絵画と詩の発展をめぐる近年の分析、これらの芸術の内的変化および社会に対する芸術の関係の変化を検討すると、今日わたしたちが芸術と呼ぶものの限界点、つまり、芸術が崩壊し、消失する局面が、芸術が存在している局面よりも優勢になっているのがわかる。生活において、芸術、場合によっては芸術作品の個々の領域を可能にする歴史的な前提はますます有効性を失いつつある。

ロマン主義芸術とブルジョア社会が分離していくプロセスは、継承された芸術フォルムが消失していくプロセスと関係している。そしてまた、わたしたちが目にしているように個々の芸術分野が消失することで、類似点のない異なる芸術の歴史的フォルムの中核、異なる性質がやどるものの中核から、新しいフォルムが生まれてくる。このようなプロセスは、古い学術的な美学、あるいは静態的な観念や観念的錯覚を扱う芸術学では捉えることも、説明することもできない。蒸気や電気、ミシンやタイプライターに続いて、「描く機械」――写真機、映写機――が発明され、立体音響、無線電話、テレビが発明された今日、観念美学の伝統的な分類や範疇を捨てなければならない。七つの芸術、九人のミューズ、二つの高貴で芸術的な意義、造形芸術の三位一体といった迷信や図式ではもはや事足りないだろう。絵画、彫刻、演劇、言語芸術といったこれまでの芸術ジャンルは、古くなった学問体系、死に絶えた哲学、古くなった倫理、色褪せた形而上学、神話学、宗教とともに、歴史の資料館、博物館のコレクションに収蔵され、今後は歴史研究や考古学的な関心の対象となるだけだろう。

生産や社会生活から孤立し、古い芸術が消失するプロセスは、まったく新しいフォルムをもたらし、詩と世界を新たに統合する前提と萌芽を準備した。産業資本主義の後期に世界から追放され、生産過程から除外された芸術フォルムの発展は、そのような前提と萌芽を限界まで消失させた。だが同時に、世界や社会生活から孤立したことで、別の新しいフォルムによって、孤立を克服する諸条件が形成されたのである。文学者たち（生は詩的着想の賜物であり、感情は文学の賜物であり、自然は芸術の作品、あるいは芸術の模倣物であると信じている者たち）が、芸術家は世界の発展を予期するものだと宣言するのは、芸術が、生産、社会生活から遠く離れた領域であるためより自由な圏域で、支配階級の懸念によって負荷が課せられることはなく、それゆえ、新しいフォルム、新しい社会を再建する徴候、萌芽、始まりがすぐに現れやすいからである。そしてまた、「芸術家の社会」、「神経質な貴族」、社会的地位のない個人たちの共和国であるため、社会生活の具体的な事象からきわめて遠いところに位置し、社会革命の勢力と共通点を数多く有しているからである。芸術の革命は、社会発展が初めの一歩をかろうじて刻んだ時代にすでに、新しい生活フォルムに対する徴候を事実上意味していた。

ロマン主義の革命、芸術至上主義、象徴主義、モンマルトルやモンパルナスなどのボヘミアン、ダダの怒りとシュルレアリスム革命は、芸術が生や社会的動向から隔絶している意識を有する芸術家たちが支配階級に対する抵抗を表明するものであり、場合によっては、近代の分業が芸術創作や芸術家の社会的地位に強制している諸条件への抵抗でもある。このようなスローガン、イズムの背後には単なるスローガン、イズム以上のものを見出さなければならない。そこで、手工業と結びついた封建社会で生まれた古い芸術フォルムの消失する要素を読み解き、芸術と社会という二項対立、「美の理念」、具体的現実を克服する第一歩として、新しい本質的な詩の萌芽を読み解かなければならない。ロマン主義の芸術（支配階級が自身の装飾や贅沢として維持するアカデミズムの芸術とは異なり、ロマン主義の時代以後、社会に抗う、あの非公式の「純粋」芸術のこと）、階級社会の芸術が、その召使いと花嫁にならないように、自身と社会のあいだに高い障壁を作り、スローガンやイズムを掲げつつ、その背後で、古いフォルムや方法が徐々になくなっていく芸術がある一方で、新しいポエジーの要素が誕生したり、発展し始めている。だがこのポエジーは、生活上の孤立を克服し、ロマン主義の芸術が直面した障壁や境界を脱しなければ実現されることはない。

芸術が、生活、社会、生産から離れているあいだに、新しいポエジーのいろいろな要素が誕生する一方、古い芸術フォルムは弱体化した。社会的、有用的機能が排除され、アトリエや実験室のような純粋さを芸術創作にもたらす孤立状態のなか、芸術と人びととの世界との接触を完全に絶った孤立状態のなか、新しいポエジーが結晶化した。芸術と人びととの世界がふたたび接触することで、そのポエジーは、現実となり、閃光を放ち、生きることができ、勝利を収めることができる。それは既存の関係への回帰を意味するものではなく、詩と社会が発展する高次の段階において、世界と社会が結合し、融合して実現される。

芸術が生産と社会から遠ざかり、生産が手工業から機械による大産業へと変貌した時代にあって、当然ながら、手工業の文明と結びついた芸術フォルムは絶滅を余儀なくされた。だが、機械産業への転換、飛躍的な技術発展、芸術工芸と産業生活の分離によって、新しいポエジーを創造する技術的、物質的前提が確保され、新しいポエジーの手法や機能は、従来の芸術の方法や課題とはまったく異質なものとなった。つまり、「芸術は芸術ではなくなりつつある、あるいは、芸術であることをすでにやめた」のである。

絵画、文学といった旧来の芸術が消失し、死滅する時代にあって、ポエジーが誕生する。ギリシア人が理解しているような意味での、だがこれまで知ることのなかった意味でのポエジーである、つまり、ポイエーシス、生気をもたらす統合された至高の創作である。このような確信は、F・X・シャルダの言葉によれば、「詩という大きな信念、ポエジーの普遍性に対する信念」というポエティスム独自の内実であり、意義である。このポエジーは美的本質を新たにまとめあげたもので、新しい手法や新しい素材からなり、そのため、新しい消費者、新しい観客や聴衆、新しい人間を要求する。さらには、叙情性への燃え滾る渇望を満たし、新しい溌剌としたエネルギーや熱烈さによって、ありとあらゆる感覚や感性を豊かにする。

このポエジーの手法は、広範な実験を通して試行されている。生物学、心理学、生理学、社会学、光学、化学、音響学といった学問の精密な成果は、芸術の新しい理論の基盤をもたらした。詩的生産性や感情の本質が関係するプロセスをめぐる生物学的、心理学的知識が今日なお十分ではないとはいえ、「芸術」の意義とは何か、詩的創造の本質とは何かという問いかけに対して、それは人間の統一的な創造本能をめぐる仮説であると述べることができるだろう。

統一的で創造的な本能をめぐるこの仮説は、労働と思考のあらゆる領域で人間の行動に刺激をもたらし、観念的な原理、例えば、カント美学と相容れることはない。心理学者、美術史家は、「一つの芸術（アルス・ウナ）」を、用いられている手段、技術、課題、そして異なる感覚的受容にもとづいて、「いくつもの芸術（アルテス）」に分けてしまった。このような二つの感覚器官を「美的」と認めながらも、芸術を古代パルナスの九人の少女に象徴される、七つあるいは九つの枝に分けてしまったのである。それは、芸術の動きや発展を衒学的な雛形として捉え、静的に受け入れているにすぎず、カントが意識の領域を思考、欲望、感情という三つに分類したのと同じである。だが、作り手としての人間の統一的創造的能力を認め、その機能を果たす代表的な道を歩むとしたら、見出されるのは「一つの芸術（アルス・ウナ）」だけであり、そこでは、身体と精神、手と脳というあらゆる感覚の活動がより高次の統合体となって融合する。（多くの要素から複雑に構成された）創造的な本能は、精神と身体の境界に位置するエネルギーであり、この本能の根源は、生活と創造にかかわる基本的な本能、つまり、性的な本能に見ることができる。

ポエティスムが求めてきたあらゆる感覚のポエジーの機能と心理的作用については、部分的ではあるが近代心理学がわたしたちに説明してくれる。あらゆる美に対する人間の関係がその核において性的であり、つまり、美的感動や興奮が性的な興奮と本質的に同一か、すくなくとも類似性があり、エロスのエネルギーが想像力の圏域に影響を及ぼすことが証明されれば、芸術と呼ばれるもの、つまりポエジーの機能は（機械主義の時代が生産にとって有用で有益な機能を排除したため）、旧来の社会、その道徳観、宗教、経済関係によって培養され、搾取され、抑圧されていた人間の生命力を錬磨し、調和し、社会化する――つまり、人間の感情と愛の諸感覚と力を錬磨し、豊かにし、調和させる――諸感覚の体系的な文化と感受性を照射することにほかならないだろう。

このような統一的で創造的な本能は、精神分析およびフロイトの性理論の「リビドー」と同一視できるだろう。よく知られているように、フロイトはリビドーの概念を性的力に限定しているが、ユングは一般的な心理エネルギーと融け合うものとしてリビドーを拡張している。リビドーをほかの本能的な力から分離することは、有機体における性的プロセスが化学的機序によって、例えば、咀嚼プロセスや、美的瞑想の行為といったほかのプロセスから分離される前提を意味することになるだろう。だが、この化学的機序は、今日のわたしたちにはまだよくわかっていない。性的、美的興奮の化学的機序が、生物学で明らかにされ、明確にならないかぎり——両者の化学的機序が一致すればだが——、美的力と性的力の関係を正確に捉えることはできないだろう。とりわけ神経症や倒錯の分析を通して、性的興奮はいわゆる性器だけではなく、諸感覚、身体器官が関係していることを心理学は示している。

性的対象から最も遠い性感帯、指導的役割を果たす（古い美学者の言葉によれば）「高貴な」感覚器官である目は、刺激に応じて集中的に興奮を感じるが、その要因をなすのが、一般に恋愛対象の美と呼ばれるものである。視覚的印象は、リビドー的興奮が最も頻繁に目覚めさせ、性的対象に美を育ませる選択が始まる道程となることがある。美のイメージをつくる興奮はイメージによってふたたび段階化され、このイメージの創造は悦楽を呼び起こし、ほかの器官や性感帯に興奮を引き起こす。血流によって刺激される何かの化学物質が、神経中枢のある特定の場所に器官の変容をもたらす緊張を生じさせるのだろう。興奮や悦楽は特殊な条件に規定されているが、その条件の最も本質的なものの一つが律動である。

悦楽は性感帯の繊細な興奮によってもたらされるが、性感帯の機能を果たしていると思われるのが、皮膚、粘膜の各部分であり、すべての感覚器官である（関連性：目 - 聴覚 - 網膜以外の視覚 - ほかの身体的、皮膚感覚——感覚間の照応だろうか……？）。それ以外にも、もちろん、傑出し、強調された性感帯があり、その感性は、個人差はあれ、全体として高くなっている。そのほかにも、ある強度を得たり、強い想いを抱くことで、一連の器官のプロセスの副次的産物としても、性的興奮が生じることがある。

性感帯は、あらゆる「正常」な人間にとって大変重要であり、とりわけ精神神経症や倒錯者にとっては特別な意味を有する。

ここでわたしたちが参照しているフロイトの性理論は、原始においては性的刺激と一致するとされる美の概念が、近代人においては性的な選択をするには縁遠い、あるいは潜在的な関係しかないような対象にも広がりを見せている。そのようなとき、すべての行為、正確に言えば、人間の自由な行為はエロスの影響を受けており、エロスは人間に教えることとなる。踊ること、働くこと、生きること、そしてまた愛することを。印象による興奮、そして感覚の悦楽という波は、リビドーのある部分において、そのような印象や興奮をより精緻なものとする、つまり美的目的へと向かわせる。

快感の感情を呼び起こして、体内の分泌物を発し、人間の器官に影響をあたえる感覚器官や性感帯の興奮および感動が、性的感動や美的な感動と同じ意味を持っていようといまいが、ほかの精神的、身体的機能、つまり美的機能に発し、性へと向かう道はすべてを結びつけ、その反対方向も通れることが証明されたと考えることができる。――

わたしたちがポ、エ、テ、ィ、ス、ムと呼ぶ芸術理論の起点には、手工業に条件づけられた芸術の遺産的形態はわたしたちの時代にはすでに死んだものとなっているという認識がある。そしてまた、製造基盤が機械産業に変化したために古い芸術形態の存在理由が奪われ、かつて担っていた機能がなくなり、より適切で新しい分野に引き渡されたという認識である。その結果、芸術至上主義の芸術は社会から乖離したものの、新しい社会組織、総合計画の世界は特定の生産力の孤立に悩んでおらず、これらの想像力が社会に有用さをもたらさないことにはなっていない。しかし、孤立していたロマン主義の人びとおよび「呪われた詩人たち」において萌芽の形をとった芸術は、芸術が工芸的な仕事から分離されていなかった時代のような経済的な利益をすぐにもたらしはしない。新しい詩的、美的活動は経済的実践や観念的な伝道を目指すのではなく、数世紀にわたって社会が抑圧し、変形させられた人間の力を解放し、覚醒させる文化へと向かうべきである。おおまかに言うと、平日ではなく、休日、個人や仲間との生活の時間を目的とすべきである。だが、手工業と芸術の昔から見られる融合を再度試みたり、「芸術のための芸術」という対極のスローガンを掲げるラスキンが提唱した卑俗な理論があるが、わたしたちはそれを拒絶する。というのも、わたしたちが詩に認めるのは、世界、そして社会生活における重要な地位を詩に与え、新しい人間の感覚、本能、想像力を錬磨し、調和させ、社会化するという至高の機能だからである。つまり、人間を理解するだけではなく、人間を変えなければならない（ここでの詩は、素材はなんであれ、意識的に作られた作品のことであり、調和のとれた人間によるあらゆる声明のことである）。古い社会で芸術が担った宗教的、経済的、教養的課題とは異なり、わたしたちは、適切な表現がないためにこう呼ぶが、優生学的、健康生活学的、衛生的機能を、詩（つまり、新しい芸術、つまり美的創作）に与える。だが実際にはそれ以上のことを意味する。つまり、新しい社会に新しいタイプの人間を提供すること、つまり新しい本能、新しい感覚、新しい身体、新しい魂を授ける。資本主義的な合理性によって機械化された人類は、バランスのとれた生物学的な基盤を取り戻さねばならない。新しい社会はバランスのとれたトータルな人間を必要とし、その人物は、その生物学的中核から、本能の革新という強固な立場をあらゆるものに対して築いていなければならない。

　より高次の社会組織は、客観的には、生産性の向上を目指し、資本主義時代に得られた技術進歩と学術成果の利用に条件づけられ、主観的には、新しい階級の登場によって条件づけられている。これは、経済や社会的な関係に変化をもたらしただけではなく、革命的旋風によって強化、純化され、新しい社会基盤によって構築され、自分自身をも変革した。物質的条件を変化させ、古い社会と闘い、新しい世界の客観的条件を決める新しい経済形態をつくる想像力を磨きながら、まず主体自体も変化し、変化しなければならない。新しい社会（自由な連想）への移行期において、プロレタリアートはすでに古い意味でのプロレタリアートであることをやめ、実践、労働、製造のみならず、物理的、感情的、知的文化の領域においても社会的な人間へと生まれ変わる。A・デボーリン（『社会主義の建設および理論前線におけるマルクス主義者の課題』）が考察している文化革命は、すでに今日起きつつある。資本主義がなくなり、社会主義建設の一歩が踏み出されている今日、萌芽的形態をとる共産主義の事実上のはじまりが宣言され、それは、経済分野（今日の特別作業隊、勤労奉仕）のみならず、経済から比較的遠い分野に及んでいる。

新しい人間の創出――古い社会、古い生活スタイルや文明、今日なお、ロマン主義の芸術家にとって固有な、思想や欲望の先祖返りしたようなフォルムに端を発する古い生活習慣の残滓、生き残りを一掃すること。魔術的、神話的、宗教的、形而上的、観念的思想。古い社会の公式の生き残りが崩壊していく時代にあって、かつての生産や社会的関係の産物であった慣習、感情、偏見という保守的な堆積物を破壊し、処理しなければならない。新しい階級の人間は古い世界の重荷や枷から解放され、新しい世界の生活と創作に適用できるようにならなければならない。

人類の社会－歴史的発展と関連して、感覚組織、感性、感覚内容の発展が重要であることを強調する必要がある。「五感の創出は、全歴史の産物だ」（K・マルクス）。千年紀を経て、わたしたちの視覚感覚器、そのほかの感覚器は大きな変容を体験した。感覚器を修正、練磨し、発展させ、その感度を豊かにすることは、新しい社会主義的な人間を形成するうえで、たいへん重要なことである。

デボーリンが示したように、私有財産にもとづく社会における所有の感情は、ほかの生理学的、心理学的感情を抑圧したり、変形させる主たるものである。個人の所有は、人間の感情面での生も奴隷化する。生のエネルギーが物質的に評価され、生々しい本能が弱まり、鈍化し、生物学的力が機械化されると、人間は変形してしまう。「それゆえ、個人の所有を破壊することは、人間の感情および特性の完全なる解放を意味する」（マルクス)。

生産の支配だけでなく、人間の力の自由な表明を求めるプロレタリアートによる今日の階級闘争の段階において、階級意識は、社会主義的社会の時代における新しい社会主義的な人間の意識が成熟する方向に移行しつつある。階層による分業の克服、そして肉体労働と知的労働、都市と地方にあいだにある差異の克服、手仕事による労働が消え、自由な創造性のために人間を解放する創造的な力の創出が闘争の目的であるとしたら、確実に言えるのは、より高次の共産主義を準備できるのは新しい人間だけであり、その生物学的基盤をふたたび人間が入手しなければならないということである。そのあとで、個々人の全面的な発展を通して、生産力が飛躍的に増大し、身体、精神、食事、住居の文化における技術的進歩、社会の高度な豊かさを最大限利用できるようになるだろう。

「社会の前史」が終わることで、社会主義の人類は十全な意識をいだきながらみずからの歴史を操ることができる。人間は、社会環境および関係の産物であるが、その関係や環境を変化させて、新しい人間にならなければならない。新しい社会主義的意識、機能主義的思想、社会主義的理性、社会主義的感性、想像力、社会主義的感覚や神経として、幼少期から借用されている感情世界、そして凝り固まって原始的な情動-習慣を再評価することは、文化革命の最も困難な課題のひとつである。

社会主義の生活様式——新しい社会主義の都市や集団住宅における生活、家族という制度を解体し、人間の性的感情を物質的関係から解放する社会での生活。資本主義が機械的、動物的愚鈍さのなかに留めていた人間の能力が発展するのを許容する調和のとれた環境での生活。これによって、世界の新しい時代が幕を開ける。経済や社会の新しい組織のみならず、人間という新しい組織もまたそうである。

人間意識の革命は、身体と精神の不調和を一掃するため、身体文化と精神文化のあいだの差異を、高次の感覚と低次の感覚のあいだの差異を認めようとしない。キリスト教的、禁欲的な精神の独裁は終わりである。充溢する血、身体の豊穣さの勝利である。現実の内容から切り離され、抽象的であった美、ポエジー、自由はふたたび生というフォルムや表現とともに成長するようになる。

ポエティスムがその理論となっていた新しいポエジーは、このような文化革命のために召喚されている。この革命の使命は、ふさわしい手段、音、色、光、動きを用いて、人類の感覚を練磨し、人類の喚声を豊かにすること。そして、生きる、愛するという新しい至高の芸術、社会主義という新しい生活様式のために主題をもたらすことである（「生活の様式としてのポエティスムは……構成主義的に建設された都市において、新しいポエジーのポエティスム的な公園、笑みを浮かべる世界、香りを放つ世界を操る。心に悦びを感じ、感性に柔軟性を感じるときのみ、人間は創作の『高貴な楽しさ』を見出す……」）。

感覚と感性の啓発と啓蒙——身体と精神のあらゆる力を使って最大限の価値を手に入れようとせず、あらゆる才能と器官を用いて最大限の喜びを手に入れようとしない人間は、社会に対して劣等的で破壊的な人間となるだろう。それゆえ、自身の感覚を最も強烈かつ直接的に利用し、有機物と身体的装置のすばらしい法則に耳を傾け、震える皮膚のすべての穴を通して生をつかみ、不安や弱みのない調和の条件であり、透明な意識の基盤となる筋肉と感覚の喜びを利用することを人類に教えなければならない。

新しい人間の大学としての新しいポエジー、色彩と光、音と動きによる遊びは、取るに足らない遊びではない——どの遊びも、本能を訓練したり、啓発するものであり、本能の機能に適合するように応用する。新しいポエジーは遊びである、そればかりか、生活という炎との遊び、ブルジョア社会にとっては危険な遊びであり、道徳的、社会的障害が除去され、新しい強化、活力の新しい次元、新しい成果を求める本能や感情の遊びである。

ポエティスムが理解し、準備しているポエジーの機能は様々なフォルムを取るものの、たった一つしかない。それは、人間の感性を授け、満たし、ふたたび覚醒させ、人間の創造、感覚、感情、愛情の能力を発展させる。すなわち、すべてが身体的である文化の偉大な作品なのである。ありとあらゆる感覚のためのポエジーは、芸術のための芸術ではなく、社会主義世界を建設するうえで意義深い社会的な機能なのである。それは、すなわち詩と世界という対立を克服し、詩と世界を新たに統合させ、建設と詩を統合するポエティスムのことである。

多少なりとも遠い将来の展望については、これまでの発展という実際の基盤にもとづいて明らかにしなければならないだろうが、それは共産主義のより高次の段階であり、つまり「必然性と外的目的に規定された労働がなくなるところから始まる、物質的製造の圏域の外にある自由の王国」である。「必然性の王国を超越して、それ自体が目的となっている人間の力の発展が始まる、この真の自由の王国は、この必然性の王国を土台にすることでのみ、開花できる」。「労働が生活手段だけでなく、生活上最も必要なものとなるとき……人間は必然性の王国から自由の王国へ飛び立てる」（マルクス、エンゲルス）。この自由の王国、人間の能力の統合的な発展によって獲得された人間の統合的自由の王国において、ポエティスムが「解放された芸術」、主たる関心対象であったすべての感覚のためのポエジーに萌芽を見出していた新しい詩のフォルムの使命が終わることになる。生は、調和のとれた強度を帯び、抒情性を求める人間の要求を豊かに満たす。社会がリビドーに対する抑圧を完全に取り除き、感覚的、性的エネルギーが麻痺するようなことがなくなったとき、そしてまた、詩的想像力のみならず、性的現実にも至高の自由を見出すセクシュアリティの抑圧がなくなったとき、リビドーの昇華としての芸術は無用なものとなり、芸術家による特殊な心理的構成がなくなり、美は、詩の人工的産物ではなく、あらゆる生活の表現に付帯する現象となる。

分業を完全に撤廃すれば、特殊領域である芸術も死に瀕する。善良で、楽しく、調和する人間の集団生活こそが芸術や美しさとなる。この時代の偉大なる発見は、社会的な幸せ、すなわち、規律、作品、調和の幸せであろう。創作の幸せ。物理的負担のない労働、自発的で、自由で、ポエジーという創作の領域にまで高めた労働。自由な人間の生の意義となるのが、幸せな作品である。自分の生は、よく組織され、よく生き抜かれた作品そして詩にしなければならない。「あらゆる現実が紫外線となるとき」、そして「自分の人間らしい詩を体験するとき」、人は真の喜びを見出す、という原則が実現されるだろう。

人間‐詩人という幸せ——それは、あらゆる本能を解放し、高次の振動強度を得る意識が輝きを放ち、人間世界をポエジーという唯一の湾流へと変化させる生産的な本能が発展することである。

これがポエティスムのパースペクティヴの消尽点である。そしてまた、ニーチェ哲学の消尽点でもある。「国家が終わりを迎えるところで、人間が始まる」。同様に、「個人の自由な発展がすべての人の自由な発展の条件になる連想……」は、マルクスの弁証法的物質主義というパースペクティヴの消尽点である。

* 本論文は、まずネズヴァル主宰の『黄道十二宮』（一九三〇）で発表されたのち、「五感のためのポエジー、あるいはポエティスム第二宣言」の一部として『香りを放つ世界』（一九三一）に再録された。ポエジーの源泉としてのエロスの重要性を初めて言及した論考であり、これ以降、タイゲのシュルレアリスムへの傾倒が進んでいく。［初出］：Teige, Karel. „Báseň, svět, člověk", in: *Zvěrokruh 1*, č.1, listopad 1930, s. 9-15.（カレル・タイゲ「詩、世界、人間」、『黄道十二宮』一号一巻、一九三〇年十一月、九‐一五頁）。訳出にあたっては、以下も参考にした。Teige, Karel. „Báseň, svět, člověk", in: *Svět stavby a básně: studie z 20. let. Výbor z díla I*. Praha: Československý spisovatel, 1966, s. 487-500.（阿部。以下、文末の註記はすべて阿部によるもの）

シュルレアリスムは流派ではない

トワイヤン、インジフ・シュティルスキー、ヴィンツェンツ・マコフスキーの絵画、彫刻、写真、モンタージュが展示されている展示ホールの入口の上にある、チェコスロヴァキアのシュルレアリスト・グループ第一回展の扉の前に、次の標示を掲げるべきであろう。

シュルレアリスムは流派ではない

この主張、この重要な指摘については説明を要するだろう。現代の芸術イズムのほとんどが、特定の芸術手法よりも広範で一般的なものであろうとしている。ポエティスムのみならず、印象主義もまた、その主張を芸術潮流としてではなく、生の雰囲気として捉えている。表現主義は世界観と見做され、構成主義は物質文化の領域におけるあらゆる造形作業の手法および方法論となることを望んでいた。「単なる芸術」という狭い境界線を越えようとする傾向には、従来の芸術ジャンルや種類の枠組みを破壊し、芸術のための芸術至上主義という悪循環を克服する必要性を見ることができる。

今触れたイズムよりもその本質において広範にわたり、精神活動のカテゴリーや特化された領域の枠組みを破壊するのがシュルレアリスムである。シュルレアリスムが作り出す作品は、芸術の領域にも、学問の領域にも分類できない。ブルトンの『通底器』が新しい構造でなかったとしたら、詩、学問、哲学の諸要素および諸部分を総合するのは、いったい何なのか？　クルヴェルの『皿に足を突っ込め』が小説風のパンフレット、社会ルポルタージュ、政治批判を総合するものでなかったとしたら、何がそうだというのか？

シュルレアリスムおよびその活動を、前衛芸術の単なる新しい側面として捉えることは許されないばかりか、ここ十数年のあいだに前衛詩人や画家によって芸術の境界が際限なく広げられ、多くの境界線が完全に消されているとはいえ、シュルレアリスムが芸術の領域にとどまることは認められるものではない。――シュルレアリスムは流派ではない。それは「人間全体に関わるある人間的な態度である」（G・マンジョ）。芸術、つまり絵画や詩や演劇を創作したり、再生することは、シュルレアリスムが目指すものではなく、それは、歴史の革命的な歩調に足をそろえるという条件のもと、人間の精神および人間の生活全体の解放をもたらすための装置、手段、道程のひとつでしかない。

芸術運動として捉えることで、シュルレアリスムは手足を切断され、自由を奪われているという見方にも同意はできない、また同様の理由で、新しい哲学、新しい世界観として宣言される固有の領域の外までシュルレアリスムが拡張されているという見方も許容できない。否、シュルレアリスムは単なる「芸術革命」ではない。また「シュルレアリスム革命」は、特殊な革命的、社会的教義でもない。シュルレアリスムは特殊な創作手法でもなければ、特別な哲学でもない。シュルレアリスムの哲学そして世界観となるのが弁証法的唯物論であり、これこそが、シュルレアリストたちが何の躊躇も見せず賛同するものであって、それを修正したり、外来の理論で補足することはない。シュルレアリストたちが革命という言葉を発するとき、その人物は、弁証法的唯物論の世界観にもとづく社会運動の支持者であることを意味している。その活動のあらゆる局面において、シュルレアリスムは、思考よりも物質の優先を強調する哲学に基盤を置いている。世界を完全に知る力、世界を変える力がわたしたちに秘められていることを教えてくれるその哲学とは、弁証法的唯物論の哲学のことである。シュルレアリスム固有の領域として、関心を寄せる領域は、人間、つまり精神と肉体を有する真正の個人であり、人間の思考領域、表現と現実の関係の弁証法である。シュルレアリスムは、特殊な探求方法を通じ、特殊な顕微鏡や探針や硝酸を用いて、現実には思考はどのようになっているのか、現実的に分析し、解剖し、認識し、存在と思考のあらゆる複雑さの理解に務める。いくつかの作業手法、とりわけその実験的手法は、「芸術」という名のもとに想像されるものよりも、学問に近いことがままあるにせよ、シュルレアリスムは、たとえば心理学といったある特定の学問領域に還元できるものではない。堅実な唯物論者は、芸術と学問が、横断できない万里の長城によって隔てられることに賛同しないだろう。近代の心理学者は、芸術が専門的な学術的な文献よりもはるかに有用な認識や物質をもたらしているのを一度ならず認めている。

図式化はある種の不正確さというリスクをつねに伴うものだが、シュルレアリスムの活動は三つの圏域に分けることができるだろう。つまり、詩的活動、実験的活動、批判的活動の三つである。詩的活動とは、おおまかに言うならば、一般的に芸術と呼ばれるものに最も近いシュルレアリスムの構成要素であり、実験的活動は、芸術と学問の境界、むしろ学問の近くに位置し、批判的活動は、社会革命の理論的、実践的作業に結実する。シュルレアリスム活動のこのような三種、三側面は離反するものではなく、相互に関係している。シュルレアリスムの詩的創作は、絵画であれ、彫刻であれ、演劇であれ、写真－映画的な手法であれ、革命という政治活動や実験、理論的な学術作業と切り離されることはない。それだけではなく、シュルレアリスムの詩的創作は、実験的要素と革命的批判要素の両方を内に潜めている。

シュルレアリスムの造形的創作、つまり絵画、彫刻、グラフィック、写真の手法を用いたシュルレアリスムのポエジーをたどったり、この展覧会に出展された作品を注視してみると、ここに出品している作家たちの創作において、イメージ的、造形的ポエジーが、詩的、抒情的価値のほかに、実験的、革命的批判的特徴を有しているのが明確に見てとれる。シュルレアリスムの造形的実験という特殊な領域、つまり、一連のいわゆる「シュルレアリスムのオブジェ」（彫刻とは本質的に異なるジャンル）は、この展覧会では展示されていない。だが代わりに、観衆に攻撃を仕掛けているのが、シュルレアリスムの革命的批判、つまり、モンタージュ、版画、写真、カラー印画の連作であり、それらは激怒の雰囲気を湛えている。わたしたちが知っているような政治的な挿絵画家、諷刺画家、風刺画家は、世界のねじれた鏡を記録しているが、ほとんど例外なく、特定の組織や現象の社会批判を理性的なテーゼに限定してしまい、攻撃がなされるのはこれらの組織や現実の表面だけであり、人道的な、時に感傷的な抗議にとどまっている。ジョージ・グロスとジョン・ハートフィールドだけはダダ的な出自のおかげで、より深いところまで達している。特定の立場が明確なグラフィックとは異なり、インジフ・シュティルスキーのシュルレアリスム的モンタージュは転覆的性格を十分に有している。というのも、社会的感情が簡素であるために、知的ルポルタージュを介することなく、純粋に物質的に人間の本能に達するからである。それらが、感傷的な人たちの嫌悪と嫉妬を刺激していることに疑いはない。猥褻で嫌悪感を誘う組み合わせによって、家族や夫婦制度といった制度が依拠する聖なる感情を破壊させ、そればかりか、公認された売春という形態、抵抗と愛を殺すメカニズム、精神の貧困を作り出すメカニズムを破壊するからである。ブルジョアや、司祭の倫理による神聖さは、革命的な諷刺よりもはるかに革命的方法によって、失墜させられ、疑問に付される。というのも、シュルレアリスムの際限ない想像力があらゆる手段を駆使して、信用を奪い、破壊しようとしているからである。

さらに言えば、この展覧会の絵画、彫刻、写真もまた、何らかの怒りを秘めている。そう、シュルレアリスム革命は、恐怖の時代にも継続している。物質的、身体的欲望によって強められた本能の炎は、展示されたカンヴァスに色をあたえ、彫刻を形作る。抽象的でキュビスム的な幾何学とは対照的な絵画は造形的な均衡を失い、文学的、例証的となったことで糾弾された。だが、これらの作品は記述的な解釈を断固として拒絶する。これらは、既存の学術的で観念的な美学にもとづく批判的な評価をのがれる人間と世界のあいだの弁証法的かつ超周波によってつくられた詩的なイメージなのである。わたしたちは、形式的で機械的な抽象からは遠く、むしろ、動物的で人間的な自然に極めて近い。わたしたちは、観念化、寓話、あらゆる種類の文学から遠い場所に位置し、むしろ、本能的な心の燃えるような中核や、人間の欲望、抵抗、愛という振動の近くにいる。

＊　一九三五年、プラハで行なわれた第一回シュルレアリスム展の冊子に収録された文章。同冊子には、ほかにネズヴァルの「オブジェ、幻覚、錯覚の再建による現実の体系的探究」も収録されている。〔初出〕：Teige, Karel. „Surrealismus není uměleckou školou", in: *První výstava Surrealistické skupiny v ČSR*. Praha: SVU Mánes, 1935, s. 3-5.（カレル・タイゲ「シュルレアリスムは流派ではない」、『チェコスロヴァキア共和国における第一回シュルレアリスム展』プラハ、マーネス芸術家連盟、一九三五年、三－五頁）。

人工主義からシュルレアリスムへ

歴史的必然と偶然が複雑に絡み合い、様々な力の曲線が交わり、絶対的な正確さによって、ある一点が定まる。それは、あらゆるものに抗って、明日の光明が約束してくれるポエジーを期待して、地平線の向こうまで延びる道を発見すべく努力を惜しまずにいる人びとが避難し、出会う場となりうる場所だった。このような状況は帝国主義的戦争から帝国主義的和平への移行期として定義され、星ひとつない闇は何百もの人間の命を奪い、障害をもたらし、略奪して葬ったが、二つの世界の境界、自由と未来の敷居に位置する十月革命が放った炎のおかげで輝きがもたらされた。集中砲火が続いた日々のドラマはわたしたちの青年時代に永遠に刻まれることになり、わたしたちの見方を定めることとなった。人類をめぐる基本的な問題、社会的出来事のなかでの人類の運命の問題に対するわたしたちの答えは燃えたぎる炉のなかでどろどろに溶けてしまい、反抗によって武装するようわたしたちの愛に仕向けた。青年時代は、殺人、恐怖、権力、嘘が、手榴弾や爆弾の爆発、マシンガンの銃声によって爆発した時代だった。昨日の幻想は、ヴェルダン、カルパチア、そしてレニングラードの舗道で血を流して死んでしまった。世界のありとあらゆる事柄に、隷属と革命という相矛盾する特徴がはっきりと刻まれた。わたしたちの修業時代は、目の前で帝国が崩壊し、いくつもの民族が幽閉されていた二つのおぞましい監獄が吹き飛ばされた時代に呑み込まれてしまった。こういった出来事ばかりの学校で育ったわたしたちにとって、戦争の原因であった社会規律、その狡猾な顔を隠すイデオロギーや神話、あらゆる方法や弁明を用いた抑圧、あらゆる形態の圧迫、地上そして天のあらゆる足枷に対する憎悪こそが、つねにそして無慈悲なまでに、わたしたちの知的かつ情動的な生活の軸の一つになることは必然であった。そして、レーニン、トロツキー、リープクネヒト、ローザ・ルクセンブルクの訴えによって社会が動き、新しい脚光を浴びるようになった学問、つまり、批判的革命哲学の学問、世界の変化そして自由の帝国を自分のものにする学問、揺らぎない学術的真実および強力な情動的作用からなる学問は、わたしたちという存在全体、わたしたちの知性、そしてまたわたしたちの感性を惹きつけ、動員することになった。そしてまた、不可侵の人権、物質的、精神的条件を求めるべく、自由な世界を賭けて戦い、作り出す必要性を、法を無視して徹底的に否定する原初的な混沌状態のなか、解決をもたらす光や結晶を、弁証法的唯物論に見出さずにはいられなかった。そしてついにこの学校はわたしたちに教えてくれた。真のラディカルな知性を徹底する姿勢、芸術と学術創造の真の革命は、社会的、政治的活動の領域において、ラディカルで革命的な見解と連帯しなければならないということを。つまり、精神および芸術の新しい潮流は、詩と思想を発展させるアヴァンギャルドと社会を進歩させるアヴァンギャルドの有機的で機能的な一致がないところではうまく機能しないのである。

現代のチェコ美術史において、このようなものが時間的にも、空間的にも一致する条件を定めたのが現代文化連盟デヴィエトスィルの結成（一九二〇）であった。それは詩的エネルギーの中心となり、公的なイデオロギーが押しつける思想や生活の条件に抗う若者たちが抵抗を表明する場となった。今世紀の空間において、あらゆる可能性を秘める地平線の端にある新しいポエジーという蜃気楼、新しい生活という明るい信号が灯っている場所は、詩人が集うデヴィエトスィルに見出された。わたしたちのある種の精神年齢が形づくられ、戦後詩という天文時計のなかで最も緊迫した時間であったこの十年のあいだに、それは、詩集の言葉やイメージ、抒情的な絵画の色彩に光をもたらす一連のインスピレーションの起点となり、発見や発明が次々となされ、どこよりも成果に溢れた場所となり、わたしたちの生活が向かうべき方向を長期的にも、恒常的にも定め、協力関係と友情の結びつきを尊重する出会いの場が、デヴィエトスィルのなかに見出されたのだった。

二人の画家がプラハとパリの空のもとで発展させ、「人工主義」と命名された時期の作品の選集のあとがきであるこの文章は、「生涯でたった一度だけ体験できる奇跡の雰囲気」（ヴィーチェスラフ・ネズヴァル『ガラスのインヴァネス』の「友人へのアピール」）、つまりデヴィエトスィルのなかでわたしたちが空気を吸っていた雰囲気のほかならぬ資料となっているが、デヴィエトスィルが中心に位置する運動の歴史をその発展のあらゆる転換点を踏まえて、事細かく記録するものではない。この文章が、ある冒険小説の出来事にすこしばかり関係する機会に恵まれた人物による誠実な、同時に断片的となることがすでに確定している証言となればと思う。世界的な虐殺のあとの十年に渡って、その冒険小説は、思想や感情をめぐる運命的出来事を展開させたが、書籍、絵画、脚本においてその運命がどの程度反映されているかは、いつの日か、チェコの文化生活において当時デヴィエトスィルが果たした役割を記述し定める課題を引き受けた文学史家や美術史家が評価することだろう。その初期に、デヴィエトスィルという名称やその活動、さらには、マニフェスト、展覧会、刊行物、雑誌と結びつく運動の近くあるいは遠くで参加していたわたしたちにとって、あることを想い出せば事足りる。つまり、数年前、わたしたちを惹きつけたあの影が、ふたたび生命力と輝ける顔を手に入れたあの出来事を。

方向が定まるまでのあいだ、指針はしばらく揺れ動いていた。一九二二年秋に刊行された二冊のアンソロジー——『革命論集デヴィエトスィル』と『ジヴォットII』——によって、デヴィエトスィルが大規模な集団でのマニフェストに向かう契機を見出した瞬間、デヴィエトスィルの初期段階、序章、雛形となる段階が終わりを告げた。それは、周辺で激しい議論が交わされ、内部でも論争が起きていた時代だった。『プロレートクルト』から始まり、今日のソ連のリアリズムの恥ずかしい衰退で終わりつつある誤謬にあふれた、いわゆるプロレタリア芸術の理論を根底から修正し、反証する必要があった。そしてまたネズヴァルの『驚異の魔術師』によって、ポエジーにいたる道程——より簡素な命名がほかになかったため、わたしたちがポエティスムと名付けたもの——が力強く切り開かれると、古典様式の記念碑という社会叙事詩を探求していたイジー・ヴォルケルは——死の直前に——デヴィエトスィルから決別することになった。「イジー・ヴォルケルは翼を失い、その代わりに、二本の剣をもった手が生えてきた」（ネズヴァル）。——デヴィエトスィルの新しい時代の幕開けを告げるのは『驚異の魔術師』であり、マーハの『皐月』が十九世紀に多くのことを意味していたように、それは、今世紀のチェコ詩において、新しい生を呼びかけるものとなっている。詩集『パントマイム』はポエジーの再生であり、ネズヴァルの戯曲『自転車の至急便』やホンズルの著書『回転舞台』の前衛劇場に関する研究は舞台のポエジーを再生させるものであった。デヴィエトスィルはチェコの文化生活では極左の位置を占めていたが、それは、芸術左翼戦線レフがソ連で占めていた位置に似ており、その宿命はヴラジーミル・マヤコフスキーという名と忘れがたいまでに結びついている。マヤコフスキーは一九二七年に解放劇場の舞台からデヴィエトスィルに挨拶をし、心のこもった方法で友愛の念を表明した。この時期になると、デヴィエトスィルは単なる芸術組織以上のものを意味するようになっていた。同時代の、多くは対立しているほかのグループとは異なり、この名称がもっぱらアヴァンギャルド運動と同義になり、新しいチェコ文化創造の歴史におけるひとつの章を指すとしたら、それは、デヴィエトスィルがアヴァンギャルドの極端に位置し、そこから自身の活動および影響を通して、わずか数年の間にチェコの芸術生活の顔を本質から描き直すことができたからである。デヴィエトスィルがアカデミー的な美学や伝統を否定し、従来の芸術形態を否定したうえで、幾千ものあるフォルムのなかでただ一つの芸術、つまり、普遍的で全体的なポエジーを見出した瞬間、芸術的にも理論的にも方向性が一致する勢力を引き寄せるアヴァンギャルドの起点となり、詩人、画家、演劇家、建築家、ジャーナリストが出会う唯一の場となったとき、わたしたちがそこで出会い、親しくなるのが詩人だけであったのはまさしく宿命であった。わたしたちが、確固たる信念のもと、ある建築思想をアンソロジー『ジヴォットII』で翻訳してから十五年が経った今日、暴利をむさぼる連中がわたしたちに許可を求めもせず、その思想をわたしたちの意図に反するかたちで用いて、有益ながらも魂が込もっていない硬直した定型建築を生み出している。世界的な見本市において、明日の建築の将来を唯一約束するモデルを提示する機会となった一九三七年のパリの現代生活における芸術と技術展に参加したヤロミール・クレイツァルは、あることを思い出させてくれる。当時、わたしたちが関心を寄せていた未来の建築とは科学と融合したポエジーであり、ポエジーと生活の統一を目指す人びとにとって、透明でガラス張りの家、自由な生活の概略の上に立っている思想の鏡の結晶の夢、そして、階級のない町や地区という考えは、ヘーゲルやマルクスの作品の天才的な構造、ピカソの絵画の結晶のような構造や輝く光、ランボーのイリュミナシオンの自由に飛び散る星のように魅力的な考えであった。アンドレ・ブルトンは『ナジャ』でこう書いている。「私はといえば、これからも私のガラスの家に住みつづけるだろう。［……］いずれそのうちに、私である誰かがダイヤモンドで刻まれてあらわれるのを見るだろう」。

当時出会った二人の画家は、わたしたちのもとにやってきた。かれらも詩人だったからだ。インジフ・シュティルスキーの絵画は、一九二一年、プラハのトピッチ・サロンで行なわれたチェコスロヴァキア美術アカデミー展（美術アカデミーの学生団体による展覧会）、そしてその直後の一九二二年春、プラハのボヘミア美術連盟で行なわれた、束の間の芸術家集団プライスレルの展覧会で目にすることができた。後者の展覧会で、シュティルスキーは自作（十点の油絵）をすべて展示し、そのなかでも、一九一九年作の《墓地》、一九二二年作の《カーネーションのある静物画》は、わたしたちをただちに魅了した。それらは、展示されていたほかの美術商品とは明らかに異なっており、静かで抒情的な言葉でわたしたちに話しかけてきた。その間、一九二二年の春、トワイヤンとシュティルスキーはコルチュラで出会い、チェコ美術史上初めて、深遠な友情にもとづく、ほかに例を見ない実り多い共同関係を発展させることとなった。現代美術において束の間しかないように思われた稀有なる友情は様々な伝説に包まれているが、個人の枠組みを越える絵画的な詩という道程において個人主義という神話がほぼ瓦解し、一冊のまとまった書物『処女懐胎』をブルトンとエリュアールの二人が書いたようにシュルレアリスムの実験を通して何人かの人間がひとつになり、近い二人の画家の才気溢れる想像力から唯一の絵画が生まれる可能性を感じさせてくれた。

シュティルスキーとトワイヤンがわたしたちのもとにやってきたのは、アンソロジー『デヴィエトスィル』と『ジヴォットII』の刊行を終え、デヴィエトスィルの第一回展覧会を準備している最中のことだ。先に触れた二つの展覧会で目にしたシュティルスキーの絵画は、わたしたちの接近を直ちに仲介するものであった。今日、シュティルスキーは新しいドローイングを見せてくれているが、そこにはネズヴァルの『驚異の魔術師』の挿画も含まれている。数年前、無政府主義者、共産主義者たちの騒々しい会合で顔を合わせる機会のあったトワイヤンは今回初めてわたしたちに絵画を披露し、それによって、デヴィエトスィルの第一回展でのデビューを果たした。展覧会の図録を編纂しているときだろうか、それとも、シュティルスキーの二点のドローインをするどとのないトワイヤンという名前を洗礼したのだった……。

スク』の創刊号を印刷に回したときだろうか、わたしたちは、カフェのテーブルで、彼女の芸術同様に格変化をすることのないトワイヤンという名前を洗礼したのだった……。

それは何という展覧会だったことか！　わたしたちは〈現代美術のバザール〉と名付けた。「展覧会」という言葉は公的なサロンで感じる退屈さを想起させたので、その語を回避したのだった。「美術」という言葉も避けたかったが、よりふさわしい表現が見つからなかった。「ポエジー」という言葉を用いなかったのは技術的な問題にすぎない。ポエジーの庭園、ポエジーの迷宮。一九二三年、プラハの芸術家の家（現在の議会）内のボヘミア芸術協会のホールでの〈現代美術のバザール〉は、絵画、世界中の建築プロジェクトの写真、ポスター、〈レディ・メイド〉のオブジェといったものが多様かつ刺激を与えあう形で混在していた。アンソロジー『ジヴォットII』やその後のわたしたちの刊行物の紙面同様、現代絵画と詩が、サーカスや映画のスチル写真、日常生活の記録と隣り合っていて、このバザールでも、それほど多くはない絵画、ドローイング、書籍とともに、芸術らしくないオブジェ、展示物が観衆を挑発し、（ロシアの未来派の言葉を借りれば）「普通の美しさがもたらすビンタ」になろうとしていた。芸術作品、機械の一部、映画のスチル写真、花火やサーカスの写真が並列していたが、それは、教会守の鳥肌を立たせるには十分だった。公的な展覧会、雑誌は、芸術作品と、芸術と見做されるというばかげたキッチュを一緒に並べているが、ある批評家の見解によれば、それこそがあるべき姿だという。だが、デヴィエトスィルが展覧会や刊行物で美的に優れていない現代生活のドキュメントを現代美術のすぐ隣に置くことは、芸術に対する罪深い冒涜となるだろう。公的な芸術雑誌には良質の芸術とたちの悪い芸術が横に並び、グラビア雑誌では、世間を騒がせる衝撃のある現代の写真の隣に、似非芸術、キッチュが掲載されている。デヴィエトスィルの展覧会と刊行物が試みているのは、フランスの雑誌『レスプリ・ヌーヴォー』、アメリカの『ザ・ソイル』同様、現代芸術の卓越した作品、そして現代生活を雄弁に語り、特徴づけるドキュメントを並列して提示することである。というのも、わたしたちは芸術にブルジョアの贅沢な装飾以上のものを見出していて、自称専門家たちが集う風通しのよくない部屋で人為的に閉じ込められることさえなければ、このような芸術文化はかならずや成功を収めると確信しているからだ。現代彫刻は独創的で大胆なキュビスム的な実験を経て、伝統的なコンセプト、フォルム、素材に回帰するというふがいないものだったので、〈現代美術のバザール〉では、「現代彫刻」という名のもとで、一方で玉軸受（ボールベアリング）、他方で理髪店のマネキン人形を展示し、皮肉を浴びせている。だがこれは単なる皮肉ではない。玉軸受は「丸みを帯びた平らな面は美しい」というアングルの発言を具現化するものでもある。理髪店の人形はたしかに人形そのものだが、ヒステリックな目つきで疑う余地のない金髪をしており、シュルレアリスムのオブジェとして、舞踏会用のパンプスに髪を巻きつけ、野生のブドウが生えている鉄の檻に、地球儀、カラフルな大きな歯、ミニチュアのタイプライターとともに閉じ込めることもできるだろう。そう、その人形には、蝋人形館のマネキンのような魅力があった。展示ホールの裏手には適切なサイズの鏡が吊るされ、「観客の皆さん、あなたの自画像です！」という一文が書き添えられている。これは、写真スタジオでそれほど手間をかけずにできる正確なものではなく、画家に大金を払って、過度に高貴なものとして、自分の身体の美貌、優美さ、知的な顔立ちを描いてもらう人びとに対するわたしたちの嘲笑を示すものであり、そういった要望を刷毛で満たそうとする人びとに対するわたしたちの軽蔑の念を表している。それ以外にも、民族的な装飾のある建築を手掛けたり、流行している芸術産業の人びとが怒りをおぼえるに違いない新しい建築コレクション、現代の躍動的な鼓動や電気力学的な眩暈を記録する映画やグラビア雑誌の人目を惹くポスターや写真があり、そして最後に絵画のコレクションがある。四十三点の油絵、水彩画、フォトモンタージュ、ドローイングを出品したシュティルスキー、そして、今回初めて、直角、垂直、水平、斜角のコンポジション作品を公に披露したトワイヤンの作品もある。トワイヤンの幾何学的簡素さは、影のない細やかな光の色彩、明るく繊細なハーフトーンによって緩められ、灰色がかり、砂のような屈折した緑の色は、インジフ・シュティルスキーの絵画における洗練されたバラ色、白、ネープルスイエローの組み合わせ同様、わたしたちの記憶にしっかりと刻まれている。――同展は若干規模を小さくし、一九二四年、ブルノのデヴィエトスィル主催により、〈新しい芸術の展覧会〉という題名のもと、ブルノのバルヴィチ画廊でも開催された。

わたしたちのもとにやってきたトワイヤンとシュティルスキーも、凡庸な装飾キュビスム的な雛形に対して強い嫌悪感を抱いていたため、二級のキュビスムの退廃的、亜流のような現象に陥ることはなかった。というのも、伝統的な描写絵画の決定的な消滅を意味しているピカソが発見したものこそが、今日歩むことのできる、ポエティスムの絵画に至る唯一の道を示しているのをほかの誰よりも知っていたからだ。そう、ポエティスム絵画に至る道、ルネサンスの理想、新造形主義やピュリスムの冷たい計算からも同じように距離を置いている絵画の新しい方法の道の起点となるのはキュビスムをおいてほかにはないのを理解していた。より正確に言えば、キュビスムそのものではなく、最小限のフォルムによって、最大限の抒情性の強度を適用するキュビスムのある種のエッセンスを理解していた。このような意味において、トワイヤン（《奇人》、《グレナディンを手にした男》など）、シュティルスキー（《サーカス・シモネッタ》、《女性歌手》など）が〈現代美術のバザール〉で出品したものはキュビスム的と評すことができる。より正確にいえば、これらの絵画はすでにキュビスムとの境界線上にあり、キュビスムの成熟期に典型的な問題とは異なる方向を向いている。分解の問題や空間の新しい結びつきにはかれらは関心がない。これらの絵画については、キュビスム的な構成というよりも、ある種のレイアウトと言うことができる。細やかで物悲しく、ところどころ煌めく色彩は、あるフォルムのなかで閉じられている――その幾何学の出自にキュビスムがあることは明らかだが、平面装飾という危険に陥ることなく、純粋なキュビスム絵画を特徴づける空間的装いは脱ぎ捨てられている。《サーカス・シモネッタ》は、ネズヴァルの『パントマイム』と同じ雰囲気から生まれたものである。劇場、キャバレー、サーカスという人工主義的な環境、コメディアン、ピエロ、曲芸師、女性ダンサーのレース、化粧の甘美さの世界が喚起する印象といったもの。ピエロ、クラウン、船員、冒険家は、当初からデヴィエトスィルを象徴する人物だった。初期ダダイスムの絵画がはるかに素朴な技術とはいえ、キュビスム、未来派に由来するフォルムを用いたように、また象徴派初期の詩が高踏派の言語を用いて語ったように、トワイヤンとシュティルスキーの絵画もキュビスムから借用した形態の語彙を用いながら、新しいポエティスムの抒情によってわたしたちに声をかけてくる。図式的に言うと、あらゆる変化や移行の段階がそうであるように、古いフォルムを介することで、新しい内容はみずからを表現する道を模索する。色彩の発明はあまりにも豊穣だったため、わたしたちを魅了したばかりか、ただちに起点を見出した。そしてまさに色彩の道を進みことで、シュティルスキーとトワイヤンはキュビスム的構造を分解し、場合によってはそれと決別した。抒情的な色調のテーマはキュビスムのフォルムという装いを溶かし、フォルムや強固な輪郭もないまま、煌めく淡い光やしなやかな線を奏でるようになったのである。

シュティルスキーとトワイヤンは、キュビスムからポエティスムの絵画に至る道をそれぞれ別の方向に探していた。デヴィエトスィルの第一回展において、インジフ・シュティルスキーはフォトモンタージュの連作を出品したが、ダダイストや構成主義者によるフォトコンビネーションとはコンセプトおよび強度において本質的に別物であった。フォトモンタージュが、いつ、誰によって、チェコの絵画やグラフィックにもたらされたか特定できないが、それは、フォトモンタージュとコラージュのあいだの境界の確定がそもそも困難であることに起因しているかもしれない。キュビスムの静物に貼られたカラフルで模様のついた印刷紙、ワインラベル、写真、雑誌の多色刷りや切り抜きといった多様な「パピエ・コレ」以来、キュビスム後期、ダダイスム、構成主義、ポエティスム、シュルレアリスムにおいて、コラージュは重要な役割を担っていた。シュティルスキーによる初めてのフォトモンタージュは、キュビスムの静物の貼られた紙や、構成主義のポスターのフォトモンタージュとは根本的に異なり、新しいタイプのコラージュ、新しいタイプの絵画、つまり、絵画詩というポエティスムが生み出した純粋な産物であった。グラフィックによる小品であったり、絵画、写真、タイポグラフィーを組み合わせたものであったり、慣習的な論理では異質に感じる絵画や言葉が結びついたものが、電気が走るほどの抒情的な緊張を生み出す。こういった要素の組み合わせが予想外のものになればなるほど、ポエジーの閃光と放電は激しく、驚きの多いものになる。

その頃、トワイヤンは、抒情絵画にいたる道をほかの領域で探していた。一九二五年の絵画の連作――《サ

図29 トワイヤン《サーカス・コンラド》(1925), 油彩, カンヴァス, 70 x 45.5 cm, 個人蔵

ーカス・コンラド》（図29）、《女性の踊り子》、《剣を呑む男たち》——で、幾何学的なキュビスムのフォルム構造との接触を断ち、庶民の絵遊び、エピナルの版画、リトグラフ、税関吏ルソーに見られる魔術的な熱帯の夢の魅力に魅せられ、世界のおとぎ話に目を見開き、原初的でナイーヴな想像力をもっている子供の楽園の門を開いている。サーカスのアリーナやお祭りの出し物の雰囲気、多種多様な港や劇場のエキゾチシズム、赤道の原生林の熱い息吹——こういったものが、簡素なキュビスムの構成から突如として解き放たれた絵画の質素で魅力的な語彙となっている。

先が見通せないほど、そして、かつてない徹底ぶりで、絵画がポエジーと同一になる新しい時代を直前に控える一九二五年末、シュティルスキーは《チェスの風景》（図30）という絵を描いている。これは、キュビスムとの完全な決別を意味する絵だった。この絵の平面的な構成にキュビスム的な形態のある種の再評価があるとしても、キュビスムの静物はあまりにも広く展開し、ゆるやかになっているため、「静物（nature morte）」、「死んだ自然」ではなく、生き生きとした抒情的世界がここでは広がっている。この絵の主題は、キュビスムの静物に見られる何か関係のある慣習的なもののアンサンブルではない。オブジェは、ボトル、パイプ、ボウル、本、ギターといった日常の同次元の秩序にとどまることなく、あきらかな関連も、論理もない遠いもの同士が、ただ空想力、想像力、夢の規律に従って近づき、それらの結合から、象徴的関係、見たことのない反響が絵のなかで数多く生まれている。絵画はもはや、ピカソの静物に見られる部屋やテーブルの近くでの旅ではなく、世界をめぐる魔術的な真の旅となっている。この絵のオブジェ、チェス盤、住宅と湖の植生といったカンヴァスの平面に自由に配置されたものは、遠く離れたイメージ同士が詩のなかで結びつけられるように、縁遠い視覚的要素を結びつける、あの魔法のようなメタファーや予想外の照応を発展させている。

一九二五年秋、トワイヤンとシュティルスキーは三、四年滞在するべく、パリに移り住む。ブルトンの『シュルレアリスム宣言』の刊行から一年と経たない時期にやってきたのだ。そのころはまだシュルレアリスム絵画なるものは存在せず、シュルレアリスムの詩人たちは、ブルトンが新しい運動の名前をその発言から用いたギョーム・アポリネールの戦前の友人のみしか参照できなかった。そのような人物は、キュビスム、未来主義、ダダの中間に位置し、シュルレアリスム絵画それ自体の代表者というよりも先駆者と見做されていた。「フランスでシュルレアリスム運動が誕生したとき、その初期段階において、シュルレアリスム絵画を口にすることはできなかった。アンドレ・ブルトン本人ですら、周囲にいた画家たちを、シュルレアリスム絵画の純粋な代表者というよりも先駆者としてしか見ていなかった。当時すでに顕著な芸術表現を確立していたピカソ、キリコ、クレー、アルプ、マッソン、ピカビアの作品は基盤というよりも参照されたにすぎない。他方、タンギー、ミロ、エルンスト、ダリらの大半は始めたばかりで、かれらの作品は、図示的、文学的、アネクドート的な絵

図 30　インジフ・シュティルスキー《チェスの風景》(1925)，油彩，カンヴァス，110 x 55 cm，ポンピドゥー・センター蔵

画概念として不当なことに幾度となく非難された」（インジフ・シュティルスキー「シュルレアリスム絵画について」、『ドバ』一九三四年九号）。事実、一九二五年十一月のピエール画廊でのパリのシュルレアリスト・グループの第一回グループ展に出展されたのは、当時まだ、キュビスムやダダイスムの枠組みを出ていない作品ばかりで、出展していたのは、ピカソ、マン・レイ、クレー、マックス・エルンスト、アルプ、キリコ、マッソン、ミロ、ピエール・ロワだった。

トワイヤンとシュティルスキーが到着した年にかれらがパリで目にした芸術の状況は、キュビスムの最後の叫び、折衷的な新古典主義の最後の伝言といったもので、それは、古典的な右翼ナショナリズムが勝利を収め、強硬な政治が特徴だったフランスの選挙（一九一九）同様、疲弊しきった戦後の状況、文化的反動というはっきりとした兆候を示していた。ダダの爆発的ロケットはすでに消えつつあった。不安と模索が行き交う時代、芸術のあるべき姿が変わりつつある混沌の時代にあって、幾人かの芸術たち、つまり、かつてキュビスムやダダのグループに属していた最も勇敢な者たちが、同じ思想的な流れにある、共に探求を進める道の途上で出会ったのだ。キュビスムが背後にあった橋をすべて破壊したため、外的現実の模倣にもはや回帰することのない新しい絵画の構造、絵画の新しい方法を目指す起点を模索する多種多様な試みをまとめると、抽象主義――抽象芸術、非形象芸術、アブストラクシオン－クレアシオン――と呼べるだろう。抽象主義という表現はしばしば異端で異質の潮流を含むため不正確であり、全体の名称としてあまりふさわしくないが、副次的に分類できる広範で多様な運動を示している。抽象主義は、正確に定義された特定の審美的なプログラムというよりはむしろ、モデル、外的主題を完全に、あるいはほぼ完全に除去したという特徴によってのみまとめられる多種多様な試みや模索に共通する名称である。異なるヴァリアントや個別の差異を考慮しなければ、抽象芸術、無対象芸術の全体像は、「純粋絵画」という圏域をどの方向において超越しているかによって、おおよそ三つの基本的な潮流に分類できる。というのも、モデルに対してはめられていた足枷が抽象主義において絵画から外され絶対的な純粋さと凍えるような成層圏に到達し、「純粋絵画」になるやいなや、その純粋さと独自性が侵犯されるからである。自然の雛形から解放された絵画が影響を受けるのは、以下のものである。一、音楽の条件（オルフィスム、音楽主義）、あるいは、二、建築の条件（ピュリスム、新造形主義、要素還元主義、シュプレマティスム、構成主義）、そして最後に、三、ポエジーの条件（ダダ、ポエティスム、人工主義、シュルレアリスム）。抽象主義の重要なマニフェストが出された時期に、シュティルスキーとトワイヤンは、パリの展覧会、つまり、国際展〈今日の芸術〉（一九二五年十一月）にデビューしている。同展には、ハンス・アルプ、W・バウマイスター、ブランクーシ、クロッティ、ドローネー、ドゥースブルフ、マックス・エルンスト、ガルガーリョ、グレーズ、グリ、ジャンヌレ（ル・コルビュジエ）、クレー、レジェ、リプシッツ、ローラン

図 31　トワイヤン《港》(1925), 油彩, カンヴァス, 65 x 90 cm, ポンピドゥー・センター蔵

ス、マルクーシ、マッソン、ミロ、モホリ＝ナジ、モンドリアン、ピカソ、オーザンファン、プランポリーニ、セルヴァンクス、ヴァントンゲルローらに加え、トワイヤン（《サーカス》、《港》（図31））、シュティルスキー（《カンヌの五月の大通り》、《チェスの風景》）、ヨゼフ・シーマ（《三つのコンポジション》）がチェコの芸術家として出展しているが、出品された作品は、当時の抽象芸術の内側に位置づけられるこの三つの基本的潮流に当てはまるものではなく、相互を結びつける明白な特徴などないかのようにたがいに離れている。「非模倣的造形美術」というスローガンのもとに集まっているこれらすべての多様な潮流にとって、抽象主義は、キュビスムから、一方で絵画と音楽の統合に向かい、他方では絵画から建築へ移行し、第三に、絵画とポエジーの同一化へと向かう道の途中にある駅のようなものである。〈今日の美術〉展で提示されたように、この三つの基本的潮流は抽象芸術という見取り図のなかにあり、相互に近接関係にあったが、ポエジーの絵画にいたる道は、ポエティスム、人工主義、シュルレアリスムを抽象主義とはまったく対立する領域へと導くことになる。

パリのシュルレアリスムと同じく、いろいろな影響を受ける磁場そして同じような星座のもとで、プラハで展開したポエティスムは、その当初から外的なテーマや現実の描写から解放された独自の全体として芸術作品を捉えるという点で抽象主義と一致しており、モデルに依拠しない、色彩と形態の自由な戯れである絵画を「色のついた詩」と定義していた。「詩」という用語は、ポエティスムにおいては、詩行の作品や言語芸術の詩に限定されない。ポエジー、大芸術（アルス・マヨル）、九人のミューズの芸術、あらゆる感覚のポエジーとは、ギリシア人にとっての「ポイエーシス」という言葉が意味するものと同じである。つまり、至高の自由な創作、ポエジーとは詩や散文詩だけではなく、現代演劇、サーカス、映画、絵、そして音楽もポエジーとなる。それだけではなく、芸術とは関係ない事物や機能の特性をも表す。芸術的、美的制作の領域以外にも、詩的なオブジェや出来事、詩的な生や詩的な存在がある。ポエジーは、詩行だけではなく、人間がみずからの情動を表現する電気の閃光なのである。ポエジーは、人間の精神を解き放ち、芸術の領域であるかどうかにかかわらず、いたるところに含まれている。それが制限されたり、限定されたり、対象外となるのは、人間の精神を隷従させるものすべてである。ポエジーの機能は、自由そのもの、自由に至る道であり、反抗と革命である。あらゆるものがポエジーになり、人間の精神を自由に表現するものはすべてそうであり、自由な人間の成果、わたしたちの情動の反応もすべてそうであることによって、ポエジーの絶対的な優位は表現されている。

　世界の四方が手を差し出すヨーロッパの中心、その軸の周りを羅針図が回る都市、非現実的なものが現実と混ざり合うヴルタヴァ川の岸にて、ポエティスムという解放的な輝きをチェコ芸術に放った雰囲気の色彩がどういうものであったかは、ヴィーチェスラフ・ネズヴァルの言葉が的確にとらえている。「ポエティスムは〔……〕この世紀の病とも言える、人間のあらゆる詩に対する空腹感をみたすべく、現実を人工的に配置する必要性を表現した。新しい世界を考え出そうとしたのではなく、生きた詩となるべく、この人間世界を配置し直そうとした。わたしたちは信じていた、芸術は終わり、あらゆる現実は紫外線になるのだと。〔……〕世界の組織が完全かつ情動豊かなものになれば、詩を書く必要もなくなり、そして詩人であることはこの世の案内人となるだろう」（「ポエティスム宣言」、『ＲｅＤ』一巻九号）。シュルレアリスム第一宣言よりも古い起源を有するポエティスムは、シュルレアリスムの分派であったことは一度としてなかった。それは近代のチェコ美術の諸条件のなかから生まれ、プラハにおいてキュビスムとシュルレアリスムの特殊な移行期を形づくっていた。自由な想像という原則、意識と無意識の混合、実験への勇気、あらゆる芸術に勝るポエジーの支配という認識、ポエジーの支配の下でのあらゆる芸術の有機的な統合、そして弁証法的唯物論の世界観にしっかりと錨を下ろしている――ポエティスムとシュルレアリスムがそれぞれ独自の道程を経て達したこのような点は、一九三二－一九三四年にかけて、双方の運動が互いに同一なものと認め合う場所を定めることになった。ポエテイスムがシュルレアリスムに移行することは、ただ単にポエティスムを清算するということではない。「ポエティスムは死んだわけではない。シュルレアリスムというプラットフォームにおいて、より高次の新しいフォルムを取って生まれ変わったのだ」（雑誌『シュルレアリスム』におけるネズヴァルの言葉、一九三六年）。プラハでアンドレ・ブルトンが行なった講演「ポエジーと絵画におけるシュルレアリスムについて」〔当初、発表されていたタイトルは「オブジェにおけるシュルレアリスム的状況　シュルレアリスム的オブジェの状況（ポエジーと絵画におけるシュルレアリスム）」だった〕（一九三五年三月二十九日）は、ポエジーがほかの芸術領域に浸透していくプロセスをたどりながら、絵画がポエジーによってつくりかえられていく様子、そして、「ほかの芸術の異なるすべての表現手段や想念をも産み出すことができる、精神の真の芸術、唯一の普遍的芸術」とヘーゲルが芸術の上に位置づけたポエジーが今日あらゆる芸術のアプローチを司り、その痕跡をすべての芸術に残している様子を示した。ポエティスムが主に関心を寄せていた問題、つまり芸術の統合の問題であったり、詩、絵画、音楽、映画の間の照応であったり、あらゆる芸術ジャンルとポエジーの同一化であったり、そしてあらゆる感覚のためのポエジーという概念、さらには言葉、色、光、動き、香り、音楽という普遍的なポエジー（一九二八年の『ポエティスム宣言』を参照）といったものは、シュルレアリスムの経験がまとめあげた理論を通じて、より高次な発展段階、そしてより広範な地平において再生され、ふたたび脚光を浴びていることをブルトンのこの講義は証言している。

ポエティスム——F・X・シャルダが定義したように「詩的な大いなる信念、ポエジーという普遍性への信念にもとづく営為」——は、伝統的な言語的、芸術形態の虜からのポエジーの解放を意味し、「文学のポエジーというジャンルの破壊、五感すべてのためのポエジーの定着、審美主義の破壊、第六感の模索」（ネズヴァル）を意味していた。視覚芸術におけるポエティスムは、絵画の従来の公式を否定、決別することを意味するものであった。パリ到着後に、トワイヤンとシュティルスキーが人工主義と命名した絵画は、絵画の領域、色彩で表現するポエジーの領域の両方において、言語表現のポエジーの領域において『パントマイム』から『アクロバット』や『ユダヤ人墓地』にいたるネズヴァルの詩がなしとげたことと同じものを意味している。シュティルスキーとトワイヤンが「人工主義」というチラシを刊行し、モンルージュのバルブ通りにあるパリのアトリエで初めての全作品展（一九二六年十月）をその名の下で開催したのは、流派を作る意図があったからではなく、エピゴーネンに手順を教える気がさらさらなかったからである。シュティルスキーとトワイヤンにとって、人工主義はかれらの絵画がキュビスム最後の残滓、残存物を振り払いながらキュビスムから完全にそして決定的に離れていく一点にほかならず、そしてまた、文学性や図示的特性がなくもない当時のシュルレアリスム絵画との境界線を示す必要性を感じていた一点の意識となっている。ポエティスムの絵画的な言語そのものである人工主義も、ポエティスム同様、トワイヤンとシュティルスキーの作品がキュビスムからシュ

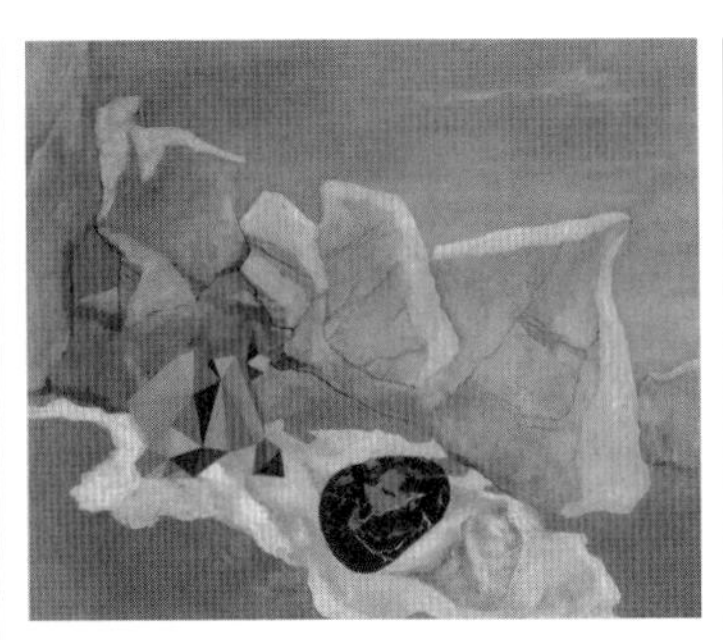

図 32　インジフ・シュティルスキー《オルフェウスの死》(1931)，油彩，カンヴァス，97.5 x 115 cm，個人蔵

ルレアリスムへ生まれ変わっていく道程を歩んでいる。人工主義と呼ばれるシュティルスキーとトワイヤンの初期絵画は、キュビスムからの逸脱、抒情的主題を固定する構成的コンポジションからの解放を意味していたが、それに対し、後期の絵画は、形象的な形、外的世界で捉えられた「現実の触感」ばかりか、キュビスム的装いのあらゆるフォルムも消え、シュルレアリスムとの境界線上に移っている。トワイヤンが〈ポエジー 一九三二〉展（プラハのマーネス画廊）に出品した《オアシス》（一九二九）、《湖の風景》、《オセアニアの夜》、《海の風景》（一九三一）、無題の作品、あるいは、シュティルスキーが〈ポエジー一九三二〉展で出品したドローイングの連作《黙示録》（一九二九）、《残骸》（一九三〇）、《ピカソへのオマージュ》、《オルフェウスの死》（一九三二）（図32）、そして、抒情的なパノラマ《わたしの日記より》（一九三三、プラハ現代美術館〔のちのプラハ国立美術館〕）といった作品によって特徴づけられる瞬間から、人工主義はシュルレアリスムと融合している。

シュティルスキーとトワイヤンがパリで行なった展覧会、つまり、モンルージュのアトリエでの小展覧会（一九二六年十月）、ラスパイユ大通りの現代美術館での展覧会（一九二六年十二月）、一九二七年十二月のヴァヴァン画廊（マックス・ベルジェ）の展覧会——この図録にはフィリップ・スーポーの序文が載っており、チェコ語訳は『ReD』（一巻六号）に掲載されている——、これらは、一九二六‐一九二七年、つまり、人工主義の最も早い時期の作品の展覧会であったが、同時代の国際美術の地図において二人の画家の作品を、可能なかぎり正確に、そしてはっきりとした方法で定めることになった。その絵画は、一方でキュビスムから抽象芸術へ連なり、もう一方でキュビスムからシュルレアリスムに連なる潮流の分かれ目にあった。現代絵画の従来の形式にまったく妥協せず、独自性を保っている人工主義の「紫外線の絵画」は、独創的な方法により、そしていかなる折衷に陥ることもないため、隣接する芸術潮流の未来にとっても、将来の詩的絵画にとっても実り多いものをもたらしている。モデル、それに現実の模倣を重視しないという点において、人工主義は抽象絵画と交わり、外的主題を克服し、繊細で詩的な想像力の風景に主題を探し求め、そしてコンポジションのしばりが瓦解し、抒情的閃光に自由が与えられるという点において、シュルレアリスムと交錯する。

シュティルスキーとトワイヤンは、「人工主義」(『ReD』一号一巻、一九二七年)で、国際アヴァンギャルドの創作というパノラマのなかでの同時代の潮流に対する自分たちの立場を簡潔な段落でまとめているが、かれらは新しいイズムを始めようとしているわけでなかった。人工主義は絵画の流派ではなく、それゆえ、熱心な生徒や扱いにくいエピゴーネンが申し込むのを前もって拒絶している。人工主義はアカデミズムやモダニズムのあらゆる負荷から絵画を解放し、画家と詩人の一体化という稀有な事例になっている。この文章で述べられているように、「モデルを通して絵画を眺め」、「記述の徹底という差異によって、人物画、風景画、静物画という伝統的な絵画の分類」を維持し、「想像力を働かすことなく、現実を回転した」キュビスムとは異なり、シュティルスキーとトワイヤンの人工主義は、「最大限の想像力」を求め、「その関心をポエジーに集中」させている。抒情的な光、花開く色彩の詩、煌めき、無限小の振動やニュアンス、反射光が踊る万華鏡にはモデルがない。「新しい花、新しい星」を詩に描き、わたしたちの日常の天空にポエジーという虹をかけている。「イメージのない鏡」である人工主義のカラフルな詩は、あらゆる記述的な絵画、「太ったミューズが自然に帰ること」を否定し、「無益な、フォルムの戯れ、目の楽しみとしての絵画」を否定する。それゆえ、明るい色と陰鬱な色彩の滝のなかで、現象としての現実の最後の輪郭も消え、トワイヤンとシュティルスキーの絵画は抽象的なコンポジションにすらなることはない。逆に、事物の輪郭が色彩の霧のような虹に溶け込み、トワイヤンの《海辺》、《牡蠣の畑》、《スペードの女王》、《タバコ畑》、シュティルスキーの《対蹠地の人たち》、《溺れた女》、《レーテー》といった魔法がかった魔術的作品は、理知的な抽象主義とは対蹠地にいる人たちが暮らす場所、シュルレアリスムの幽霊や幻影であふれている場所に位置する。このような絵画、色彩の夢幻境、わたしたちの頭上で光り輝くポエジーの新しい曙の朝焼けは、無対象のコンポジションのアラベスクやモザイクとは正反対のものである。無対象の詩ではなく、現実が入り込むものの、表面にはその影も現れないこれらの詩のイメージ、鏡は無対象の構成物ではない。追憶を色彩鮮やかに変貌させていくものである。静かな湖、クモの巣が秋に煌めくなかで、影のない色とニュアンスが幾重にも重なり合い、これまで見たことのないような冒険が始まる。夢が現実の舞台に登場する生でなかったとしたら、そして、ポエジーが世界の外的な極と内的な極のあいだで刺激的に放電するものでなかったとしたら、それは単なる戯れでしかない。代数学の記号で作品を示す抽象作品の作り手とは異なり、トワイヤンとシュティルスキーは、抒情的な電気を帯びた作品に対して、一、二語の題名を与えている。例えば、《夢遊病のエルヴィラ》、《秋のモザイク》、《海のネクタイ》、《極楽鳥の巣》、《鍾乳洞》（シュティルスキー）、《タバコの煙》（図33）、《水槽》、《水たまり》、《アロエ》、《フィヨルド》、《原生林の夕焼け》、《珊瑚の島》（トワイヤン）など。これらは、目に見えない足枷によって、現実と夢を結びつけ、印象と追憶を結びつけている。トワイヤンとシュティルスキーは抒情的な省略表現で色彩の花序を表しているが、それは印象派の人たちが「これはアルジャントゥイユ近くのセーヌ川だ」、「これはルーアンの大聖堂だ」、「これはルハチョヴィツェの小路だ」と述べるのとは異なり、また、キュビストが「色彩を弱めたこの平面構成はギターのある静物画だ」とか、「パイプを口にする男」だと述べるのとは別のものである。シュティルスキーとトワイヤンは自身の絵画に名前を与えているが、それによって主題を複写しているのではなく（それは絵画の外には存在しない）、創造という夢幻の夜からこの世の岸へ突然放り込まれて、現実を示す言葉を初めて刻んだアダムと同じことをしている。絵画の詩的な名称は「感情の指示」である。感情の調べの前兆とも言えるだろう。そして、タイトルの詩的性から絵画の詩的性へと道が延びるとしたら、内部から光を放つポエジーは絵画の詩を補うものになるだろう。それに対して、名称のメタファーは、魔術的色彩の示唆的な力を通して観客の内面に刻まれた夢想と沈黙の残響にほかならない。魔術的色彩のなかでは、イメージの超現実的な抒情主義が形而上的「無対象世界」に迷い込んだわけではなく、自然な力の現象という自明さによって自由になっている。凡庸なリアリズムや外的な主題から何千マイルも離れているトワイヤンとシュティルスキーの絵画は抽象という永遠の氷の虜にはなっておらず、非現実でも、無対象でもない。かれらのポエジーは生の最も深遠な源泉に発している。それは「無対象の世界」ではなく、眠っている現実の世界と言える。幾度となく実験を繰り返した結果、絵画はこれまで知っていたような現実を燃やして灰にしてしまい、トワイヤンとシュティルスキーは——モデルとコンポジションの関係と完全に手を切ったばかりか、従来の絵画の技巧や技術と決別し、マックス・エルンストが『博物史』で用いたフロッタージュに類する技法、つまり、木の葉

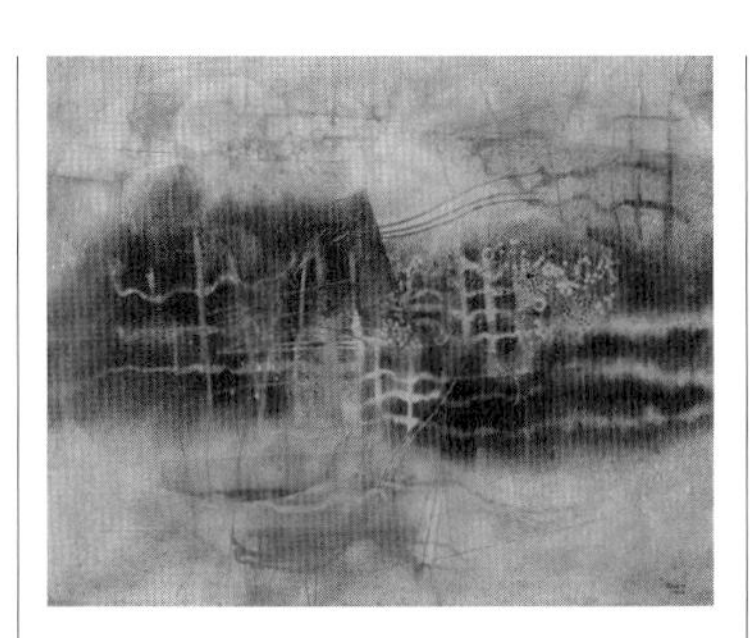

図 33　トワイヤン《タバコの煙》(1927), 油彩, カンヴァス, 72 x 91 cm, 個人蔵

っぱ、角砂糖といったものをカンヴァスに置き、そこに噴霧する色彩の技法を代わりに用いている――その結果、印象派が嫉妬しそうな新鮮さとニュアンスをたたえる雰囲気、ネズヴァルが言うところの「四分の一のトーンのパレット」、そしてドローイングの特色がないにもかかわらず、色自体の力で現実を連想させる色彩の奇跡がもたらされている。

シュティルスキーとトワイヤンは、プラハに戻ってきた。モンパルナスの空の下で花開いた絵画、そして、哀愁を誘う細やかな色彩プリズムのなか、海辺、極楽鳥、環礁、庭園のポエジー、日光のメロディー、野外のポエジー――ポエティスムの星の信号が光を放つプラハの春のやむことのない抒情から、ポエジーが戯れたり、光を放ったり、踊ったり、噴出するのと同じだ――が震えている絵画、さらには、海中の植生や見たことのない地域の妄想のような幻覚の絵画、ランボーの「湖底にあるサロン」や海洋学の幽霊といった感性では捉えられない絵画とともに戻ってきた。一九二八年春の終わり、かつて〈アヴェンティヌムの屋根裏〉があった場所で行なわれた展覧会の折、シュティルスキーは「詩人」という声明を読み上げ、これからの絵画はポエジーを探求するしかないと述べた。本論の筆者が「人工主義の紫外線の絵画」という序文を図録に寄せたプラハの展示は、二人の画家がエコール・ド・パリのおとなしい生徒となって、ある流行が継続するあいだ、いくつかの教えや模様をすこし修正して持ち帰ってくるためにパリに向かったのではないのを示していた。かれらがパリで描いた絵画は、フランスのものでも、チェコのものでもなく、パリのものでも、プラハのものでもない。深遠な人間の言葉で語られており、その性質は、あらゆる国際的な詩の思想にやどるものである。

一九三〇年三月、プラハの〈アヴェンティヌムの屋根裏〉、そして一九三一年十一月、十二月、芸術協会（ウムニエレッカー・ベセダ）のアレシュ・ホールでの第二回、第三回展、一九三二年三月、四月のブルノのヴァニェク画廊、一九三二年十二月、協同組合（ドゥルシュテヴニー・プラーツェ）の〈美しい居室（クラースナー・イズバ）〉でのカミル・ノヴォトヌィーの挨拶で始まった小さなグラフィック展にシュティルスキーとトワイヤンが展示した絵画において、人工主義からシュルレアリスムへの変容がはっきりと見受けられる。それは、ネズヴァルの詩集『ガラスのインヴァネス』、『復路の切符』によって、ポエティスムがシュルレアリスムへと成長したのとほぼ同じ経過をたどっている。パリから帰国してから――(シュティルスキーは一九二八年秋に、トワイヤンは一九二九年春に戻っている)――、二人の画家は作品のレパートリーを広げている。シュティルスキーは解放劇場（一九二八－一九二九）の美術主任をつとめ、演出家インジフ・ホンズルとともに、ジャリの『ユビュ王』、リブモン＝デセーニュの『ペルーの死刑執行人』、ヴァンチュラの『病の娘』、コクトーの『オルフェ』、マリネッティの『捕虜』、ルンツの『法の外に』、ネズヴァルの『恐怖』の演出を手がけ、解放劇場以外にもホンズルと共に、新劇場ではアラゴンとブルトンの『イエズス会修道士の宝』、ネズヴァルの『デルフォイの神託』を、プルゼン市立劇場ではシャルダの『こども』を演出している。それ以外にも、シュティルスキーは、書籍の装幀にもたずさわり、ドローイング、リトグラフ、

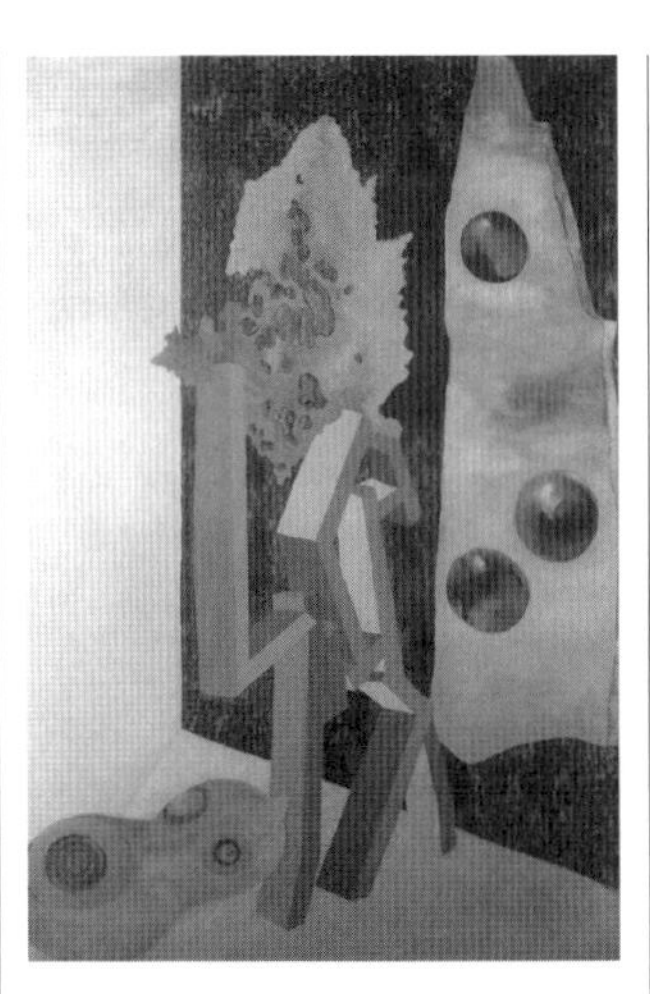

図34 インジフ・シュティルスキー《アカシア》(1931)，油彩，カンヴァス，135 x 95 cm，プラハ国立美術館蔵

コラージュを用いた装幀が数多くあるが、なかでもネズヴァルの『ユダヤ人墓地』、『性の夜想曲』、ロートレアモンの『マルドロール』、エリュアールの『みんなのバラ』、マーハの『皐月』には触れておかなければならないだろう。シュティルスキーの活動は、演出と装幀によって汲みつくされるわけではない。一九三〇年、シュティルスキーは評伝『J・A・ランボーの生涯』を発表し、『文学通信オデオン』の編集も一年間担当している。トワイヤンは、多種多様な技術を駆使したグラフィックで、現代の書籍のグラフィック文化に、新しく独創的な刺激をもたらしたが、その数は多く、意義深いものとなっている。一九三二年、国際展〈ポエジー一九三二〉がマーネスの画廊で行なわれ、シュティルスキーは《アカシア》(図34)、《パルメット》、《五月に》、《絵画一九三二》を、トワイヤンは《オセアニアの夜》、《眠りの花》、《コモ湖》を出品している。これは、ポエティスムの絵画についての雄弁なプログラムのマニフェストたらんとした展覧会で、デヴィエトスィル、つまりポエティスムの雰囲気にきわめて近い展覧会であった。同展終了後、つまりデヴィエトスィルがその活動を終えつつあった頃、シュティルスキーとトワイヤンはプラハの美術家連盟マーネスのメンバーとなった。

ポエティスムと人工主義がシュルレアリスムに変容していく時代は、緊迫した危機的な移行期だった。それは劇的な状況だった。世界大戦から十年、十二年が経過し、軽率にも安定していると思われていた社会の秩序がふたたび崩壊し、あらゆる面で綻びつつあった。資本主義の深刻な危機により、人類が奴隷化され、流血をもたらすのではないかと怖れられたファシズムという嫌悪すべき幽霊がヨーロッパの地に到来し、西側世界の社会、イデオロギー面での対立が極限まで先鋭化することになった。

ポエティスムからシュルレアリスムへ移行する時期は、プラハではデヴィエトスィルが雑誌『ReD』の最終号によってその活動を終えつつあり、反ファシズムを標榜する左翼の広範な文化組織を結成する刺激が寄せられていた時期で、数年後、〈左翼戦線〉がその役割を担うことになる（一九二五年から一九三五年頃まで）。その頃、デヴィエトスィルの周囲で活発な議論がかつてない激しさで沸き起こったが、そのような議論はわたしたちの活動についてまわるものだった。当時、わたしたちの雑誌の紙面をにぎわせた論争には、シュティルスキーと本論の著者のあいだの激しい論争も含まれる。もちろん、今日、この論争の原因は余すところなく取り除かれ、プラハのシュルレアリスト・グループの設立は協力関係および見解の一致を新たにするものである。

　プラハでシュルレアリスト・グループが結成された日付（一九三四年）をもって、わたしたちの精神年齢が終わり、同時にデヴィエトスィルと呼ばれるチェコ・アヴァンギャルドの一時代が終わりを告げた。これは終わりであると同時に新しい始まりでもある。新しい課題を前にして現在の出来事に直面したわたしたちは、数多くの闘争、不断の実験を経て、ふたたび新参者となり、わたしたちが踏み出す歩みは一歩目を刻む。新しい発見の光の下、すべてが問題となり、模索、試行、実験的研究に費やした時間はけっして過ぎ去ることがない。支配階級が世界からポエジーを追放した社会において、魂のない抑圧の権力、闇、野蛮さを、醜悪な顔に探した呪われた詩人たちは呪いをかける詩人たちである。街中の天文時計で、〈古い規律〉の真夜中近い時間が打ち鳴らされるとき、ポエジーは夏の太陽に酔いしれる鳥の歌となることはない。血を流す口となり、溶岩を流して贅沢と略奪のポンペイが滅亡するクレーターとなり、社会道徳の検閲がまったく無力になってしまう力の間欠泉となる。

　支配的なイデオロギーに呪われたもの、公的な美学が病的なもの、退廃的なものと判断するもの、司教や支配者の倫理が悪と宣言するもの、こういったものは伝統的な抑制や留保を破壊し、トワイヤンとシュティルスキーの新しいシュルレアリスム絵画において発展を見せるが、このような転覆的な力は解放をもたらす力でもある。アンドレ・ブルトンが（講演「オブジェのシュルレアリスム的状況」で）述べたように、二人の画家がチェコスロヴァキア共和国におけるシュルレアリスト・グループ第一回展（プラハのマーネス画廊、一九三五）に出品した作品は、ヴィンツェンツ・マコフスキーのいくつかの刺激的な彫刻とともに、真の貢献を意味している。「シュルレアリスムは今日かつてないほど、発見の道程、つまり真実の道程にあると、かれらの作品は、わたしにそう信じさせてくれる新しい理由を与えてくれた」。稀に見る詩的な正当性を帯びた絵画であるシュティルスキーの連作《根》、《チェルホフ》（図22）、《氷で育った人間》、そして連作の写真《カエル男》、《目に眼帯をした男》、コラージュ《移動キャビネット》（別図6）、あるいは、トワイヤンの《薔薇の幽霊》、《黄色の幽霊》、《巨大立石》、《森の声》（別図7）、《磁石の女》（図35）、《プロメテウス》は、審美的な人びとが美と呼ぶだろう豊穣なパノラマからかけ離れている。欲望が定めるものに従い、エロティスムの光を吐き出す作品は、美術的法則と呼ばれるものに関心がない。これらのカンヴァス、グラフィックは、コンポジションについての学問や色彩のバランスという教義が画家たちに指示するものをまったく考慮していない。そこにあるのは、謎めいた森の陰、夜の風景、海中の植生や動物に似ている形、あるいは類似するものは何もなく、ただ過去のない方向の絵を描くべく燃えたぎる記憶が消えていく形、明白な現実の断片の隣にある世界の残骸が発見場所となる形であって、それはけっして美術的な規律によるものではなく、この目覚めた夢の指示によるものの、詩的状態、人間存在の呪われた自由の状態、自由な想像と具象的非理性の圏域と呼ばれる、意識の星座の指示によるものである。トワイヤンとシュティルスキーが先験的で、意図的な美術的構成をすべて放棄し、絵画の調和や美といった伝統的な想念をすべて破壊し、みずからの作品によって、ルネサンス以来、画家の想像力を虐げてきた法則を果敢に乗りこえるとき、そのような絵画を目の前にした批評家は批評する基準と権利を失ってしまう。これらの絵画は、純粋な瞑想でしかない説明をことごとく批判する。同様な作品の価値を規定し得る批判基準、重みなどなく、正統性を証言するのは、ポエジーと絵画の親密な結合でしかなく、相互に独自の質によって確認し合っている「自律的な、具象的非理性の世界と、自律的な、絵画表現を過去に貶めることのないものとの、稀有なる統合」（ネズヴァル）である。

チェコスロヴァキア共和国における第一回シュルレアリスト・グループ展（一九三五）、テネリフェのシュルレアリスム国際展（一九三五）、ロンドンのニュー・バーリントン・ギャラリーでの第一回シュルレアリスム国際展（一九三六）で展示された絵画以降、シュティルスキーとトワイヤンは、シュルレアリスムの直観的な段階から、ブルトンがプラハでの講演「オブジェのシュルレアリスム的状況」（一九三五年三月二十九日）で話した客観的超現実の段階とでも言うべき新しい段階に達している。芸術産業会館での劇団D三七の演劇祭（プラハ、一九三七年春）の折に催されたチェコスロヴァキア・アヴァンギャルド展は、かつてのデヴィエトスィルの展覧会、特に〈現代美術のバザール〉の雰囲気をまざまざと想起させたが、わたしたちはそこで、一九三五年六月、突然生命を襲った病の後にシュティルスキーが描いた初めての作品《出生外傷》、そして、ト

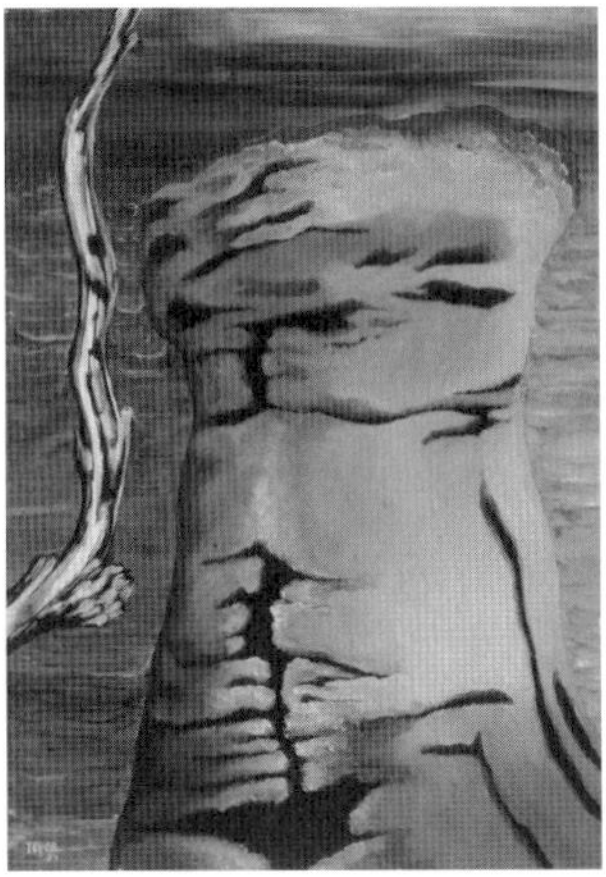

図 35　トワイヤン《磁石の女》（1934），油彩，カンヴァス，100 x 73 cm，個人蔵

ワイヤンの《森の使命》（別図8）という二つの大きな絵画を目にした。これらの絵画では、自由な想像力の世界が、日常の現実世界同様、納得をうながす自明で即物的な濃度を有していた。これらの絵画を通して、想像力は現象的現実の領域に対応する世界を模索する。可能性が現実となり、欲望が事実となり、思想が物質的な力に変化する境界線上に位置する作品は、画家によるフィクションとしてつねにあろうとしているわけではない。今日、革命にほかならない使命を実現しながら、自己実現をはかる。このような絵画はすべて《マルクスへのオマージュ》であり、その物質的な弁証法、世界の変化という捉えられない力は、人類の前史を克服するための準備をし、詩人が述べたように（ポール・エリュアール「愛・詩」）、愛とポエジーを結びつけ、将来的にすべてが同一視される自由の帝国の到来を準備するものである。「象牙の塔はすべて崩壊し、ポエジーはすべての人を純化し、すべての言葉は聖なるものとなり、現実とついに一致する人間は、瞳を閉じて、かわりに、奇跡の門が開くことになるだろう」。

＊　一九三八年に刊行された『シュティルスキーとトワイヤン』に収録されたテクスト（原著には題名は付されていないが、ここでは選集での題名を踏襲した）。シュティルスキーとトワイヤンの作品を中心に、デヴィエトスィル結成以降、ポエティスム、人工主義を経て、シュルレアリスムに至る道程が論じられている。原稿の最後には「プラハ、一九三七年九月」と記されている。［初出］：Teige, Karel. „Bez názvu“, in: *Štyrský a Toyen*. Praha: Fr. Borový, 1938 s.189-195.（カレル・タイゲ「無題」、『シュティルスキーとトワイヤン』プラハ、ボロヴィー社、一九三八年、一八九－一九五頁）。訳出にあたっては以下を参照した。Teige, Karel. „Od artificielismu k surrealismu“, in: *Zápasy o smysl moderní tvorby: studie z 30. let. Výbor z díla II*. Praha: Československý spisovatel, 1969, s. 442-468. また、ブルトン『ナジャ』（巖谷國士訳、岩波文庫、二〇〇三年）の訳文を引用した。

内的モデル

フォルムの問題は、自然主義絵画、フォルマリズム絵画、想像的絵画において、それぞれ異なった形で提起されている。[★1] 一方の極に位置する自然主義には、美的（芸術的、絵画的）フォルムがない。あるのは外的モデルであり、その物質的なフォルムをそれぞれの芸術の技術を通してカンヴァス上に移していく。技術は外的モデルを模倣するために用いられている。ここでは、美的原則よりも模倣原則が優勢で、場合によっては支配的であり、前者は最大限排除されている。物質的フォルムとしての外的モデルのカンヴァスへの転写は、技術的な技巧を通して行なわれる。このような絵画の重要性は、まず外的モデルの重要性にあり、次いで技巧の質に比例する。

十九世紀後半以降、自然主義絵画が果たしていた役割の大半を引き受けて成功を収めたのが写真である。写真には（記録というその主たる機能に限定すれば）固有の美的フォルムがない。あるのは外的モデルであり、機械の技術的、光学的・化学的な手段を通して、物質的なフォルムを感光面に描いていく。ここで技術は外的モデルを模倣するために用いられ、模倣原則が支配的となり、美的原則はその当初から存在しない。物質的フォルムとしての外的モデルの感光板や紙への転写は、写真化学の技術的プロセス、つまり本質的に自動のプロセスによって行なわれる。写真の重要性は、まず外的モデルの重要性にあり、次に写真化学の加工の質に比例する。ここにおいて、イメージは二つの段階を経て生じる。まず、イメージが捉えられる露光によって――これは自動的な行為である――、そしてネガとポジのプロセスであり、ここでは美的な加工が二次的に徐々になされる。

　写真は、その特性によって、自然主義絵画に取って代わることになった。写真の発展という圧力のなか、独自の発展を遂げる必要に駆られた絵画が探求しはじめたのは、技術、技巧を磨き洗練しながらも、外的モデルの地位を弱める美的フォルムだった。技術は、外的モデルに占有なものではなくなり、美的フォルムにも用いられるようになった。美的原則に対する模倣原則の優位は徐々に緩やかになっていき、美的原則と模倣原則はほぼ同等とみなされるようになった。イメージの重要性は、モデルの重要性、技術的な技巧や芸術的加工の質を左右するようになった。模倣原則の優位が保たれているあいだ、画家の目が見たままの、モデルの忠実なイメージは、補足的な調整や修正がなされ、芸術的フォルムに様式化されたりして、補填されたからである。つまり、二次的な美的加工が行なわれたのである。写真と絵画の関係と同じく、模倣と美学という不安定なバランスは、重点がフォルムに移るやいなや崩れてしまう。フォルマリズム絵画は外的モデルをまったく有していないか、あったとしても外的モデルの残滓でしかない。それに対して、美的フォルムはかならずあり、技術も美的フォルムに奉仕する。つまり、模倣原則に対する美的原則の優位もしくは占有状態があり、模倣原則は徐々にふるい落とされていく。イメージは美的加工を通して形成されていく。イメージの重要性は、まずフォルムの純粋さにあり、ついですぐれた手作業、最後に――多少なりとも残っているのであれば――外的モデルの重要性に比例する。美的加工は一義的なものとなる。ここにおいて、二次的加工は存在しない。絵画の関心と課題は、写真のそれとは異なっている。

フォルマリズム絵画において外的モデルがふるい落とされ、美的、フォルム原則が支配的（抽象主義、無対象芸術）になると、外的モデルを有する自然主義的な絵画や写真に回帰したり、もしくは想像的絵画への漸次的な、あるいは急激な転換を見せるかもしれない。

想像的絵画が有しているのは**内的モデル**であり、手作業の技術を通して、その精神的なフォルムがカンヴァスに移し出される。技術は内的モデルを形象化するために用いられており、模倣原則は美的原則に対して優勢であり、極端な場合、前者が支配的になり、美的原則はほとんどふるい落とされているか、当初から存在しないか、背景に留まっている。内的モデルそのものは、心のオートマティスムのプロセスを経て形成されていく。イメージの重要性は、内的モデルの重要性、次に、技術加工の特性に比例する。ここでは、イメージは二つの段階を経て生じる。一、内的モデルの精神的な形成ともいえる、霊感を通して。精神内にあるイメージは、この瞬間、本質的に完成している。二、この心のイメージをカンヴァスに固定化するプロセスにおいて。その際、二次的な、美的加工がある程度もたらされ、場合によっては、内的モデルが精神のなかで形成される際に影響を与えることもある。

ここで、先述した図式の対極に話題は移る、つまり、内的モデルによる想像的絵画のことである。外的知覚の代わりをなすのが、内的イメージであり、想像世界のスナップである。内的モデルを参照する絵画、つまり、理性に縛られない幻想的、抒情的、詩的な想念という精神的想念を参照する絵画は、絵画の美的フォルムを有しておらず、その代わりに精神上のフォルム、つまり、精神モデルのフォルムがある。内的モデルは、精神の諸器官の相互作用によって形成されていくが、それは、内的モデルがその姿を取る前のことであり、画家が内なる視覚で眺め、自身の技術を用いてカンヴァスに正確に描写することになる精神上のフォルムができあがる前のことである。極端な場合、内的モデルの最も忠実な像をカンヴァスに固定化することが目的となる。職人は、心のなかで詩人が目にしたものを描いていく。写真機は、外的モデルの記録写真をわずか数秒で撮影する。あとは、現像して焼き付けるだけである。内的モデルの精神フォルムを捉えようとする絵画は、幻覚的な忠実さであれ、自然主義者が外的モデルの物質的フォルムを形象化するにせよ（写真がその役割を奪ったが）、サルバドール・ダリが書いたように「具象的非理性、そして想像世界を映し出す瞬間を捉えるお手製のカラー写真」とならなければならない。そのために、画家は、高感度の感光板を自在に操らなければならない。というのも、内的モデルが無意識の闇から浮かび上がったその瞬間にシャッターを切らなければならず、内的モデルは頻繁に変化したり動くため、オートのレリーズを必要とするが、それは（心の）自画像でもある。最終的なイメージが焼き付けられる複製のプロセスは二次的なものでしかない。求められているのは、世界の内側を撮影する可能性である。つまり、写真技術のオートマティスムを心のオートマティスムに代替させる必要がある。前者を発明したのは近代光学と化学であったが、後者の探求にあたっては近代心理学がその一助となっている。受け身の状態に身をゆだねることで、わたしたち自身が、イメージを捉えることができる感光板となる。その受け身の状態とは、心理的エネルギーと移り変わる関心を分けるという点では人間が自分の内面のイメージを観察する睡眠や催眠の状態や、予期しない想念が現れたり、自由で批判的な行為が弱まる状態と同じである。つまり、内省の状態である。考えを分類したり、批判するといった理性的な志向とは異なり、みずから思い立ったことを拒絶したり、遮断することもある。そのため、ほかの考えにまったく気づかず、この思考が開くかもしれない道筋をたどることもない。意識化する前に抑圧してしまうからである。それに対して、内省の折に、わたしたちは精神図（サイコグラム）の感光板となろうとして、思考や想念の自由なプロセスを中断し、連想によって手を差し出す批判の光を抑圧する。わたしたちは、これらの思考が流れる潮流に関心を寄せることなく、そして精神（プシュケ）の受動的な生とは関係のないあらゆるものに無関心であり続ける。フリードリッヒ・シラーが［クリスティアン・ゴットフリート・］ケルナーに宛てた書簡で述べたように、詩作の条件が満たされるとき、つまり、理性という門から守衛を解き放つとき、★2 詩人、そして、目覚めた夢想を愛する内省的な人間は、内的活動を映し出す感光板、共鳴板、高感度のフィルムとなることができる。（夢想とは異なる）無意識の不断の活動がもたらす連想的な想念が強力な一群をなして心のなかにイメージを作り、それによってわたしたちが魅了され、内的モデルとしてわたしたちのなかに押しかけてくるとき、心理的なショックが引き起こされ、それは恍惚（エクスタシー）や啓示と同じ状態になる。つまり、霊感（インスピレーション）という花火のような閃光が放たれるときが露光の瞬間となる。この一瞬を撮影することで、わたしたちの精神という感光板にイメージが生まれると同時に完成を迎える。オートのレリーズについては、無意識の想念がわたしたちの意識に介入する回数を増やしたり、より頻繁に霊感がもたらす多様な手法が提供されることで実現される。

感光、露光、そして定着という一連のプロセスは、心のオートマティスムと呼ばれる。

詩のテクストを言語や文字で記録する作業が時間軸に沿って進行し、執筆と思考が同時に進行したり、ある種の動的な想念が映画のように発展していくのに対して、絵画や彫刻による記録には複雑な特性がある。それは、無意識の内的な想念の流れからなる、ある関連性にもとづいて撮影された映画ではなく、内的モデルに等しい情動的な力によって押しかけてきた、ある傑出した一瞬の静的な記録である。頭のなかで想念や内的モデルが形成されること、そして、絵画や彫刻への定着は、同時に進行することはない。つまり、絵画は絶対的な精神図（サイコグラム）とはならない。その代わり、心象（ヴィジョン）をより鮮明なものにすることができる。絵画作品は、通常、二つの段階（霊感と形象化、露光と複製もしくは定着）を経て誕生するが、それらを結びつけるのが想像的な記憶力である。オートマティスムのプロセスが中断されないかぎり、二度にわたって「理性の門から守衛を解き放」たなければならない。まず霊感の段階である。そこで形成されたモデルが心のなかに現れ、同時にたまたま描いたスケッチが記憶の拠り所になるだけではなく、ある程度、内的モデルの結晶化というプロセスにおける触媒（霊感を刺激する手順のひとつ）となっていく。第二に、内的イメージが固定化し、内的モデルが図像によって複写される。さらに、追憶によって内的イメージが純化され、絵画作業の手順そのものが、イメージの最終形成、そして想念の二次的な加工に影響を与えることがあるが、ネガとポジの写真のプロセスが写真の最終的な外観に多大な影響を及ぼすことがあるのと同じである。前者においても、後者においても、イメージは、原則的には、露光の瞬間、つまり霊感の瞬間に完成している。霊感が多かれ少なかれ恍惚を授ける瞬間にスケッチを描くことができるが、霊媒など可能な手法があることは知られているものの、イメージ全体を描けるのはきわめて稀である。霊感は、意志がまったく届かないところにある。だが絵画の制作はまったくの無意識で行なわれるわけではなく、（否定するまでもなく自発的なときですら）集中を必要とする。意志と集中が、内的モデルの完全な模倣、定着、複写へと向けられているあいだ――誕生しつつある絵と対峙することで、ある種の変化がモデルにもたらされるかもしれない――、絵が誕生する心のオートマティスムのプロセスは中断されることはなく、画家の手は、思考が指示するもの、つまり欲望が指示するものに従うことになる。だが、この集中が内的モデルの外や忠実な複製をカンヴァスに作り出そうとする努力の外など、ほかの方向に向かうとき、あるいは、自身の美的関心を追求し、進行中の絵画を美的観点から批判や修正を行ない、当初の構想が意識的、意図的に変更され、中断以前の霊感とはまったく共通点のない、精神的な事例に従属してしまうと、絵画は、もはやあの魔術的な指示による産物ではなくなってしまう。それは、無意識かつ意識的な霊感を受け、知的に構成された作品、よく言えば、再構成された作品となる。というのも、当初の想念は本質的に変化を遂げ、美化され、理性化されてしまったからである。絵が内的モデルの忠実な複製であり、定着液のなかで最終的な形が形成される第一の事例においては、絵による想念の形象化という二次的な精神的加工が行なわれている。カンヴァスに描かれた内的な想念が、美的に蒸留され、変形し、様式化され、構成されていく第二の事例において、カンヴァスの絵は、多かれ少なかれ、本来の内的なイメージからかけ離れたヴァリアント、エコーとなる。イメージは絵によって変形するものの完成することはなく、内的な顔の刻印ではなく、様式化された覆面となり、そのあと、心のオートマティスムのプロセスが停止するため、手で作ったカラー写真とは縁遠いものとなる。このような二次的な美的な加工が加えられることで、イメージは内的モデルから遠ざかり（先述の図式の外的モデルから遠ざかっていくように）、フォルマリズム絵画の圏域へと向かい、美的フォルムがモデルに勝ってしまう。この場合、絵画のフォルム的なコンポジションのなかで、内的モデルから得られたインスピレーションや声の遠いエコーが多かれ少なかれ反響するが、図式の正反対の事例においては視覚的な知覚と外的モデルは色彩と線の戯れにそっと寄り添っているにすぎない。空想的な想念を絵画の素材に移し替えるとき、美的かつ知的な意図がかなりの程度適用されると、その空想は変化を被る。この空想の活力が、絵画的加工を統制する美的な力よりも強いものであれば、美的に純化された形態に、あるいはその内部で影響を与える道を見出すことができる。内的モデルを形づくり、それ自体へと姿を変えた心理的な力は、今や、知性にもとづく構成の規律がイメージのなかで形づくった形態を統制しようと試み、作品の下に流れる、隠れた潮流となる。ここで、わたしたちは、芸術作品の作用という謎に接触する。美学的モメントがドミナントとして現れるときですら、抒情的空想の源泉である心理的力の潜在的な作用は不相応ではあるが、きわめて強力である。生命力が宿る作品はすべて、こういった源泉に霊感をもっているが、心のオートマティスムを徹底的に追及してできたものはきわめてすくない。美的瞑想と悦楽のメカニズムのなかにあるのは、フェヒナーが「美的支援、あるいは段階化の原則」と呼んだもの、つまり、芸術作品を見たときに、心理的な深みから湧き上がってくる美的悦楽の高まりである。たえず幼く、根源的な欲望が無意識の深みから生じるように、瞑想はある種の美的悦楽をもたらし、作品の美的な係数が喚起するものよりもはるかに激しい感動を引き起こす。精神は受け身で感受性が強く、だが集中が途切れることがないため、美的瞑想はいささか内省に似ており、無意識の想念や欲望にさざ波をもたらす。形態的構成によってもたらされた悦楽は――それ自体が純粋な美的悦楽であるが――、わたしたちの内部で小刻みに震えている抒情主義への渇望を普段は隠れている源泉によって癒すことが可能になる。作品がわたしたちにもたらす本当の喜びは、美的悦楽が門を開き、波立たせた、深い源泉からの欲望が満たされることで生じるものである。詩、絵画、彫刻、音楽がわたしたちにもたらす悦楽的な感動の源泉を、美的係数の役割だけに見出すことは、その役割を誤解し、過大評価していることになるだろう。このような喜びの真のルーツはどこにあるかというと、その大半は鑑賞者や作者の意識の外にある。地下の深みからくみ出される喜びは、美的要素、つまり悦楽を意識的にもたらそうとする要因に大抵もとづいている。にもかかわらず、芸術作品においてわたしたちの心を激しく揺さぶるのは、その潜在的なポエジーをおいてほかにはないのである。

【原註】

★1　ここではフォルマリズム絵画を、抽象主義にいたる後期印象派の発展期間にあるものとして理解している。想像的絵画、あるいは詩的絵画とは、特にシュルレアリスムのことである。ここでのフォルマリズムという術語に侮蔑的なニュアンスは込められていない。

★2　フロイト『精神分析入門』および『夢判断』を参照。心のオートマティスムについては、ブルトンの『シュルレアリスム宣言』を参照。

＊　タイゲによるシュルレアリスム理解の鍵となるテクスト。本論考が掲載された季刊誌の雑誌『クヴァルト』（一九三〇－一九三七、一九四五－一九四九）は「芸術、ポエジー、科学の雑誌」として、一九三〇年代、四〇年代の美術の動向を伝える媒体であった。「内的モデル」の他にも、タイゲは、「退廃芸術」（一九四五）、「二つの世界大戦のあいだの芸術アヴァンギャルドの運命」（一九四六）など、一九三〇年代、四〇年代の状況を振り返る文章を同誌に寄せている。［初出］：Teige, Karel. „Vnitřní model“, in: *Kvart*, roč.4, č.2, 1945, s. 149-154.（カレル・タイゲ「内的モデル」、雑誌『クヴァルト』四号二巻、一九四五年、一四九－一五四頁）。

線描画、絵画、あるいは彫刻が何を意味するかという問いかけは、存在と意識、現実と想念、客体と主体は一致しているにちがいないという前提にもとづいている。この前提は、イメージは現実を表出し、あらゆる現実はイメージによって表出される、つまり、イメージが描出するものは、感覚的な認知が外的世界についてわたしたちに与える情報と一致するにちがいないという要請による。存在と意識、認識と想念、対象と記号の相互関係は、機械的な一致を見るものでも、類似するものでもなく、現実の事実がその精神的痕跡を直接規定するものではない。自然は鏡に反射して二重になり、眺められた客体は、陰画(ネガ)として、眺めている主体に陽画(ポジ)を残す。

人間は、自分という存在、みずからの運命について安心を求めるべく、水面や影に尋ねる。世界と生を反射する絵画、線描画、詩、そして鏡に尋ねる。鏡のなかで自分の分身との出会いを望んだり、イメージのなかに自分の世界観を託す観客にとって、ゴヤの《妄》（「夢」）、ティエポロの《カプリッチ》と《シェルツィ》、G・B・ブラッチェリの《ビザリー》、あるいは、デューラーの《メランコリア》は、人びとを惑わす、謎の多い鏡である。ボス、ブリューゲル、グリューネヴァルトの難解で幻想的な幻視は、神秘主義の文書、聖書外典、預言を参照することでかろうじて解読できる。アルチンボルドの《ウェルトゥムヌス》、ベネツィアのアカデミア美術館にあるジョヴァンニ・ベリーニの多翼祭壇画、ティツィアーノの《聖愛と俗愛》も寓意画として説明できる。このような通訳は悲しいまでに不完全で、あまりにも多くの疑問点を残しているが、象徴や隠れた意味が重くのしかかっている暗い絵が何を表現しているかと尋ねる人に対しては、多少なりとも合理的な答えとなる。だが、デューラーの《メランコリア》やゴヤの《妄》といった作品に秘められた謎は、今なお解釈を拒んでいる。比較批評やイコノグラフィーの分析、観念をめぐる考察が行なわれたものの、この奇妙で風変りなグラフィックには明確な内容や合理的な動機づけがなく、確立された寓話の記号学をつねに回避しているため、多義的で、時に矛盾する解釈が可能であることを専門家たちは認めている。これらの謎の作品の意味は隠れたままで、意味や出来事を特定できないなぞなぞのままであり続けている。ゴヤは《カプリチョス》にコメントを付したが、作家のそのようなコメントは解釈の手助けになるというよりも、障害となっている。善意から出た無味乾燥な言葉は、ひとすじの光をもたらすとしても、あの幻想が迸り出る悪魔の夜をすべて照らし出すものではなく、言葉による補足は観衆を誤った道に招き入れ、熱にうなされる光景の怖ろしい力を多少弱める程度のものでしかない。——同じように、M・エルンスト、タンギー、パーレン、シュティルスキー、そしてトワイヤンの絵には謎が目を光らせており、魔術的な魅力に手を触れさせないようにしている。自分や宇宙について安心を求めようとして鏡を覗き込み、そこに自分自身の顔を見たら、まったく知らない未知の世界が出現するのを目の当たりにしたら驚愕することだろう。

シャンポリオンがギリシア語の文章を手がかりにしてロゼッタストーンのヒエログリフや民衆文字の内容を理解したことでエジプト文字を理解する鍵がふたたび発見されたわけだが、芸術学の装置がうまく機能しない作品を解釈するにあたり、ほかの文化史研究がほとんど接近できず、有効性をもたないことから、ほかの学問分野、とりわけ、魔術的思想の精神分析研究、夢の意味論などに助けを求めることもできるだろう。

予言者は水晶のなかに目に見えない世界を見ている。トワイヤンの近年の線描画や絵画というシュルレアリスムの鏡のなかにわたしたちが見るのは、見覚えのある奇妙なものやありふれたものが幻影に変わっていく舞台である。鏡の迷路ともいえる十二点のスケッチからなる連作《射撃場》は、それ以前の《砂漠の幻影》(一九三六―一九三七)(図36)、本作に共通するいくつかのモチーフや要素が見られる、その後の作品《身を隠せ、戦争!》(一九四四)(図37)に連なる作品だが、そのなかで描かれるオブジェの意味は多義的になっている。これらのグラフィックの連作で形作られる発展的な系譜に見られる特徴と方向性はどういうものかと言うと、内的モデルをより客観的にそして濃密に具象化する手順と定めることができる。一九二六―一九三〇年にかけての人工主義期に見られた無対象コンポジションおよび一定程度行なわれた色の戯れは、イメージのない鏡でもあった。そして今や、鏡のなかにふたたび反射が現れ、スケッチや絵は幻想的なオブジェの鏡となっている。イメージはもはやイメージでも、抽象的な線やフォルムの集合でもなく、ふたたび、描出、反射となりつつある。写実的なイメージは目の前にあるものを反射する鏡であった。トワイヤンの絵画や線描画の魔術的な鏡のなかには、幻想的で幻影的な世界、感覚的な経験では捉えられない対象物、あるいは、組み合わせに意味を見出せない現実の事物が見られる。シュルレアリスムの鏡の面は、外的世界の光景を捉えるためにあるのではない。ここに反射して写るものは、彼岸、欲望の岸にあり、鏡の前ではなく、鏡の裏側に置かれている。不思議の国への冒険。実証的な写実主義者にとって存在しない非現実的な世界を写実的に描出することは写実主義の逆説であり、写実主義の裏返しとも言えるだろう。

外的モデルの模倣（これを実現したのが写真機であり、絵画はこれに比肩できない）を試みる写実的絵画とは異なり、シュルレアリスムの絵画は、内的モデルを描出し、内的イメージや精神的想念を視覚的に認知できるものに置き換えていくが、それは「具象的非理性、そして想像世界を映し出す瞬間を捉えるお手製のカラー写真」（S・ダリ）と定義されている。この定義は、外的モデルと内的モデルの写真を簡潔に単純化された対立に位置づけているが、両者ともにその忠実さによって、写真、鋳型、鏡の反射であることが示唆されているものの、内的モデルを捉える鏡は、外的世界が映し出すものとは異なるという事実に触れていない。これは、メタモルフォーゼの象徴的で魔術的な鏡なのである。

画集《射撃場》の紙には、捨てられ、むしり取られたり、ひびが入ったり、傷がついていたり、壊れていた

図 36　トワイヤン《砂漠の幻影》(1936-1937), 同名の書籍 (1939 年, プラハ) より

図 37　トワイヤン《身を隠せ，戦争！》(1944)，個人蔵

ありふれた舞台のなかで、コンポジションの意図などないかのように投げ出されている。そこにあるのは、難破してどうにか救い出されたもの、現実というよりは難破船と言えるようなものであり、砂浜での出来事という寄せ波で洗い流されたものである。だが、細密画のような精確な線描画の技術によって、存在する現実のオブジェであることが否定できない、もっともらしい物質的触知性がもたらされている。《砂漠の幻影》は像や事物の写実的な写真であるが、それらは想像力によってつくられており、現実の事物に似てなくもない。これらの奇妙な覆面、恐ろしい鳥、動物の頭には、経験上知っているものを見つけることができる。獅子の壊れた彫刻や、放置されたあやつり人形だけではなく、きわめて写実的で恐ろしい鳥のかぎ爪もある。現実の生活の対象を想起させるフォルムはその写実性において弱められており、生きている身体というよりも彫刻となり、ひびが入り、崩壊しつつあるトルソーとして提示されている。《射撃場》には、《砂漠の幻影》や最近のほかのスケッチにも見られる類似したモチーフをいくつか見出すことができる。《射撃場》以前の大半の線描画や絵は、想像力が経験世界からいろいろな形で借用したフォルムの素材による幻想的で未知なものの鏡である。《射撃場》や最近の絵では、ロートレアモンの解剖台の上の傘とミシンのような、大半は現実で見たことのある個々の対象が衝突してできた幻想がたくらむ幻想的な光景や奇妙な出会いを映し出している。詩的な想像力を幻想的なオブジェの形に具体化し、物質化したスケッチと絵画技術はその本質において写実的だが、個性的で、きわめて洗練された絵画、グラフィックの手書きの痕跡で特徴づけられている。詩的イメージが具象性のレベルを獲得し、想像力が写実的な線描画によって現実の事物であるという自明性を有する幻想的なオブジェを作り出すかわりにきわめて現実的で、時として、空間と時間を変えただけのありきたりの人間や対象を舞台にあげ、相容れないものと不似合の環境に遠く離れたものを接近させるやいなや、描写の技術から個人の手書きの痕跡が消え、教科書のイラストの彫刻や描写を想起させる非人間的でそっけない技法が優勢になるだけだろう。

ロートレアモンの「美しい出会い」によって、解剖台の上のミシンと傘は、ベッド上の男女の情熱的な抱擁、死を背景にした愛の営みを可能にする。ごくありふれたものが、夢、幻想、欲望によって日常用いられる文脈から取り出されると、普段は実践的な機能によって弱められている隠れた意味が明らかになる。《射撃場》の情景で遭遇する事物は、不安をおぼえるほどのベリズモの技術によって現実の姿を失うことなく、潜在的な緊張のシンボルとなっていく。日常生活で、ありふれたもの、また稀有なものとの関係は、一義的にというわけではないが、もっぱら理性的な観点に動機づけられており、対象の非理性的、リビドー的な価値は、二次的な役割に甘んじている――絵画や詩における事物は、実用的な関係から除外され、無意識の想念や動作のシンボルとなっているが、それ自体が消えるわけでも、象徴化する意味に溶け込んでいるわけではなく、それ自身のままでとどまっている。

芸術作品を、独自の複合体として、つまり全体として一つの統一体となっている諸記号の体系として定義するならば、外的モデルにせよ、内的モデルにせよ、写実的模倣へと向かう作品と、そのフォルムの構造が自然主義的な記述や伝達と多かれ少なかれ異なっている作品の記号的特徴や意味構造の違いを見過ごすことはできない。非自然主義的、抽象的な絵画においては、イメージのある文脈により、ある種の線条的でカラフルな幾何学的なかたちがこれやあれといったものを具体的に意味していることがある。楕円は顔を、楕円の中央にある垂直三角形は花を、その楕円の外にあるものは、木、先端、塔、岩、帆船など、意味的コンテクストに応じて、ありとあらゆるものを意味することがある。これに対して、トワイヤンとシュティルスキーの絵画の意味論的分析を行なった「絵画におけるシュルレアリスムの認識論と詩学」(『スロヴァキア潮流』五号六 − 八巻、一九三八)の研究で、ムカジョフスキーが示したように、写実的な絵画において、視線は、記号ではなく、記号が示すものに向かい、それは、のちにほかのものを代替するシンボルとなり、ほかの、連結する、隠れた意味や想念を潜在的に意味するようになる。

《射撃場》の表面でわたしたちが目にする事物の集合体は、まったく別の出来事の比喩である。錯覚をおぼえるほどのベリズモ的で模倣的なスケッチは、その正確で、誰だかわからない手の痕跡(画家や聴衆の関心の前面にある描かれた対象を犠牲にして、職人的、グラフィック的、絵画的モメントが適用されることを認めていない)によって、絵の表面にある形を、事物の暗号、徴候、記号としてではなく、事物それ自体の痕跡として捉えるようわたしたちを説得する。事物それ自体は、その物質性および感覚的属性を失うことなく、ほかの何かを象徴している。ヘーゲルやフロイトが解したように、象徴は、多義性、すくなくとも両義性をつねに秘めている。象徴は、目に見え、存在するが、それだけで存在しているのではなく、それ自体のいくつかの特性を仲介して、たとえ離れていたとしても、想起させるほかの事物、あるいはほかの事物や想念の記号の代わりとして、より一般的で、移し替えられた意味で捉えなければならない。象徴化された想念や観念はその外面的存在を超越し、現れる対象が隆起し、そこにすべてが閉じ込められるわけでも、そこにすべてが消えてなくなってしまうわけでもない。象徴する事物はそれ自体を内包するだけではなく、象徴された意味が特徴づけるものとは異なる性質も含んでいる。何らかの概念を用いて合理的な説明ができない象徴化された作品には謎があり、そして、この種の絵が何を表現し、意味しているのかという疑問に正確かつ完全に答えられないその理由として、象徴は象徴が意味するものと同一ではなく、象徴イメージは、比喩を用いず直接的に事物を示しながらも、つねに象徴化された内容以上のものを表しているからである。イメージの個々の要素やモチーフを前にすると、即物的なかたちは象徴として捉えるべきか、そうでないのか、疑問が生じる。描かれた対象はいずれも、それ自体を意味すると同時にほかの想念や事物を象徴することがある。それぞれ描かれた対象の背後には、二次的な意味と想念、往々にして不確かで矛盾するものがある。描かれたものの背後に隠れ、それらの特性と結びついている集まりは、より豊かに、より多様に、より多義的になっていくにつれて、対象の表出のほうは、より自然主義的、より忠実になっていく。省略が多い、簡素な、イデオグラムのような描写によって、事物は記号となっている。事物の感覚的特性のなかで、考え抜かれた意味を通訳するものだけがここに残っている。綿密に検討された写実的な描写は、経験的な対象であれ、幻想的で虚構的な対象であれ、つねに感覚的側面を持っており、それに、多種多様な無数の想念、追憶や感情的なイメージ、無意識の振動が結びつけられる。このようにして集められた無意識の想念による戯れがより豊かになり、イメージが作用する抒情的感情がより強烈なものになるべく、トワイヤンは、より詳細に、より自然主義に沿ったかたちで線描画をつくっている。このようにして、新しい線描画や絵では、現実から取られた事物のなかに、幻想的なオブジェが一歩ずつ入り込んでいる。現実で見たことのある形と特性は、集められた想念や追憶の輪をより激しく、より活動的に波立たせることができる。ある図像のなかで、幻影的なイメージと象徴的な意味に充溢した現実の事物が衝突することはしばしばあるが、このような出会いによって、きわめて複合的で、きわめて多義的な反響が呼び起こされている。

《射撃場》は、祝祭、お祭り、縁日の見世物である――線描画は、射撃で穴が開いたり、古びた小道具であふれている――と同時に集中砲火で荒廃した世界のイメージでもある。人形劇場が有刺鉄線の障壁に囲まれているため、十二枚すべてを表す題名は二重の意味を帯び、それぞれの線描画、それればかりか、描かれたそれぞれの事物も、二重の意味をもつ題名の影響を受け、それ自体の本質と、その背後に隠れている二次的で比喩的な意味の境界に位置することになる。《射撃場》のスケッチには、矛盾する二つのレベルが基本的にある。ここでは、幼少期の世界と戦争の世界が対峙している。このなかに描きこまれたすべての事物は、幼少期の追憶や遊びの項目に属している。しかし、有刺鉄線の杭というモチーフだけはテロルと虐殺の日々を想起させ、それは激烈であるがゆえに、連作の題名に二重の意味をもたらすには十分過ぎる。戦争の恐怖は線描画に直接表現されておらず、廃墟と化したおもちゃがスケッチのあちこちに配置されるばかりで、幼少期の追憶はその影にやどっているだけだというのに、観衆の頭脳に戦争の恐怖という想念を刻みつける。

芝生のうえに子供がつくっていたものの、廃墟となった建物、爆撃された町の廃墟、遊んでいて殺された子供たち——撃墜された飛行機のように地面に横たわる、ずたずたにされた鳥の胴体——壊れた人形——画面の地平線をめざす小学生の女の子——パリが陥落し、古びた椅子の近くで、地面に散らかっている葬儀用の花——小さな人形劇場には切断されてぐったりとした指が一本吊るされ、舞台上には、切断され、無残な姿の魚が市場の露店のように首から吊るされている。値段の書いてある値札は、歴史という屠殺場でも商いをして儲けることができることを示唆している。もうひとつの劇場の幕はまだ下ろされたままで、どういう演目がこれから上演されるのか知ることはない……。朽ちていき、半ば腐食しているこれらの事物はすべて、多方面にわたる意味を多く孕んでいる。子供の楽園の遊具は現実の歴史の悲劇の舞台を作り、わたしたちが驚愕する対象となっている。幼少期の時代、人類の失楽園、それは、時代の野蛮な怒りのなかで座礁している。縁日の的を狙う遊戯の射撃は、世界的なカタストロフィの血にまみれた恐怖へと一変していく。

同時代のカタストロフィは、幼少期の楽しみであった舞台裏で解き放たれている。テーマと意味の二重のレベル——幼少期のレベルと戦争のレベル——のうち、直接表現されているのは第一のレベルのモチーフだけだが、言明されていない戦争のレベルの出来事はあまりにも明らかで、タイトルと年代の二重の意味が込められている有刺鉄線のモチーフに気づけば、がらくたや遊具からなるこの奇妙な静物を、当代の《戦争の惨禍》とでもいえる、第二次世界大戦の年代記の挿画として観衆が見做すのはほぼ明らかだろう。だがゴヤの《戦争の惨禍》にはテーマが一つしかなく、戦争の出来事のルポルタージュ、年代記として、いくつかの寓話的なコンポジションのみで終わっている。《射撃場》で戦争をテーマとするレベルは明確に示されていないが、かといって隠れた意味のレベルとしても示すことはできない。作家は幼少期の追憶のモチーフを直接言明しないものの、かなりはっきりとした形で戦争のテーマへと発展させようとしていたことに疑いはない。戦争のモチーフというもうひとつのレベルは、空虚な、記述されない背景として意図的に置かれているが、それによって、表面に投影されているモチーフが顕著に浮かび上がる。子供の遊具は、戦争のイメージを表出するべく、意図的に前方に置かれている。戦争のテーマははっきりと描かれてはいないものの、主要なテーマをなしている。深遠で潜在的な内容、燃えるような抒情的な核心を明らかにできるのは、詳細な心理分析だけだろう。戦争のテーマの背後では、攻撃的かつ破壊的な直感や死の暗い衝動（恐怖は嫌悪を呼ぶと同時に魅了もする）を虚構を通して満足させるものが潜んでおり、また幼少期の失楽園のテーマの背後には、幼児期の多様な欲望を想像面で充足するものが潜んでいるのは明らかである。ある紙には、風化した何ともない小石の近くにペンのキャップが置かれ、掛け算のような意味がないわけではない数字が記されたり、トランプのようにひっくり返った少女の頭が二つ描かれている。ある人物の頭は目隠しをされ、もう一つの頭にはスカーフが口にまかれ、さらに舌を突き出し、動物のような口を開いている（ハイスレルの著作『ハヤブサ』のイラストとして使われている、目を閉じ、口を開け、下を突き出したイメージが姿や場所を変えながらもここでも反復されている強迫観念のモチーフである）――さらに、犬の頭、二頭の羊の接吻……この線描画は象徴をはっきりと隠さず、潜在的な内容が表現されるように、意識による検閲を欺いている。

意味論的な詳細な解説、あるいは心理学的な広範な分析——ついでにいえば、それはつねに不完全で評伝的な要素の裏付けがなく信頼のおけないものだが——、これらもまた、絵画作品のすべての要素を余すところなく、その奥深くまで照らし出せないだろうし、概念を見事に転写することも、光を放つ光源の性質を捉えることもできないだろう。夢の潜在的な内容を詳細に分析しても数行にしか要約できず、それは、しばしば夢のなかで上演された魅惑的で幻想的なドラマをめぐるそっけない報告でしかない。芸術作品の感情を呼び起こす力は、接近すると火花を散らす個々の意味的圏域のあいだの内的緊張がもたらす不安な謎のなかにひそんでいる。それは、事物と象徴、生と夢の両極のあいだにある抒情的な電気の放電である。イメージと詩の多義的な暗号文は、奥底まで完全に解読されることはない。

《戦争の惨禍》が——「わたしは見た」He visto——とゴヤ自身が述べたドラマであるように、《射撃場》は、作品の日付が記された、恐怖、窃盗、流血の炎のような年月をめぐる真正な証言である。だがこれはイラストを用いた第二次世界大戦の年代記やレポートでも、テロリズムの絵画での年代記でも、殺人をめぐる文章でも、ある特定の政治主張でもない。そのメッセージは、反戦、反ファシズムという抵抗であることに疑いはない。それ以上に衝撃的であるのが、異論を挟む余地のない明白な主題にはそのメッセージが直接描かれていないことである。だが、言明されてはいないものの、何らかの訴えがそこにはあり、それは、幼少期の悦楽的な追憶と野蛮で地獄のような残忍な現実という痛々しい葛藤からも明らかである。残忍な現実は線描画のモチーフの構造内で有刺鉄線というモチーフのみによって介入し、それは描かれた遊戯や事物を叩き、邪魔し、幼児期の魅力を失い、倒木といった大災害を告げる恐ろしい残骸と化しており、根っこからひっくり返った木々は、端まで運び去った嵐の激しさを伝えている。シュルレアリスムを嫌悪する人びとは、客観的な現実の出来事や社会的な葛藤から目をそらし、象牙の塔に架空の戦場を探しているだけではないか、あるいは、時代の要請に反応せず、新しい世界を求める革命的闘争に参加しようとしていないと非難しているが、シュルレアリスムはこのアルバムを通して、そのような、あるいは類似した偏見や誤った非難を覆すのに十分な作品を作り出したのだ。《射撃場》は、ロマン主義の象牙の塔からは人が去り、引き倒されたことを示すだけではなく、詩的な思想は根っこのない蘭とは似ても似つかぬもので、温室のなかで育つことも、現在というトラウマのなかで色褪せることもないことも証明した。ゴヤの《戦争の惨禍》やピカソの《ゲルニカ》同様、《射撃場》もまた、革

図 38　トワイヤン《大地の果て(フイニス・テラエ)》(1937), 油彩, カンヴァス, 77 x 110 cm, 個人蔵

図 39　トワイヤン《畑の案山子》(1945), 油彩, カンヴァス, 193 x 110 cm, 個人蔵

命的な歴史の熟したイメージは、距離を置いた視点が不可欠であるというオウムのように何百回も繰り返されるたわごとの誤りを指摘した——これらの線描画は、記述的、綱領的リアリズム手法をいかなる点において補強するものでも、イデオロギー的プロパガンダの一時的なビラでもない、ここで、実証されるのは、外的環境や外からの要求に依存しないテーマの自由の選択というシュルレアリスムが詩の基本的条件と認め、承認したもの、つまり、想像力というあらゆるライセンスと完全な自由への権利である。線描画《射撃場》は、歴史的事実から着想を得なければならないという同時代の命令に従っていない。事前に定められた筋もなく、ただ、想像的な想念の結晶化と具象化というプロセスのなかでアイデアとテーマを作り上げているだけである。理性的なスローガンを模倣したり、例示したり、寓話化しているわけでもなく、内面の奇抜なイメージをスケッチしているにすぎない。平和主義や反戦主義、反帝国主義に奉仕しているわけではない。作品の魔術的で魅惑的な革命的な力と作用はその潜在的な内容にある。戦争のテーマは、明言されていないものの、作品のトーンと枠組みをつくり、単なる時代の出来事のエコーではない。それはむしろ《砂漠の幻影》から《射撃場》を経て連作《日と夜》、《身を隠せ、戦争！》にいたる、そしてまた《孤独の人》や《地平線》、《大地の果て(フィニス・テラエ)》（図38）から《危険な時間》、《畑の案山子》（図39）、《緑のテーブル》、《一九四五年早春》にいたるトワイヤンの自律的発展がもたらしたものなのである。主題の選択とその意味がもたらす雰囲気は、恐ろしい体験がもたらす拷問のような執拗な圧力の結果ではなく、まず第一に、詩的構造とその動きにある内的な関心事であった。《射撃場》は同時代の出来事や問題の反響であるだけではなく、《砂漠の幻影》が提起した発展的な問題に対する回答であり、つまり狂気の運命と絶望を予見させる徴なのである。《射撃場》という二重鍵盤——幼少期の追憶と同時代のドラマ——は、人間の内面の奥深くで震えている、重なって一つになっている欲望に対応するものであり、人間の内面の奥深くでは、集団的な希望が、その絶望と勝利のエネルギーを個人の絶望から汲み出している。それは、地獄の世界から脱したいという欲望であり、この非人間的な生と世界を変えたいという意志である。

《射撃場》は、制作された時代を映し出すだけではなく、その時代に芸術と見做されていたもののあさましさを糾弾している。水差しの花束、内密な静物、ピクチャレスクな田園風景、美しい風景、教会の光景、品のある装飾――公的な芸術家の作品に見られるこのような愚行さは際限ないものであり、その作品は、復古的な欺瞞であり、笑顔と慈悲の覆面は、悪魔の恐怖の餌食となった世界の罠と深みを覆い隠している。芸術が、慰めと美しさという花のヴェールによって、生命の貧困や屠殺場や処刑場の血を覆い隠そうとするならば、それは復古的な欺瞞である。歴史は様々な危機や痙攣をつねに伴い、詩人や画家の唯一の主たるインスピレーションの源ではない、というのも、かれらには、修羅場のような日々から作品に対する距離を保つ権利があるからだ。とはいえ、有力者や海賊のサロンの装飾に影響を与える色彩と線の戯れ、それから黙示録的な時代の影が差していないイメージは、洗練された化粧品、理容品、優雅な商品でしかない。精神の自由から生まれ、より高次の自由を目指す詩的価値は、人間の解放を目指す力から分かつことはできないのである。

＊　トワイヤンの連作《射撃場》の作品集に収録されたタイゲによる序文。執筆場所および時期について「プラハ、一九四五年秋」と記されている。［初出］：Teige, Karel. „Střelnice“, in: Toyen. *Střelnice*. Praha: Borový, 1946, s. 3-6.（カレル・タイゲ「射撃場」、トワイヤン『射撃場』プラハ、ボロヴィー社、一九四六年、三－六頁）。訳出にあたっては以下を参照した。Teige, Karel. „Střelnice“, in: *Osvobozování života a poezie: studie ze 40. let. Výbor z díla III*. Praha: Aurora, 1994, s. 87-98.

シュルレアリスム国際展

第二次世界大戦、それに先立つ極端な政治的緊張の時代は、シュルレアリスムにとって深刻な危機の時代であった。シュルレアリスムはその活動を全面的に国際的な規模に拡大しようとしたその矢先に、そのような危機に直面した。それは、内部の対立や発展上の弁証法の諸問題によってもたらされたものというよりも、むしろ外的な理由によってもたらされた暴力的な圧力によるものだった。三〇年代、幾多の芸術文化の中心でシュルレアリスト・グループ[★1]が結成されたり、現代芸術家のなかでも有望視された人びとの多くがシュルレアリスムに賛同していた。シュルレアリスムの書籍、刊行物はそれぞれの言語のみならず、翻訳も数多く刊行された。パリのグループには、フランス国外、特にスペインやドイツといったファシズム国家からの亡命者が多数集っており、そこは、当時――そして今日も――シュルレアリスムという名を船首に掲げる幽霊船の母なる港であった。シュルレアリスムは、詩の錬金術の実験室で集団での試行や探求から生まれたが、当初たずさわっていたのは十人足らずの首唱者だった。パリのグループは、シュルレアリスム運動の本部、国際執行部としてその役割を今後も担うだろう。『カイエ・ダール』のシュルレアリスム特集号（十巻五－六号、一九三五年）では、バンジャマン・ペレが「国際的なシュルレアリスム」というタイトルでシュルレアリスム思想の世界的な広がりを検討し、雑誌『ミノトール』（十号、一九三七年）では「世界中のシュルレアリスム」というタイトルで複数の大陸で刊行された書籍、刊行物、図録が扱われている。ロンドンのニュー・バーリントン・ギャラリーでは、一九三六年にシュルレアリスム国際展が開催された。一九三八年末には、パリのシュルレアリスム国際展がデ・ボザール画廊で、十四カ国から七十名におよぶ作品が展示されている。同展およびシュルレアリスムの運動全体の一覧をなしているのが『シュルレアリスム簡約事典』である。そのほかの大規模な展示として、一九四二年、ニューヨークのシュルレアリスム国際展がある。『革命に奉仕するシュルレアリスム』（一九三〇－一九三三）がなくなり、舞台を失ったシュルレアリストたちは、充実している『ミノトール』に積極的に協力し、同誌は一九三三年から一九三九年にかけてシュルレアリスム活動のひとつの基盤となった。

ブルトンが一九二四年十二月に第一宣言を発表したシュルレアリスムは、十年が経過した頃にようやく世界的な広がりを獲得したが、近代の美術史の一章をなす民族復興の力強い流れとは異なり、その誕生にあたって、特定の民族文化や主要な人物の国籍といった枠組みに限定されることはなかった。発生した場所の民族文化の境界を越えることは当初から意識されていたが、活動範囲がそうであったように、芸術作品が参照される領域の境界もまた民族文化を超越していた。シュルレアリスムは新しい美術流派やセクトとして出現したのではなく、国際的な革命思想として出現したのである。時間と空間が異なるにせよ、シュルレアリスムが自身の唱道者、先駆者と見做す人びとは、多様な国にルーツを持っている。歴史的枠組みや境界を超越し、芸術のジャンルや伝統の境界を乗り越えて消し去り、芸術の領域を超え、科学的、哲学的研究、さらには社会的、政治的闘争と分割する障壁を破壊し、そしてとりわけ、自分自身をたえず超えていくこと、手に入れた獲物に満足せず、つねに新しい土地、新しい精神の地平へ勇敢に進むこと、「花を引きちぎろうとしたら花に埋もれた秘密が浮かび上がり、新しい炎が燃え上がり、どこにも見たことのない色、現実に戻さなければならない、幾千もの重さのない幻がいる広大で奇妙な場所」（アポリネール）に足を踏み入れること――この普遍的で統合的な方向性は、シュルレアリスムのすべての歴史において、わたしたちが見出すものである。

シュルレアリスムは、その第一宣言がフランス語によって発せられたとはいえ、同時代のフランス文化の所産ではない。十九世紀末から国際都市となっていたパリの前衛芸術の精神の作品である。この前衛芸術の陣営では他国の環境がもたらした勢力が伸長し、国際的な前提があるため、すくなくとも潜在的には国際的な性質を有している。「民族的一面性や偏狭は、ますます不可能となり、多数の民族的および地方的文学から、一つの世界文学が形成される」という『共産党宣言』の文言は予言であった。まずは言語的表現手段に拘束されない精神的産物の断片においてであったが、その後、文化的生活がそれが事実であることを否定できない方法で立証した。そのため、芸術の民族的あるいは人種的性格をめぐる愛国的考察といったものは内実と意義を喪失したのだ。

国際的使命という意識があるため、シュルレアリストたちは、原則として、芸術のナショナリズムに反対する論陣を張ることになる。「芸術、学問、夢、愛、健康、病気、死は、政治的国境、倫理的障壁を知らないということをもう想起させる必要はないとわたしたちは期待していた」（『ミノトール』一九三九年一二－一三号、「芸術におけるナショナリズム」）とブルトンは記し、「スペイン風邪、ベネツィア病、プルシアンブルーというものがあるのだから、フランス美術というものも存在するようだ」と付け加えている。ミュンヘン協定の翌日、一般的な反応がそうであったように、ふたたび招かれざる客人となった、フランスにいる外国人作家たちを擁護すべく、「祖国はいらない！」という記事が発表され、そこではこのように述べられている。「芸術には祖国などない、それは、『共産党宣言』で述べられているように、労働者たちに祖国がないのと同じだ。フランス美術への回帰を称賛することは、芸術が必要とする密接な協力関係に障害をもたらし、民族間の分裂および無理解を助長し、故意に歴史的に逆行しようとすることなのだ……」。

ナドーの『シュルレアリスムの歴史』が複雑な発展を詳細に描いているように、新しい発展段階への移行期に、激しい議論、論争、対立が生じ、高名な人物を含む、作家たちが一時的あるいは永久に追放処分を受けることとなった。背教者との争いでシュルレアリスムが弱体化したと主張する敵対者たちに口実を与えたが、じっさいには、運動の統一体は維持そして革新され、国際的に発展するために内的条件を整備したこの激しくも再生を促した危機とは異なり、戦争の勃発によってシュルレアリスムが直面した危機の規模は壊滅的なものだった。ファシズムという血にまみれ、恐ろしく、汚れた洪水のなかでは、シュルレアリスムは退廃した芸術であり、精神の前衛という極端な翼に位置していたことから文化的ボルシェヴィズムと説明され、そしてまた明白な反ファシズムの姿勢により、公的な生活から排除され、法の枠の外に置かれた。ナチスがパリを占領すると、芸術的前衛のバビロンの集団は追放されたり、亡命したり、地下に潜伏することを余儀なくされた。そのため、パリに代わって、国際的なシュルレアリスム活動の新たな拠点となったのがニューヨークだった。ナチスによる闇が覆い、文化的な反動が猛威を振るう時代のなか、反動的なスローガンが連呼され、個々人は互いに連絡が取れず孤立したため、シュルレアリスムは痛ましい喪失を数多く体験した。シュルレアリスムの中心、周縁にいた幾人かは死神に召喚された――クレー、シュティルスキー、デスノス、B・フォンダーヌ。そして、永遠かどうかは言いがたいが、シュルレアリスムの立ち位置を離れた者、なかには重要な人物も含まれる――ダリ、ドミンゲス、パーレン、エリュアール、ツァラ、リード、ムーア、ジェニングス、ガスコイン、そのほか多くの者たち、そして、一時的だと思われるが、沈黙した者たち。また、シュルレアリスムと喧嘩をしたのち、大衆的な成功を求めて、作品の強度や価値を落とした者もいる。商業的で卑俗なキッチュという泥沼で窒息する者もいた。かれらの名前は嫌悪を呼ぶものだ。――そういった連中が脱走するたびに、シュルレアリスムの終わりを告げる声が叫ばれ、ありとあらゆるカラーの新聞や雑誌は憎悪に満ちたくだらない死亡記事を掲載した。結成当初からついてまわったシュルレアリスムの黄昏、苦悶、難破、崩壊、スワン・ソング、葬式というくだらない声は、ヒトラー主義が潰えたあともやむことはなかった。だが、文化的な生活が再開され、意義ある書物や展覧会が数多く世に出て、新しい視点のもと、新しい価値、新しいエネルギーを備えたシュルレアリスムの生々しい存在を証明した。★2

今年〔一九四七年〕の夏、パリのマーグ画廊で行なわれた〈シュルレアリスム国際展〉では『一九四七年のシュルレアリスム』という図録が刊行され、貴重な詩や論考のほか、絵画、彫刻、オブジェ、映画の複製の的確な選集を通してシュルレアリスム作品の新しい地平を記録しているが、プラハの展示は、（今日の環境において）最大限の内実に富み、包括的な、しかしながら本質を射抜き、かつ多くを語るセレクションとなっている。

これは最後の作品（スワン・ソング）ではなく、次なる章の力強いプロローグである。夕闇ではなく、新しい日の曙である。本展は、シュルレアリスムが新しい段階に入った発展を示すものである。一九三八年の〈シュルレアリスム国際展〉が、簡素な回顧展によってそれまでの成果を測るものであったとしたら、今回の展示は、明日への展望を開くことを目指している。シュルレアリスムはここで、その国際的な作用範囲、振動を計測し、新しい問題を意識すると同時に、それらをさらに深め、拡張し、解決する方策を取る。一九二五年の第一回シュルレアリスム展（パリのピエール画廊）に集った創始者たち――アルプ、エルンスト、ミロ、そしてマン・レイ――のほか、第二次世界大戦の直前にシュルレアリスムの舞台に姿を見せた人物たち——ベルメール、ブローネル、ブリゴーニ、カルダー、〔ロベルト・〕マッタ・エチャウレン、ペンローズ、レメディオスなど——、そして、近年シュルレアリスムに加わった者たち——〔ロジェ・〕ブリール、〔エンリコ・〕ドナーティ、ハイスレル、〔ジャック・〕エロルド、〔フレデリック・〕キースレラー、クヤフスキ、〔ヴィフレド・〕ラム、〔ジャン＝ポール・〕リオペル、セイグル、〔ヤロスラフ・〕セルパン、ドロテア・タニングら——にも出会うことができる。

今日のシュルレアリスム作品の強度と広がりを国際的な規模において画定する試みは、これまで正確には行なわれてこなかった。シュルレアリスム運動の灼熱の中核のような場所と周縁とのあいだにある関係は微妙なニュアンスがあり、また次々と変わっていくため、境界線を書いたり、暫定的で漠然とした線も記すこともできなかった。というのも、そうすることで、シュルレアリスムの影響を受け、きわめて近くに位置するほかの前衛芸術の潮流、グループ、人びとを磁場から遠ざけてしまうからである。注目すべき新しい力の数々は有望な者が多く、一度は処刑され、拷問されたシュルレアリスムは黙示録の時代にも潰えることなく、今日にも、明日にも、新しい、純粋な、魅力的な詩的クオリティを輩出するために召喚されたことを十分に示している。アルプ、ベルメール、エルンスト、ミロ、タンギー、トワイヤンに加えて、レオノーラ・キャリントン、ドナーティ、ゴルキ、マッタ、ラム、ドロテア・タニングら、デビューが比較的最近だがすでに今日正当な価値を保証されている作家たちの隊形が加わった本展覧会は、シュルレアリスムの現段階についての確かな証言を提供するに足るものである。同時に、ジョー・ブスケ、エメ・セゼール、ジュリアン・グラック、G・エナンといった新しい詩人についても耳にする。★3 多様なシュルレアリスムの活動の役割をしばしば担った人物の名前がパリやプラハの図録から消えていたとしても、シュルレアリスムと決別したのだと即断してはならない。国際的なシュルレアリスムのパノラマのはっきりとした輪郭を描けないとしても、数多くの様々な徴候によって、その後の活動的で強度のある発展を予期できよう。多様な、ときに矛盾する傾向が、その光が届く範囲で生じたり、その根っこから成長したり、その川床から枝分かれするのは、詩および哲学的コンセプトが豊穣である証拠と見做せるだろう。シュルレアリスムはドグマでなく、正統でもなく、学校でも、セクトでも、モノポリでもない。「望むところに風は吹く（フィアト・ウビ・ヴルト）」。新しい活動のためにより強固な組織の結びつきが必要とされ、まったく自由な組織の基盤を提供するとしても、この最小限の組織的な結合は、共通点が数多くあるにもかかわらず、そのような人びとのシュルレアリスムに対する関係を単純に限定できない、人物との距離を広げるものではない。シュルレアリスムに直接言及しようとせず、あるときには抽象という言葉を、またあるときにはネオリアリズム、実存主義という言葉を掲げて反抗しようとする芸術家の作品がその深遠な痕跡に否定できない影響を示すのであれば、それは、シュルレアリスムが持つ力の魅惑的であることの証明となるだろう。理念が激しく変動するなか、シュルレアリスムの道に最近足を踏み入れた者の何人かは、そのアプローチの歩みをかろうじて共にしているだけで、それほど緊張感のない場所に避難場所を見出しており、またシュルレアリスムと関連づけられるほかの作家たち、前衛のほかの分枝、たとえば、パリの仲たがいした一派——個人的な共感および反感が、その構成を決定するが——、あるいは、プラハとブルノのグループRaもかれらと同じであると仮定できる。これまで相互のことを知らずに源泉が四散しているが、そのいくつかは砂地に埋もれ、そのいくつかはシュルレアリスムの潮流に合流し、今日、相互関係を結び、自身の見解と自身の仕事の成果を互いに突き合わせようとしている。[★4] 今年、パリで行なわれた〈シュルレアリスム国際展〉には二十以上の国から約百人の作家が参加し、この運動の活気と結束力を再度示し、現在のシュルレアリスムの顔を形づくるエネルギーと源泉の対立をすくなくとも簡略的に示すものとなった。同時に、プラハの展覧会は、今日、シュルレアリスムがどのような課題や問題に力を注ぎ、近代の精神創造のドラマのなかで果たす役割は何かを確認する機会となった。

みずからの詩的言語を視覚的な形態と造形的な形態で表現するシュルレアリスムの二重の極は、その当初から続いているものだが、今日、かつてないほど明確になっている。シュルレアリスムが造形表現の領域に介入したのは、後期印象派絵画の路線から逸れた地点であり、それは、主題の危機が頂点に達し、現象世界を模倣するという拘束から、絵画が徐々に解放され、「イコン画」、「生の記録」として、「気質を通して見た自然をめぐる知らせ」（ゾラ）としてのあらゆる絵画を否定する、いわゆる絶対的な創作に到達したときのことだった。ブルトンの著作『シュルレアリスムと絵画』（一九二八）は、この変わり目の時期に、幾人かの理論家によってその存在と可能性が否定されたシュルレアリスム絵画のパースペクティヴを切り開くものだった。★5 その登場の瞬間から、ブルトンは、ここで、驚くべき正確さと先見性とともに、同時代の造形創作の発展的プロセスにおけるシュルレアリスムの介入の革命的意義を定義している。ブルトンの言葉によれば、それは否定された外的モデルを内的モデルによって代替することであった。造形作品は、純粋な内的モデルに関係づけられるか、そうでないかのいずれかである。写真の進歩によって外的世界を描出するという課題から解放された絵画は、次に向かうのは、「精神的なこと（コーザ・メンターレ）」（ダ・ヴィンチ）、人間の精神の事象である。心的過程の深みに源泉を有する詩的想念を視覚的に表現することであり、同様に、書かれたポエジー、「狭義での通常の意味」での詩はそれを言葉で移し変えたものである。画家もまた「湖底にあるサロン」（ランボー）を目にする。シュルレアリスムは、内的モデルの顔を、潜在的ポエジーの記録を、一見するとかけ離れているように見える二つの方法を通して想像的な想念の写しをイメージの平面、あるいは三次元的な外形に固定しようと試みる。心のオートマティスム——理性の監視を受けることなく、精神の深みでの真の振動を記録すること——は、ロベール・デスノスの暗い声を耳にした、いわゆる眠りの時代の話す思想、さらに自動筆記で記されたテクストのほかに、無意識の曲線やイメージを描く初期のアルプ、マッソン、ミロのドローイングのグラフィックなオートマティスムを通して、新しい表現可能性、視覚的言語を手に入れた。自発的に発せられた単語や文のまとまりを記す手、無意識の像や輪郭を描く手は、同じ詩的な思考に支配されており、同じ想像的な想念を通訳している。イメージとテクストは、ここでは、ひとつの詩を視覚的に記録した二つの種類である。アルプのエロティックな抒情主義は、ダダの遺産である至高の気ままさであり、気圧計が外の気圧を計測するように、内面の気持ちを描く完全に非形象的な色と線によって表現される。マッソンのエロティックに脚色された作品は自然な筆跡で表現され、それは、幻想的な想念や潜在的な心の動きをはっきりとした輪郭を用いて固定し、その絡みのなかから、女性の身体、魚、鳥の形、あるいは建造物の断面図を読み取ることができる。しばしば子供の絵に接近するジョアン・ミロやパウル・クレーの絵画では、オートマティスムによる線の戯れが像と事物の極端な短絡をもたらしている。絵画は、外的現実の原則に従属した描出から解放され、快楽原則の支配のもとで心の現実を表現するようになり、グラフィックのオートマティスムの道——これは極端な場合、抽象主義の境界に達することもありうる——だけではなく、内的ヴィジョン、想像力の世界、そして昼と夜の夢の情景を忠実かつ信頼できる方法で形にすることによっても、内的モデルの捕捉を試みる。たとえば、ダリにとって二重、三重のイメージの判じ絵となった偏執‐批判的解釈、あるいは視覚の錯覚を利用したマグリットといった極端な手法、特殊な意図や忘我のもと、逆説的に錯覚と現実の境界線上にある絵画を揺り動かしたり、あるいは、バルテュスの夢遊病のシーンで、この道は、シュルレアリスムの領土の向こう側にあるアカデミズムと自然主義の広く、使い古された道路と融合する。ある種の夢の写真でもある抽象的な線図と忠実な写真のあいだの対立は、発展的な螺旋の新しい段階、内省と内的テーマの段階において舞い戻るが、それは、シュルレアリスムの到来によって克服された二つの原則の対立、つまり、外的世界のリアリズム的模倣と、フォルムの構成が外的世界の形態とは関係のない無対象で自律的イメージという二律背反のことである。二つの原則のうち、文字通りにあるいは自由に、現実そのままにあるいはもっともらしく、現象の現実を描く方は、ルネサンスにルーツをもっており、現実の雛形を抽象する方はキュビスムを経由し、歴史的役割をすでに終えている。外的モデルのリアリズム絵画はモデルのない抽象絵画に否定され、モデルのない抽象絵画は内的モデルのシュルレアリスム絵画によって否定された。抽象的な記号も、写実的な写真も、内的モデルの定着を志向することで、リアリズムと観念的な非リアリズムの対立は、シュルレアリスムにおいて克服された。というのも、対立する二つの体系は、シュルレアリスムの隣に位置したり、同時にシュルレアリスムとたえず接触したり、争ったりする現代芸術のシーンに位置しており、シュルレアリスムの作品は、そのような隣人たちに何らかの形で反応している。シュルレアリスム以前、そしてシュルレアリスムの外でのこのような対立する傾向の存在は、シュルレアリスム内部にも反響しており、時折、開かれた形で衝突することもあり、ある作家たちをアカデミズム、外的な記述的リアリズム（バルテュス）に導いたり、また別の作家たちを非形象的抽象絵画（パーレン）へと導き、シュルレアリスムへの回帰とシュルレアリスムからの決別という二つの方向をもたらす。完全に対立するのであれば、二重の障害、反目の要因になりうるが、これら二つの傾向は補完し合い、当初からシュルレアリスムのなかで共存していた。これらの影響は、シュルレアリスムの傑出した位置を占める同じ作家の作品内においてもたどることができる。この葛藤を解決するには一般的な哲学のレベルで探求すべきであるとブルトンは考えている。普遍論争をめぐる唯名論者と実在論者の中世の論争の再現をそこに見ているのだ。類似した文学表現を参照するならば、グラフィックなオートマティスムは自動筆記と比べることができ、内的モデルの忠実な写真は夢の書面での記録と比べることができるだろう。シュルレアリスムの詩は、自動的な書き方からも、夢の語りからも区別する必要があるが、真のシュルレアリスムの詩、純粋詩であるならば、心のオートマティスムが表現されており、目覚めた夢のなかで欲望が描いたイメージや出来事の刺激を受けている。そのようなシュルレアリスム詩に対応するのが絵画詩である。それは、抽象の痕跡と写実的な写真という両極から異なる距離にある広大な領域に跨がり、多様な形を取って発展している。一方の極では内的な圧力を自動的に記録するある種の速記やグラフという無対象的記号によって内的モデルが書き写され、他方の極では内的世界のイメージ、夢や幻想のヴィジョンが写実的手法によって固定化されるというシュルレアリスム内部の両極の緊張は、近代絵画史の先行する章を見るならば、カンディンスキーやキリコの夢想的イメージのコンポジションの日付が記された年に同様な対立を見出せる。書かれることも、描かれることもあるシュルレアリスムの詩は、両極の間を揺れ動くピカソやシャガールの作品に見られる発展的段階に対応している。――対立する極、そして、両極のあいだで一方に、またあるときには他方に働く複雑で多様な力の総体を特定しようとすることは、何重にもなっているニュアンスや連続する移行部を捉え切れず、一般化のあまり概要めいた図式に陥ってしまうという危険があるため、将来、はっきりと否認されるかもしれない。だが、現在のシュルレリスム作品を分類して説明することには役立つだろう。外的世界のエコーがない絵においても、シュルレアリスムは、その本質、その発展的機能において、いわゆる抽象芸術とは正反対であり、そしてまた非形象的絵画の反対である。というのも、そこで問題となるのは、いかなる描写にも依存しない、自律した造型性、色彩とフォルムが同等なコンポジションではなく、内的世界およびその潜在的なポエジーの表現と記録なのである。だがそれを否定するにしても、シュルレアリスムは、いわゆる抽象‐具象作品と密接な関係にあり、それはとりわけ、抽象芸術の集団およびシュルレアリスムのグループの双方がアルプなど特定の人物をそれぞれの一員と見做し、多くの前衛雑誌は、抽象芸術とシュルレアリスム芸術を同じ屋根の下で扱っていることにも現れている（例えば、S・ヤニス『アメリカにおける抽象とシュルレアリスム美術』）。無対象の暗号から、現実主義的な模倣にいたるシュルレアリスムの表現の段階は、アルプ、カルダー、ハイテル、そのほか多くの、とりわけ若い作家たちの現象の現実およびその空間を完全に否定するものに始まり、ブローネル、ブリグノーニ、ドナーティ、ゴルキ、エロルド、ラム、マッタ、ミロ、セリグマンなど、自然の形態論が起点となっていることを否定せず、近代の絵画文化のあらゆる成果を取り入れつつ、想像力という炉床で現象的現実の自立的形態を改鋳する多様でそれぞれ異なる詩的で幻想的な作品群を経て、ベルメール、デルヴォー、エルンスト、シュティルスキー、タンギー、D・タニング、トワイヤンの写実主義の画家が外的モデルをコピーするように内的モデルが投影され、そのため内的リアリズム、魔術的リアリズムと呼ばれる絵画や造形作品に至るまで、重要な人物たちによって特徴づけられている。写実主義者の現実と抽象主義者の非現実を二重に否定することで、超現実は、自然主義的描写における日常の現実のような触知可能な説得力と自明性を獲得する。そのため、シュルレアリスム絵画は、慣れていない観客からは自然主義的、現実主義的な証言と受け止められることもある。夢は目覚めている生活のなかで起きそうな、あるいは実際に起きた現実的な出来事をしばしば繰り広げることがあるが、夢の現象は感情による特殊な光によって満たされ、凡庸な出来事の下には、詩そして人間にまつわる奥深い意味が潜んでいることを予感させる。そのような二重の否定によって、現実は灰のなかから再生し、超現実に生まれ変わる。幻想的、幻影的な、どこにもないオブジェや光景のリアリズム的描写であろうと、結びつきや組み合わせによって思いがけない興奮がもたらされるどこにでもある事物のリアリズム的な描写であろうと、魔術的リアリズムという表現は字句通り理解しなければならない。それは、現実の存在を魔術によって支配し、現実の存在を魔術的に変容させる詩的な手順なのである。この魔術的リアリズムにおいて、「幻想的なものは完全に現実になり、想像力は現実となる」（ブルトン）。詩的な魔術は、想像力を現実にすることで、現実および人間の生活を変え、拡張し、強める。実証主義的で近視眼的な人は信じないだろうが、現実は無限であり、あらゆるものの舞台となり、真なるものもまた真なるものに結集することを示している。魔術はたえず現実のものを魅了してきた。ある種の魔術的、象徴的行為によって、人間の意志や欲望を現実に従属させ、その欲望にあわせて現実を変容させることが魔術の原則である。

隠喩は、その範囲を広げながら、次々と変容していく。詩は呪文である。女性は、花、炎、花瓶、貝殻、珊瑚、星、曙光、真夜中といったものに似ることはない、全能の欲望は女性を変容させ、花、炎、珊瑚、貝殻あるいは花瓶そのものへと変え、女性は、わたしたちの欲望の帝国、わたしたちの情動的、感情的一帯の帝国において、真の星、曙光、真夜中、スフィンクス、妖精、メリスナ、象牙の塔（トゥリス・エブルネア）となる。詩人、画家のイメージは、何かを記録するためというよりも、むしろ、何かを与えるものとなる。「超現実性は、規範的な現実のうえに位置する、詩人の恣意的で繊細な虚構とはまったく関係がない。それは、それまでばらばらになっていた様々な力や概念を超越し、同時に内部に秘める第三の力であるが、それらが接近することで、新しい時空の枠組みが生じ、それによって、その力を捉えることができる」（J・ブルン「感覚とシュルレアリスムの問題」、『一九四七年のシュルレアリスム』）。

今年パリで行なわれた〈シュルレアリスム国際展〉[★6]は、典型的な造形作品を集めようとしただけではなく、今日まだ潜在的、萌芽的な状態にある新しい神話の通訳を試みようとした。八角形の小室のなかには、神話的な活動ができる詩的な人物に捧げられた祭壇（シュルレアリスムのオブジェと異教の礼拝堂の中間のようなもの）が設置されていた。これによってシュルレアリスムは反宗教に足を踏み入れたと思わないでほしい。そうではなく、新しい神話を告知することで、人間生活における宗教的要素を詩の要素に代替させている。合理的文明でさえも消せなかった、興奮と悦楽をもとめる人間の根源的で情熱的な渇望に対して、詩の神話は完全な充足を与えなければならないのである。わたしたちの無意識に生きている神話機能、わたしたちの心の原初的な要素、論理以前の統制されることのない魔術的な思考は、わたしたちの内的宇宙を劇化し、抒情化し、わたしたちの夢のなかで自由に発展させる。ポエジー――夢のなかにその源泉がある――、それは、つねに神話を形成する力であった。ポエジーが生み出した神話が、意図的な韜晦や人民の阿片を通して現実のものとなったとき、生から切り離されたポエジーは、わたしたちの生活の一部になろうとする。中世において宗教的な神秘主義があらゆる存在や振る舞いのなかに浸透していたように、今日の人間的な、深遠なまでに人間的で非宗教的なポエジーは、みずからのシンボルや振る舞いを通じて、現実の生に浸透しようとする。自由の王国への道を新たに照らし出す新しい神話に光を当てようとするのである。世界変化という具体的な全体を検討する学問体系は、人間の欲望からなるユートピア、ファンタジー、昔からの夢のなかに、原初的な源泉を持っているが、経済的、社会的構造の変化によって、自由な人間の自由の生活に基盤を与えるためには、知的な意識や確信だけではなく、情熱、熱狂、興奮、感情、本能、欲望といったあらゆる非理性的な力を総動員して、まったき人間として、人間の運命を賭けた戦いに関与しなければならない。目指すのは、理性とエロスを統合したまったき人間である。詩もまた、みずからの約束された土地を、自由という地上の王国を有している。今日芸術と呼ばれる特化された形や行為は、その王国内で通常の生活現象として、自由な人間の日常的な振る舞いを通して発展していくにちがいない。詩や絵画によって現実となる夢は、実現を望み、生との一体化を望む力となっていく。人間を信じる者、人間の精神の力を信じる者は、奇跡、夢、詩、そしてユートピアが実現されることを知る者なのである。

［原註］

★1　当時、シュルレアリスト・グループの活動は、ベルギー、英国（一九三六年以降）、チェコスロヴァキア（一九三四年以降）、デンマーク、フランス、日本、カナリア諸島、ペルーで行なわれていた。ルーマニア、スウェーデン、スイス、メキシコ、アメリカ合衆国には、シュルレアリスムに賛同する人びとがいる。プラハでは、一九三五年にアンドレ・ブルトンとポール・エリュアールが講演を行なった折に『シュルレアリスム国際公報』第一号が刊行され、国際的な運動としてのシュルレアリスムの広報誌となった。同誌は、その後、ブリュッセル、テネリフェ島、ロンドンで刊行された。

★2　戦時下および戦後まもないころのシュルレアリスムの状況については、拙文「二つの世界大戦のあいだの芸術アヴァンギャルドの運命」（雑誌『クヴァルト』四号六巻、三七五－三九二頁）を参照せよ。

★3　『一九四七年のシュルレアリスム』以外にも、『レ・カトル・ヴァン』のシュルレアリスムの新しい詩の特別号があるほか、国外のシュルレアリスム詩を概観するセレクションは『カイエ・デュ・スュッド』（二二三号、一八〇頁、一九四六年）に掲載されている。

★4　国際的なシュルレアリスムの活動の概観については、大きな誤りを含む、きわめて不完全かつ信頼できない情報をもとにCl・セルバンヌが『カイエ・デュ・スュッド』（二八〇号、国外のシュルレアリスト――パノラマ）、R・レンヌが『ガゼット・デ・レットル』（Ⅲ巻三九号、世界中のシュルレアリスム）が紹介しているが、このような相互認識、相互の対立が必要であることを示している。シュルレアリスト・グループは、今日、以下の国々で設立済み、あるいは設立されつつある。英国、チェコスロヴァキア、デンマーク、フランス、ハンガリー、ポルトガル、ルーマニア、スウェーデン、トルコ、ブラジル、エジプト、グアテマラ、ハイチ、チリ、イラク、日本、カナダ、メキシコ、アメリカ合衆国。

★5　『シュルレアリスム革命』（第三号）では、あらゆる芸術に死を宣告したダダイズムの残響が響いていたが、そこでP・ナヴィルはこう書いている。「シュルレアリスム絵画などないことは、皆知っている。偶然の身振りで鉛筆が描いた線も、夢の人物の輪郭を描く絵画も、想像的な幻想も、そのようなものとして認められない」。ナヴィルは、このような言葉によって、シュルレアリスムの造形的表現を三種、つまりグラフィックなオートマティスム、夢のイメージ、幻想的絵画に分類している。

★6　パリの展示は、そのインスタレーションによって、詩の神話を提示しようとした。シュルレアリスムが先駆者と認める作家たちの著作の背が段をなす階段、カラフルな雨のカーテン、神話生活をつくりうる詩人に捧げられた祭壇。キースラーの迷信の間は、宗教的な派生物、詩的な振る舞いである硬直した非理性的な規則を何かに替えようとしていた。というのも、その心理的配置は、その生き残りがいずれは消えるにせよ、人間の内部にある宗教的迷信の作用を保証するからである。一九三八年のパリのシュルレアリスム国際展のいくつかの部屋が可動式暖炉の火で照らされ、天井からは何千もの重そうな石炭袋が吊るされ、床には整えられたベッドと葦の茂みがあり、ニューヨークの展示では、視線が遮られることがないように、作品と観衆を分けるロープのカーテンが吊るされていたとしたら、これらの演出は、到来した時代の雰囲気と苦悩を顕著に捉えている。プラハの展示は（技術的な問題、とりわけ輸送環境のため、現代のシュルレアリスム絵画に限定することを余儀なくされたが）、逆に、展示物を完全な光の下に置いているが、それは、シュルレアリスムの現在の問題と獲物を可能な限りはっきりと可視化するためである。

＊　一九四七年十一月四日から十二月三日にかけて、プラハのトピッチ・サロンで開催された〈シュルレアリスム国際展〉の図録に収録されたテクスト。同図録には、ブルトンの「第二の方舟」も収録されている。［初出］：Teige, Karel. „Mezinárodní surrealismus", in: *Mezinárodní surrealismus*. Praha: Topičův salon, 1947, nestr.（カレル・タイゲ「シュルレアリスム国際展」、『シュルレアリスム国際展』プラハ、トピッチ・サロン、一九四七年、頁数なし）。訳出にあたっては、以下も参照した。Teige, Karel. „Mezinárodní surrealismus", in: *Osvobozování života a poezie: studie ze 40. let. Výbor z díla III.* Praha: Aurora, 1994, s. 321-335.　なお、マルクス、エンゲルス『共産党宣言』（大内兵衛・向坂逸郎訳、岩波文庫、一九五一年）の訳を一部用いた。

アンケートへの回答

一、なぜ、書くのか？

ギムナジウムのころから、つまり思春期のころから、芸術にたずさわることはわたしにとって必然なことであった。基本的に、あるいはほぼ理論的な面に限られていたが。ありとあらゆる制作行為のなかで、芸術という枝だけが――つまり、あらゆる形態をとり、あらゆる表現手法を取るポエジーだけが――、愛、そして恋愛のある生に最も近く、最もふさわしく、その圏域は、人間の生活において最も本質をなす圏域と同じであると以前から予感していたし、いまもそう感じている。芸術、ポエジーとは、最も十全な自己表現を可能とし、内面生活を十全に表明できる領域である。愛（L'amour）――ポエジー（la poésie）、これらは同一なもの。もちろんその同一性には差異があるが。ポエジーは愛という源泉からその生の力を汲み出し、ふたたびその奇跡的な喜びを愛に戻し、鏡の戯れによってポエジーを反射させる。芸術は人間が自己を表現することで人間として生の痕跡を残すことを可能にする。哲学のいくつかの事例、そしてほかの学問分野のうち、直接の刺激が人間を知り、人間の手助けとなるようなもの――(学問、人間の肯定的な活動はすべて、すくなくとも、間接的にこのような目的を目指している)――だけが、それにたずさわる人に対して、その十全で豊穣な充足感を授けることができる。

二、現代美術の役割をどういう点に見出すか?

現代美術の役割は、人間の感情という生のレベルに新しい次元をもたらすことであり、その内面世界を豊かにすることである。作家の心を至高な形で自己表現する芸術は、精神世界が知覚できる、新しい、活性的な要素を授ける。現代美術は、慣習的で伝統的なエートスや美学的な障壁を取り除き、詩的思考の表現を可能なかぎり自由なものにする。

三、ポエジーを定義してください。

多様な美学によって定義されたポエジーの定義があるが、あらゆる事例に通じる普遍的な言及を導き出せるものはほとんどない。個々の定義は、問題を検討する視角、どういう側面から説明を試みるかによって、それぞれの状況に合わせて用いることができる。ポエジーは電気に喩えられる。というのも、ポエジーには、よい伝導体もあれば、悪い伝導体もあり、電気が伝わる際に抵抗が生じることもあるからだ。そしてまた、ポエジーには中継器があり、多種多様な装置を使って遠くまで伝えたり、メッセージや訴えを送ったり、カラフルな光を灯すこともできる。人生を題材にした電気分解もあれば、検電器もあるかもしれない。ようするに、幾千もの装置やプロセスを経て、幾千もの形、現象、効果となって表れるが、それはひとつの同じ力、つまりポエジーをもたらす。だが残念ながら、芸術理論や批評には、電圧計、電流計、動力計といった正確な計測器がないことは認めなければならない。

四、シュルレアリスムに対するあなたの立場は?

今日の芸術生活およびその左翼で展開するあらゆる芸術的見解、潮流のなかで、シュルレアリスムはその発展から見て、最も成熟している。つまり、人間の精神を解放する方向に最も歩みを進めており、深遠で広範な自由を目指しており、作品や実験を通して、人類の灼熱の中核に本質を突く新しい視点をいくつももたらしている。今日の美術の左翼戦線には、キュビスム革命後に発展した潮流や分派も含めることができる。そのなかでシュルレアリスムは最も極端であり、最前線に位置する前衛の砦である。

五、シュルレアリスムを芸術発展の一段階と見做すか、それとも、シュルレアリスムにそれ以上の特別な意味を見出すか?

シュルレアリスムは、現代美術史のなかで新しい一段階をなすと同時に、人間世界の新しい認識をもたらし、新しい生の方法へ向かう流れのことである。生と人間を変えるというユートピア的な言動を繰り広げたが、いくつかの文学、美術、映画作品しかもたらしていないではないかと批判にさらされたことは一度ではない。もちろん、近代的志向を有する人間にしてみれば、芸術レベルでのそのような作品の価値は疑うべきものではない。つまり、生の公式となることを望み、生の変革を望んだシュルレアリスムが、ほかのすべてのイズム同様芸術に留まっているのではないかと言うのである。ランボーの「生を変えよ」という人間の変革をめぐる宣言は、世界を変革するマルクスの意志と結びついたが、あまりにも紋切り型でユートピア的な色調を帯びていた。シュルレアリスムの最終的な目標は人間の精神の解放であり、それは、一般的なレベルにおいて、人間の社会的な解放が前提となっていた。シュルレアリスムがもたらす芸術とポエジーは、ほかの何にも増して、精神を解放する上で効果的な装置である。人間の生活およびその変革に対する、刺激的な芸術活動の関係をめぐる問題は、発展的に成熟した前衛芸術が、すくなくともこの芸術と密接な関係にある人びとのサークルにおいて、生の方法およびフォルムの変化に対してどの程度刺激を与えられるか、芸術の分野で展開した歴史的な変容とそのような芸術の変容や革命とほぼ同時に、あるいはすこし遅れて生じた個人、感情、精神の生活の変容との直接的、間接的関連性をどの程度確認できるか、といった点において検討しなければならない。印象派もまた単なる絵画手法、新しい美学的な信条となることを目指していなかった。印象派は生活観であり、世界観であるとその流れを代表する者たちは幾度となく述べている。表現主義はこのことにより該当するだろう。芸術との関係において、芸術家の口から発せられた世界観という言葉は、もちろん、哲学の領域のそれと同じ意味ではない。キュビスムが独自に、そして本質的に関心を寄せていた問題はもっぱら形態と美学だった。だが芸術作品を物理的なモデルからあそこまで急進的に切り離し、非現実主義の道へ、あそこまで遠く踏み出したことによって、キュビスムは――その煽動者ははっきりと意識していなかったにせよ――詩的表現、人間表現を解放し、自由にする強力な力となった。

作家の立ち位置は進歩的なものではなかったとはいえ、R・ハマンの著作『生と美術における印象派』（一九〇七）は、芸術と生活の関係をめぐる問題を照らし出すには有用なものである。印象派の例を用いて、芸術作品に現れる変化と、同時代の人びとの個人の生活にほぼ同時にあるいは事後的に表れる変化が、相互に作用する弁証法によって生じていることが示されている。時間的な隔たりを置いた今日の観点から見ると、印象派の美術だけではなく、印象派の生活というものも存在し、印象派の芸術に直接影響を受けたのは少数だったにもかかわらず、比較的広範な近代社会の階層がこの印象派の生活様式を受け入れたことが明らかになっている。ロマン主義の芸術はロマン主義の生活の要素をなし、発酵体となることに疑いはない。ハマンは、印象派の時期に執筆された詩、演劇、小説を通して、官能的な感性の変化、女性の解放、夫婦制度の崩壊、自由恋愛の発展、そのほか、個々人や内密な運命の様々な出来事がその文学のなかで反映され、そしてまた、その文学が数多くの新しい刺激を与えているのを明らかにした。シュルレアリスムは、そのイデオロギー、その詩的な創作によって人間に影響を及ぼし、とりわけ、人間の最も本質的な力、価値を解き放つことで、政治的なメッセージなしにその生活を変え、道徳的なレベルにおいて、自由、そして多様な愛に向かう精神力、その深みを覗く精神力を与える。人生の偶然の賜物、出会いの魅力に対する感性を人間に呼び起こし、人間を夢の王国へ導き、忘れられた現実への新しい視線を教え、自身の欲望にもとづいて自身を解釈することを可能にする。シュルレアリスムは、わずかかもしれないが、新しい奇跡に通じる門を開いたのだ。それは、わたしたちの生の現実の新しい神話を形づくる。人間の運命における変化、そして、シュルレアリスムが呼び起こし、あるいは、シュルレアリスムの詩作が発見したものや作品との関連で言及できるわたしたちの生活の最も詩的なもの、最も内密なものの変化は、これまでのところ、全体として評価されていない。シュルレアリスム的生へ向かう傾向は、個人的なもの、内密なものというよりも、はるかに広範にわたって、多くの社会的、物質的障壁にぶつかり、完全に実現できずにいる。だが、この対立、この不可能性もまた、自由に対する欲望を人間の内部で刺激している。――触れておかなければならないのは、シュルレアリムは、素人の創造的な源泉に至る道をいくつも発見し、その新しい、特殊なシュルレアリスムの手法によって、腕のないラファエルにも描くことを可能にし、原則的に、ありとあらゆる人に、詩的な自己表現をおこなう可能性を授け、「ポエジーは誰もがつくらなければならない」というロートレアモンの言葉の実現に近づいているということだ。誰もがつくることのできるポエジーは、詩人たちの数が増えることで、性質、特性を変えていくのであって、本のなかに閉じ込められ、必然的に専門的な作品となっているポエジーとは別物である。――この点に答えるには、『半世紀のシュルレアリスム年鑑』に掲載されたV・クラストルの記事「人間を変えよ」を思い出せばよいだろう。

六、シュルレアリスムの次なる発展の可能性をどこに見出すか?

シュルレアリスムの次なる発展? シュルレアリスムがもたらした新しい基本的な手法、そして、シュルレアリスムの本質的な原則や関心に属するものすべてが徹底的に深められ、拡張している傾向が見られることは、あらゆる点において示唆されている。

七、シュルレアリスムの美学、あるいは語法というものは存在するか?

シュルレアリスムは美学ではないばかりか、いかなる美学も認めていない。正統なシュルレアリスムというものは存在しない。シュルレアリスムの統一的な様式の形態も存在しない。たしかに、時間の経過とともに、そしてまた個々の作家間で相互に影響をもたらし、ある種のフォルムや詩的、造形的表現が固定化し、多種多様な作品においても、きわめて類似した外見を有するものに遭遇することがある。このような均一性がある程度生じるのは、事実上、不可避である。絶対的な独創性をめぐる個人的な迷信などもはやわたしたちは信じることはない、いかなる作品も、いかなる成果も、いかなる産物も、いかなる思想も、はてには、自然な感情的、生活的表現も、影響を受けていないものはない。現代美術にたえず触れている人物であれば、そのような他の芸術からの影響をよりいっそう受けている。だが、雛形や慣習、使い古された様式の小道具、特殊に人工的な語法、決まり文句、空疎な表現、内容のないフレーズによって表現の類似が一般化して硬直するのであれば、このような退化は批判的に向き合わなければならない。このような様式的な慣習の要素が過度に偏重している絵画、彫刻、詩、写真、映画は、感情に訴えることがなくなり、その表現力を弱めてしまう。つまり、劣った作品となるからだ。

八、シュルレアリスムの手法や貢献のうち、すでに克服されたもの、今後の発展が期待されるものは何か？

シュルレアリスムの手法、行為のうちで今日すでに過去のものと見做せるのは、ダダという母なるしるしのもと、初期のシュルレアリスムにもたらされてきたものの多くである。ブラック・ユーモアと不条理な非理性的な喜劇性は、ダダの遺産のなかでも克服されてはいない。だが、ダダの様々な侮辱や挑発はもはや今日アクチュアルなものではない。生じつつある運動の革命的青春の起源的な現象であった。もちろん、明日か、明後日にも、別の形をとって、ふたたびアクチュアルさを帯びることは否定できない。ダリ的な詭弁の逆説もまた、シュルレアリスムのアーカイヴに属しており、ほかの数多くの政治的な即興も同様である。

心のオートマティスムの手法は、約束されたと思われるものがすべて発揮されたとは思えないものの、克服済み、あるいは効果がないと見做すことはできない。心のオートマティスムの手法の問題は、正確に捉えること、ある意味で相対化することが求められている。つまり、すべての事例において、オートマティスム的な手法だけを適用するということではない、非理性的なモメント（深淵な心的過程の源泉から噴出し、多かれ少なかれ結晶化した非理性的な想念としての内的モデルを表現する、いわゆる霊感と呼ばれるもの）が、理性的、主意説的構造において、優勢を占め、意識的な美的様式化や倫理的な検閲によって、その本質が変形されたり、歪めたりしないことが肝要なのである。オートマティスムのテクストと詩、多種多様なグラフィックのオートマティスムと絵画、彫刻作品とのあいだの一定の差異は存在し、それは否定できない。

九、アンドレ・ブルトンという人物、そしてかれの作品について、戦前と戦後でどのように評価をするか？

シュルレアリスムという思想的にも詩の面においても意義深い運動、四半世紀以上の実践によって豊饒さを証明した運動体が誕生するにあたって、ひとりの人物の名前と結びつけるとしたら、アンドレ・ブルトンはシュルレアリスムの創始者と言えるだろう。

ブルトンは、他の者を圧倒しながら、理論的な思考が有機的に詩的実践と融合している活動を通して、シュルレアリスムおよびその発展に最も意義深い刺激を与えたが、それは、両大戦間期に刊行されたかれの一連の著作に含まれている。一九四五年以降、場合によっては一九四〇年以降に刊行された作品のなかで最も重要性を帯びている著作は『秘法十七』（一九四七）だろう。この著作はその意義において、『シュルレアリスム宣言』、『通底器』、『狂気の愛』に比肩する。シュルレアリスムの偉大な著作のひとつである。この書物が、今述べたほかの書物と同等に、シュルレアリスム運動における有効な役割を担っていることがまだよく知られていないとしたら、シュルレアリスムおよびあらゆる現代美術の発展にとって、外的な条件は、今なお、第二次世界大戦以前よりも好ましくないものであるからであろう。そのため、発端にあるあらゆる思想が適用される範囲は限られ、しかもつねに遅延が伴う。

十、シュルレアリスムといわゆる抽象絵画の関係について、どう思うか？

シュルレアリスム絵画といわゆる抽象主義、よりよく言えば、非形象的な作品との関係は逆説的である。シュルレアリスムは抽象主義と共通点はなく、持つ意図もないと幾度となく宣言してきた。一九三五年、プラハで行なった詩と絵画におけるシュルレアリスムをめぐる講演で、ブルトンは、シュルレアリスム美術が非形象的芸術の隣に位置づけられることに異議を申し立てている。ダリは、非形象的な純粋絵画について、侮蔑を伴った発言を幾度もしている。B・ペレは、一九五〇年の『半世紀のシュルレアリスム年鑑』で、厳しく、そして嘲りながら論争を挑む調子で、無対象絵画に反論を述べている。非形象芸術に対するシュルレアリストの否定的な姿勢という似たような事例は数多くある。だが、好ましくないながらも、シュルレアリスムと非形象的美術を並列することが、同時代の芸術の実践において、執拗に行なわれているのは偶然ではない。たがいに敵対視する隣人をひとつ屋根の下で結びつける重要な国際展はいくつも開催されている。シドニー・ヤニスの著書『アメリカにおける抽象とシュルレアリスム美術』(一九四四)は、今日の芸術前衛に位置する両方の派閥をまとめている唯一の書籍というわけでない。論争や矛盾として捉える必要は必ずしもないが、この対立は、シュルレアリスム内部でも当初から反響を有していた。きわめて図式的に分類すれば、シュルレアリスムの美術作品は二つの潮流に分けることができるだろう。一、「ヴィジョンのオートマティスム」として、あるいは、内的世界の現象の忠実な描写として示すことができ、そのうちのひとつは、魔術的リアリズムと呼ばれることがある。これは、形象的なひとつの極である。二、他方、「造形のオートマティスム」と称されるもう一つの潮流では、グラフィックなオートマティスムが徹底的に適用され、心理過程の最も深い層で幻想的に加工されたもので、外的世界にもとづく形態を転化したものがまったく提示されないし、イメージ内に遠近法で記録される形態もまったくない。これは、シュルレアリスム絵画の非形象的な極である。シュルレアリスムを自分のものと考える作家の多くは圧倒的にこの非形象的な極に移行し(アルプ、カルダー、ゴーリキー)、いろいろな抽象的グループのメンバーである。そして、個々の作家の作品内でも、形象的、非形象的な原則が入れ替わることもある(クレー、パーレン、イストレル、チカル)。シュルレアリスムと非形象的創作の相互関係、そしてまた、シュルレアリスムおよび非形象的創作内の両方の極のあいだの相互の緊張関係は詳細かつ記録とともに検討し、それらの微妙な差異や中間段階について調べるべきだろう。非形象芸術は広範にわたる、きわめて多様な領域である。抽象的なイズムは、イメージのハーモニーの理性的な、ほとんど学術的な構成、そして、形態手段の意識的な体系化——例えば、新造形主義、シュプレマティスム、外向的な性格のほかの潮流——を試みるため、シュルレアリスムとは外見的な共通点はなく、根本的に対立している。それに対して、外的モデルを脱却することで、グラフィックと色彩に自然な表現の自由をもたらした非形象的絵画は、内に向かうその特性によって、シュルレアリスムとは、近い関係、あるいは遠い親縁関係にある。例えば、カンディンスキーがそうである。

十一、内的モデルの理論について、何か補足することは？

心のオートマティスムも、内的モデルも、絶対化することも、教義化することもできない概念である。この二つの現象が科学的に純粋な方法で生じることはまずない。内的モデル——無意識の心理的源泉から生じ、リビドー的な力によってモデルとなった想念である具象的非理性ではない——が、絵画、彫刻、詩のなかへ、最も忠実に移し変えられるところでは、ある意味では誇張だが、この心的過程のモデルの複製、写真と言える。だが、このような複製は、同時代の造形文化の影響を受けたり、美的な修正を被ることがないわけではない。絵画や彫刻で外的モデルを完全に模倣することが不可能であるように、内的モデルをカンヴァスや紙やスクリーンに、媒介することなく、直接そのまま、造形的に手を加えることなく、投影することは不可能である。レントゲンであっても、夢を撮影することはできない——内的モデルは、夢や目覚めた夢想の類推でしかない。内的モデルは、画家の作業の途中で、夢の生活のなかで、フロイトが「二次的加工」と呼ぶものに似た性格を持っているかぎり、心理的現実、表現の真実を損なうことのない、必然的に一定の変化を受けることになる。

十二、シュルレアリスム運動の存在、そして未来についてどう評価するか？

今日、シュルレアリスム運動は隠遁している。そこには自分たちの意志で入ったのだが、古代の哲学者たちがこのような隠遁の聡明さを賞賛したことをわたしたちは忘れてしまっている。シュルレアリスムの公な場での活動はいたるところでその可能性を制限されたり、場合によってはまったく不可能なものとなっている。国際的な接触、書籍や刊行物や展覧会の交換は禁じられている。だが、広がり（extenze）の喪失は、強度（intenze）を高めることで補填されると期待したい。

十三、シュルレアリスムという用語は、その意味するものに対応していると思うか？

芸術様式、流派、潮流、イズムの名称は、概して不正確で、しばしばくだらない、無意味なものだ。その多くは侮辱する表現から生まれている。「シュルレアリスム」という名称は、この運動のために新たに作り出されたものではない。アポリネールの口から借用されたもので、おそらくこの詩人に対する敬意によるものだろう、だが、アポリネール本人は、ロマン主義の超自然主義に類似する形でこの術語を造ったが、まったく別のことを理解していた。アポリネールの超現実主義はキュビスムと同義である。ある特定の芸術、哲学運動の名称が一般的となり、名称をよくあらわす作品によって示されるようになった瞬間から、その一時的な不正確さは邪魔にならない。一九二七年、F・X・シャルダは、著書『最新チェコ詩について』所収の論文「ポエティスム」のなかでこう書いている。「……当初は、力を強めていた名称が、邪魔になり、ブレーキをかけるときがかならずやってくる……、だが、それがどうしたというのか？　わたしは名前がないため、二倍に力強い。ポエティスムもまたそのように自身のことを語るように期待する」――新しく作られたポエティスムという名称はあらゆるものを表現していたが、あらゆる芸術にまさり、あらゆる芸術におけるポエジーの覇権という考えを過度に不正確に示していたわけではない。この考えは、シュルレアリスムの枠組みとなる原則でもあり、シュルレアリスムのなかで、名もない、今では二倍に強くなったポエティスムが生き延びているともおそらく言えるだろう。先述のシャルダの論考からポエティスムについて語っている箇所をシュルレアリスムにも適用できるだろう。「詩的想像力、まさに詩的なものを刺激したのは、それ以前に理論と呼ばれた以上のものだった。そう理論である。もちろん、ポエティスムは、潮流にも、単なる美的手法にもなろうとしたのではなく、生ける方法、精神的、倫理的衛生、生活の刺激剤、とどのつまり、生そのものになろうとしたのは承知している……。ポエティスムは自身の意志に反して、潮流、そして美的手法となり、より低次な領域においてはスローガンになっている。それは否定できない。その意義は一つである。中核となる実り多いスローガンであるということ、かたや、それに対抗してつくられたスローガンは不毛で、内的対立にあふれている……ポエティスムが硬直し、単なる公式や同様な芸術的発想のある種の装飾や単調さと化したところでは……素材のポーズとなったところでは、それに対抗することが必要である……だが、冷静になろう、発展は矯正をもたらす……」。二十年以上前のものだが、引用したシャルダの言葉はシュルレアリスムに対しても効力を持っているのはあきらかだろう。

シュルレアリスムという命名が不確かで不適切であるからと言って、今日、新しい名称を探す理由などない。この用語を形而上的、観念的意味に解釈しようとしているのではないかという誤解は反証されている。シュルレアリスムという名称だろうが、名前がなくても、あるいはほかの旗印のもとであっても、ポエジーがヘゲモニーを握るという考えは遠い未来まで、自由な精神を発展させる駆動力となるだろう。

十四、自身の仕事の観点から、弁証法的唯物論に対してはどういう位置を取っているか？

今日もはやシュルレアリスムが弁証法的唯物論を自身の世界観として認め、受け入れるように主張する必要はないだろう。それは数多くの議論で明らかにされている。哲学的遺産を批判的に修正する際、シュルレアリスムは、自身の思考について最も広範にヘーゲルに依拠することができることに気がついた。弁証法はシュルレアリスムの血である。唯物論と唯心論の古典的な対立は、近代の自然科学によって解消され、経験批判論が想定したものとは異なる方向に向かっている。物質と力（身体と波動）をひとつにまとめる原子核物理学は、現実の存在と優先性を否定する古びた唯心論から確実性を奪っている。

十五、芸術の自由の問題に対する見解はどのようなものか？

自由は、ポエジーそして哲学の前提であり、目的である。芸術、哲学の思想は、精神の自由から成長し、この自由をより高く、より強く成長させることを望む。「人類の永遠の高貴さ――それは自由」、これは、マルクスの『ライン新聞』での言葉だ。

十六、ポエジーの発展は、どの程度、そしてどういうかたちで社会の発展および社会制度の状態に依存しているのか？

ポエジーおよび芸術が社会の発展、政治制度、そして生産関係や権力の状況に依存しているかどうかという問題は、中世芸術とフランス革命後では異なった形で提起されるだろう。宗教やギルドで結びついていた中世の生活において、芸術と支配的なイデオロギー、社会生活との関係はきわめて密接だった。フランス革命から成長した社会は、まったく異なる条件で芸術創作を扱い、そこでは、支配的なイデオロギーに根本から反対する芸術が伸長したり、集団的に発展することがあったが、それは中世においては考えられないことだった。十九世紀以前の近世には、個別の現象、個人的な抵抗があるだけだった。十九世紀に形づくられた社会構造は、社会生活や公的な関心の周縁に芸術を位置づけ、その距離はあまりにも遠かったため、公的なイデオロギーの直接的な影響は及ばなかった。このような状況において、芸術は、物質的性格の重い犠牲を払うことで、これまで知られたことのない表現の自由さを獲得し、比較的、かつてない広範な独立と自立を獲得し、それらは、未来に至るまで手放したり、売り渡したりしないものである。それなしでは、もはや生きることはできないだろう。

＊　戦後、タイゲのもとに集った若いシュルレアリストたちが私家版の雑誌『黄道十二宮の星座（Znamení zvěrokruhu）』の刊行を始め、「シュルレアリスムをめぐる第一アンケート」が行なわれる。この文章は、一九五一年五月刊の「双子座（Blíženci）」と題された号に掲載されたタイゲの回答である。［初出］：Teige, Karel. „Odpovědi na anketu“, in: *Znamení zvěrokruhu – Blíženci*, květen 1951, nestr.（カレル・タイゲ「アンケートへの回答」、『黄道十二宮の星座』双子座号、一九五一年五月、頁数なし）。訳出にあたっては、以下を参考にした。Teige, Karel. „Odpověď na anketu“, in: *Osvobozování života a poezie: studie ze 40. let. Výbor z díla III*. Praha: Aurora, 1994, s. 403-416.

註

序章

（1）ミラン・クンデラ『笑いと忘却の書』西永良成訳、集英社、一九九二年、九五－九六頁。

（2）エリュアールの返事は「私は、無実を叫んでいる無実な人々のことでいそがしいから、有罪を主張している有罪の人間にかまっているひまはない」（ブルトン「ポール・エリュアールへの公開書簡」粟津則雄訳、『アンドレ・ブルトン集成　第七巻』人文書院、一九七一年、三六六頁）と、きわめてそっけないものだった。

（3）このような論旨を展開したのは、Tippner, Anja. *Die permanente Avantgarde? Surrealismus in Prag*. Weimar: Bohlau, 2009. である。

（4）Honzík, Karel. *Ze života avantgardy*. Praha: Československý spisovatel, 1963, s. 43.

（5）ヤロスラフ・サイフェルト『この世の美しきものすべて』飯島周・関根日出男訳、恒文社、一九九八年、六三九頁。

（6）Langerová, Marie. „Pohřbívání avantgardy (Diskuse o avantgardě v československé poválečné literární historii a kritice)“, in: Langerová, Marie. – Vojvodík, Josef. –Tippnerová, Anja –Hrdlička, Josef. *Symboly obludností. Mýty, jazyk a tabu české postavantgardy 40. - 60. let*. Malvern, 2009, s. 24.

第Ⅰ章

（1）　この点については、以下の文献を参照のこと。Benson, Timothy O. ed. *Central European Avant-Gardes: Exchange and Transformation, 1910–1930*, Cambridge - Massachusetts: MIT Press, 2002; Witkovsky, Matthew S. "Preface and Acknowledgements", in: *Foto, in Central Europe, 1918-1945*, New York: Thames and Hudson, 2007.

（2）　「デヴィエトスィル（Devětsil）」は、チェコ語で「九つの力」、そしてフキの一種にあたる植物を意味する。前者は「九柱の詩神」を想起させ、後者はチャペック兄弟の短編集『クラコノシェの庭』（一九一八）で用いられている表現である。サイフェルトは回想録で後者を名前の由来として挙げているが、真偽はさだかではない（ヤロスラフ・サイフェルト『この世の美しきものすべて』飯島周・関根日出男訳、恒文社、一九九八年、二二八頁）。なお一九二五年には、「現代文化連盟デヴィエトスィル（Svaz moderní kultry Devětsil）」と名称を変更している。

（3）　U. S. Devěsil (1920), in: Vlašín, Štěpán, ed. *Avantgarda známá i neznámá I*. Praha: Svoboda, 1971, s. 81.

（4）　Ibid.

（5）　Ibid., s. 82.

（6）　Teige, Karel. „Obraz a předobraz“ (1921), in: Vlašín, Štěpán, ed. *Avantgarda známá i neznámá I*, s. 100.

（7）　Čapek, Karel. „Poznámka“ (1921), *ibid*., s. 104.

（8）　*Revoluční sborník Devětsil*. (Reprint). Praha: Filip Tomáš-Akropolis, 2010, s. 7.

（9）　*Ibid*.

（10）　*Ibid*., s. 10.

（11）　ヴィルヘルム・ハウゼンシュタイン『マルクス主義芸術理論叢書6　造形藝術社会学』川口浩訳、叢文閣、一九二九年、一七二頁。

(12) *Revoluční sborník Devětsil*, s. 6.
(13) *Ibid.*, s. 16.
(14) *Ibid.*
(15) *Ibid.*, s. 23-24.
(16) *Ibid.*, s. 31.
(17) 一九二六年、この作品はR・J・スティーヴンソンの「自殺クラブ」を剽窃したものではないかという疑惑の声があがり、シュルツはデヴィエトスィルから除名処分を受けている。だが、自殺者の施設という点で共通点はあるものの、プロットや構成はかなり異なっており、むしろシュルツの独創性が多く見られる。
(18) *Revoluční sborník Devětsil*, s. 15.
(19) *Ibid.*, s. 99.
(20) *Ibid.*
(21) *Ibid.*, s. 171.
(22) この詩篇は、その後、大幅な加筆・修正が加えられたのち、ポエティスム期を代表する詩集『パントマイム』(一九二四)、選集『夜の詩』(一九三〇)に収録されている。本稿では、雑誌『デヴィエトスィル』に掲載されたヴァージョンを対象とする。
(23) *Revoluční sborník Devětsil*, s. 36.
(24) *Ibid.*, s. 37.
(25) *Ibid.*, s. 34.
(26) *Ibid.*, s. 49.
(27) *Ibid.*, s. 190.
(28) *Ibid.*
(29) *Ibid.*, s. 195.

（30）　*Ibid.*, s. 196.

（31）　Teige, Karel. „Naše základna a naše cesta. Několik principiálních poznámek“ (1924), in: Vlašín, Štěpán, ed. *Avantgarda známá i neznámá I*, s. 612.

（32）　*Revoluční sborník Devětsil*, s. 202.

（33）　Teige, Karel. „Naše základna a naše cesta“, s. 613-614.

（34）　Teige, Karel. *Práce Jaromíra Krejcara*. Praha: Václav Petr, 1933, s. 17-23.

（35）　Teige, Karel. „Od artificielismu k surrealismu“ (1938), in: *Zápasy o smysl moderní tvorby: studie z 30. let. Výbor z díla II*. Praha: Československý spisovatel, 1969, s. 448.

（36）　Ibid., s. 449.

第II章

（1）　Nezval, Vítězslav. „Návěstí o poetismu“ (1927), in: Vlašín, Štěpán, ed. *Avantgarda známá i neznámá II*, Praha: Svoboda, 1972, s. 508.

（2）　Teige, Karel. „Malířství a poezie“ (1923), in: Vlašín, Štěpán, ed. *Avantgarda známá i neznámá I*, s. 496.

（3）　Teige, Karel. „Poetismus“ (1924), in: *ibid*, s. 559-560.

（4）　Ibid., s. 556.

（5）　Ibid., s. 560-561.

（6）　ブカレストでもまた同様な試みが行なわれていた。齊藤哲也『ヴィクトル・ブローネル　燐光するイメージ』水声社、二〇〇九年、三五－四一頁を参照。

（7）　Primus, Zdeněk. „Obrazová báseň – entuziastický produkt poetismu“, in: Srp, Karel. ed. *Karel Teige 1900–1951*. Praha: GHMP, 1994, s. 59.

（8）　Teige, „Malířství a pozie“, s. 495-496.

(9) Honzl, Jindřich. „K Pantomimě", in: Vítězslav Nezval: *Pantomina* (Reprint). Praha: Jiří Tomáš – nakl. Akropolis, 2004, s. 139.

(10) Nezval, Vítězslav. *Z mého života*. Praha: Československý spisovatel, 1959, s. 115-116.

(11) ヤロスラフ・サイフェルト『この世の美しきものすべて』飯島周・関根日出男訳、恒文社、一九九八年、四二一－四二二頁。一部、訳文を手に入れた。

(12) Teige, Karel. „Moderní typo"(1927), in: *Svět stavby a básně: studie z 20. let. Výbor z díla I*, s. 234.

(13) Teige, Karel. „Konstrukvitivistická typografie na cestě k nové ormě knihy" (1932), in: *Zápasy o smysl moderní tvorby: studie z 30. let. Výbor z díla II*. Praha: Československý spisovatel, 1969, s. 86-87.

(14) Ibid., s. 88.

(15) Ibid., s. 98.

(16) Ibid., s. 100.

(17) Teige, „Moderní typo", s. 227.

(18) Ibid., s. 226.

(19) Ibid.

(20) Ibid., s. 228.

(21) Ibid., s. 232.

(22) Teige, Karel. „Konstruktivismus a likvidace "umění"" (1925), in: *Zápasy o smysl moderní tvorby: studie z 30. let. Výbor z díla II*, s. 136.

(23) Chvatík, Květoslav. „Karel Teige a pražský strukturalismus", in: *Umění*, roč. XLIII, sv. 1-2, 1995, s. 118.

(24) Effenberger, Vratislav. „Nové umění", in: *Svět stavby a básně: studie z 20. let. Výbor z díla I*, s. 600.

(25) Teige, Karel. *Svět, který se směje*. (Reprint). Praha: Akropolis, 2004, s. 7.

(26) *Ibid.*, s. 9.

(27) *Ibid.*, s. 10.

（28）　*Ibid.*, s. 11.

（29）　*Ibid.*, s. 27.

（30）　Teige, Karel. „Slova, slova, slova" (1927), in: Vlašín, Štěpán, ed. *Avantgarda známá i neznámá II*, Praha: Svoboda, 1972, s. 352.

（31）　Ibid., s. 353.

（32）　Ibid., s. 354.

（33）　Teige, Karel. „Deset let surrealismu" (1934), in: *Zápasy o smysl moderní tvorby: studie z 30. let. Výbor z díla II*, s. 146-147.

（34）　Voskovec, Jiří. „Želva, o které se nikdo nezmiňuje" (1927), in: Vlašín, Štěpán, ed. *Avantgarda známá i neznámá II*, Praha: Svoboda, 1972, s. 444.

第三章

（1）　Štyrský, Jindřich. „Koutek generace I" (1929), in: Vlašín, Štěpán, ed.*Avantgarda známá i neznámá III*, Praha: Svoboda., 1970, s. 102-103.

（2）　Štyrský, Jindřich. „Koutek generace II" (1929), in: *ibid.*, s. 137.

（3）　Štyrský, Jindřich. „Koutek generace III" (1930), in: *ibid.*, s. 180.

（4）　Ibid., s.181.

（5）　Teige, Karel. „Pranýř, dvě židlí, portmonka a humbuk" (1929), in: Vlašín, Štěpán, ed. *Avantgarda známá i neznámá III*, s. 154-155.

（6）　例えば、ヤロスラフ・サイフェルトはこの時期についてこう回想している。「デヴィエトスィルがそろそろ解散しはじめる時がやってきた。あらゆる芸術分野のそのメンバーたちは、文化の最前線に、もはや集団的な盾を必要としなくなり、規律はしばしば緩み、彼らにとって邪魔になりはじめていた。こうして音もたてずに建築家、映画人、それに演劇人、音楽家、そして最後に創設者だった芸術家たちも出ていった。カレル・タイゲはその後、自分の時間のすべてと関心の大部分を建築と芸術論に向けていた」（『この世の美しものすべて』飯島周・関根日出男訳、恒文社、一九九八年、一六七頁）。

（7） Švácha, Rostislav. "Before and After the Mundaneum", in: Dluhosch, Eric. –Švácha, Rostislav. eds. *Karel Teige: L'enfant terrible of the Czech Modernist Avant-Garde*, Cambridge – London: The MIT Press, 1999, p.110.

（8） Teige, Karel. „K teorii konstruktivismu" (1928), in: *Svět stavby a básně: studie z 20. let. Výbor z díla I*. Praha: Československý spisovatel, 1966, s. 369.

（9） Ibid., s. 365

（10） ル・コルビュジエ、ポール・オトレ『ムンダネウム』山名善之・桑田光平訳、筑摩書房、二〇〇九年、三六頁。

（11） 同書、五五頁。

（12） Teige, Karel. „Mundaneum", *Stavba* 7, 1928-1929, s. 153.

（13） ケネス・フランプトン『現代建築史』中村敏男訳、青土社、二〇〇三年、二七九頁。

（14） Le Corbusier. „Obrana architektury: odpověď Karlu Teigovi", *Musaion*, 1931, č. 2, s. 44.

（15） Teige, Karel. „Architektura a třídní boj" (1931), in: *Zápasy o smysl moderní tvorby: studie ze 30 let. Výbor z díla II*. Praha: Společnost Karla Teiga, 2012, s. 29.

（16） Ibid., s. 43.

（17） Ibid., s. 44.

（18） Teige, Karel. *Nejmenší byt*. Praha: V. Petr, 1932, s. 17.

（19） Dluhosch, Eric. "Teige's Minimum Dwelling As a Critique of Modern Architecture", in: *Karel Teige: L'enfant terrible of the Czech Modernist Avant-Garde*, p.144.

（20） Teige, *Nejmenší byt*, 35-36.

（21） *Ibid.*, s. 28.

（22）*Ibid*., s. 25.

（23）*Ibid*., s. 163.

（24）「本書は、第一に女性に向けて書かれたものであるが、既に公にされている数多くの建築理論・建築的命題に加え、ここにさらに新しいものがひとつ提示されるからといって、彼女らに危惧の念を抱いて欲しくはない。本来そうした書は、むしろきわめて簡潔に今日の住宅事情を理解させるものでなければならないし、また主婦の負担を軽減させていくという方策はどのように実現可能か、という問いに対して細やかな概略を提示しなければならないのである。〔……〕というのも、女性こそがそもそも住まいの作り手なのであり、しかも今日、その女性の傍に存在すべきあらゆる事柄が間断なく片っ端から消滅し続けてしまっているからである。従って、今こそこう言おう。『建築家が考え、主婦は操る』のだ」（ブルーノ・タウト『新しい住居　つくり手としての女性』斎藤理訳、中央公論美術出版社、二〇〇四年、三頁）。

（25）アンドレ・ブルトン「超現実主義第二宣言」、『超現実主義宣言』生田耕作訳、中公文庫、一九九九年、八五頁。

（26）Teige, Karel. „Vývoj sovětské architektury“ (1936), in: *Zápasy o smysl moderní tvorby: studie z 30. let. Výbor z díla II*, s. 361-362.

（27）Švácha, Rostislav. „Surrealismus a česky funkcionalismus“, *Umění LV*, 2007, s. 316–328.

（28）Teige, *Nejmenší byt*, s. 33.

（29）Teige, „Vývoj sovětské architektury“, s. 365.

（30）Teige, *Nejmenší byt*, s. 288.

（31）Teige, Karel. „Vývoj sovětské architektury“, in: Teige, Karel. – Kroha, Jiří. *Avantgardní architektura*. Praha: Československý spisovatel, 1969, s. 41.

第四章

（1）Nezval, Vítězslav. *Z mého života*. Praha: Československý spisovatel, 1959, s. 200.

（2） Nezval, Vítězslav. „Předmluva"(*Zvěrokruh 1*, 1930), in: *Zvěrokruh 1 / Zvěrokruh 2 / Surrealismus v ČSR / Mezinárodní bulletin surrealismu / Surrealismus*. Praha: Torst, 2004, s. 1.

（3） Teige, Karel. „Báseň, svět, člověk" (1930), in: *Svět stavby a básně: studie z 20. let. Výbor z díla I*. Praha: Československý spisovatel, 1966, s. 491.

（4） Teige, Karel. „Od artificielismu k surrealismu" (1938), in: *Zápasy o smysl moderní tvorby: studie z 30. let. Výbor z díla II*. Praha: Československý spisovatel, 1969, s. 464.

（5） Vítězslav Nezval: „Neviditelná Moskva" (1935), in: *Dílo XXXI*, Praha: Československý spisovatel, 1958, s. 14.

（6） Ibid., s. 15.

（7） Ibid., s. 48.

（8） Ibid., s. 53.

（9） Černý, Václav. „Několik poznámek o Nezvalově surrealistické próze" (1938), in: *Tvorba a osobnost I*, Praha: Odeon, 1992, s. 618.

（10） „Surrealismus v ČSR" (1934), in: *Zvěrokruh 1 / Zvěrokruh 2 / Surrealismus v ČSR / Mezinárodní bulletin surrealismu / Surrealismus*. Praha: Torst, 2004, s. 115.

（11） 詳細については、ヴィーラント・ヘルツヴェルト『ジョン・ハートフィールド』針生一郎訳、水声社、二〇〇四年、九三－一〇四頁参照。

（12） „Surrealismus v ČSR" (1934), in: *Zvěrokruh 1 / Zvěrokruh 2 / Surrealismus v ČSR / Mezinárodní bulletin surrealismu / Surrealismus*, s. 115.

（13） 望月哲男「社会主義リアリズム論の現在」、『岩波講座　文学一〇　政治への挑戦』二〇〇三年、九五頁。

（14） Teige, Karel. „Socialistický realismus a surrealismus" (1935), in: *Zápasy o smysl moderní tvorby, Studie z 30. let, Výbor z díla II*, Praha: Československý spisovatel, 1969, s. 238,

（15） Ibid., s. 252.

(16) ボリス・グロイス『全体芸術様式スターリン』亀山郁夫・古賀義顕訳、現代思潮新社、二〇〇〇年、一〇二頁。
(17) 同書、一二〇―一二一頁。
(18) Teige, Karel. „Surrealismus není uměleckou školou“, in: *První výstava Surrealistický skupiny v ČSR*. Praha: SVU Mánes, 1935, s. 4.
(19) Ibid.
(20) アンドレ・ブルトン「オブジェのシュルレアリスム的状況」田淵晋也訳、『アンドレ・ブルトン集成 第五巻』人文書院、一九七〇年、二三一頁。
(21) Eluard, Paul. *Lettres à Gala*. Paris, Gallimard, 1984, pp. 252-253.
(22) ブルトン「オブジェのシュルレアリスム的状況」、『アンドレ・ブルトン集成 第五巻』、二六〇―二六一頁。
(23) ブルトン「今日の芸術の政治的位置」田淵晋也訳、『アンドレ・ブルトン集成 第五巻』人文書院、一九七〇年、一六六頁。
(24) なお、プラハの『国際公報』に署名をしたのは、「コンスタンチン・ビーブル、アンドレ・ブルトン、ボフスラフ・ブロウク、ポール・エリュアール、インジフ・ホンズル、ヤロスラフ・イエジェク、ヴィンツェンツ・マコフスキー、ヴィーチェスラフ・ネズヴァル、インジフ・シュティルスキー、カレル・タイゲ、トワイヤン」。一九三四年のグループ結成時に署名をしていたカティ・キング、イムレ・フォルバート、ヨゼフ・クンシュタットの名前は『国際公報』からは消えており、代わりにタイゲの名前が加わっている。
(25) アンドレ・ブルトン「シュルレアリスム国際ブレティン」稲田三吉・笹本孝・塚原史訳、『シュルレアリスム読本4 シュルレアリスムの資料』思潮社、一九八一年、一六九頁。
(26) Nezval, Vítězslav. *Ulice Gît -Le-Cœur*. Praha: Fr. Borový, 1936, s. 61.

第五章

(1) Teige, Karel. „Od artificielismu k surrealismu“ (1938), in: *Zápasy o smysl moderní tvorby: studie z 30. let. Výbor z díla II.*

Praha: Československý spisovatel, 1969, s. 447.

（2）Nezval, Vítězslav. *Z mého života*. Praha: Československý spisovatel, 1978, s. 148.

（3）Teige, „Od artificielismu k surrealismu“, s. 447-448.

（4）Ibid., s. 457.

（5）インドジフ・シュティルスキー、トワイヤン「人工主義」（一九二七）宮崎淳史訳、『アヴァンギャルド宣言　中東欧のモダニズム』井口壽乃・圀府寺司編、三元社、二〇〇五年、一〇三頁。

（6）Teige, „Od artificielismu k surrealismu“, s. 460.

（7）Štyrský, Jindřich. „Básník“ (1926), in: *Texty*. Praha: Argo, 2007, s. 26.

（8）Ibid.

（9）Teige, „Od artificielismu k surrealismu“, s. 466-467.

（10）Teige, Karel. „Poesie a revoluce“(1936), in: *Zápasy o smysl moderní tvorby: studie z 30. let. Výbor z díla II*, s. 249.

（11）ボフミル・フラバル「黄金のプラハをお見せしましょうか?」橋本聡訳、『ポケットのなかの東欧文学』飯島周・小原雅俊編、成文社、二〇〇六年、三二七頁。

（12）Teige, Karel. „Revoluční romantik Karel Hynek Mácha“ (1936), in: *Zápasy o smysl moderní tvorby: studie z 30. let. Výbor z díla II*, s. 314-315.

（13）ロマーン・ヤーコブソン「詩とは何か?」大平陽一訳、『ロマーン・ヤーコブソン選集3　詩学』川本茂雄編、川本茂雄・千野栄一監訳、大修館書店、一九八五年、三一頁。

（14）Teige, „Revoluční romantik Karel Hynek Mácha“, s. 316.

（15）Teige, Karel. „Moskevský proces“ (1936), in: *Zápasy o smysl moderní tvorby: studie z 30. let. Výbor z díla II.*, s. 348.

（16）Teige, Karel. *Surrealismus proti proudu* (1938), in: *Výbor z díla II. Zápasy o smysl moderní tvorby. Studie z třicátých let.* Praha, Společnost Karla Teiga, 2012, s. 502.

（17）*Ibid.*, s. 514.

(18) *Ibid.*, s. 533.
(19) *Ibid.*, s. 491.
(20) *Ibid.*, s. 498.

第六章

(1) Teige, Karel. „Osud umělecké avantgardy v obou světových válkách" (1946), in: *Osvobozování života a poezie: studie ze 40. let. Výbor z díla III*. Praha: Aurora, 1994, s. XX.
(2) アンドレ・ブルトン『シュルレアリスムと絵画』粟津則雄・巖谷國士・大岡信・松浦寿輝・宮川淳訳、一九九七年、人文書院、一八頁。
(3) 同論考の一部はそのまま、一九四五年、『クヴァルト』に発表された「内的モデル」に転用されている。
(4) Teige, Karel. „Jan Zrzavý — Předchůdce" (1941), in: *Osvobozování života a poezie: studie ze 40. let. Výbor z díla III.*, s. 19.
(5) Ibid., s. 21.
(6) Vojvodík, Josef. "Vnitřní model", in: Vojvodík, Josef. – Wiendl, Jan. eds. *Heslář české avantgardy: Estetické koncepty a proměny uměleckých postupů v letech 1908 - 1958*, Praha: Univerzita Karlova, 2011, s. 396.
(7) Teige, „Jan Zrzavý — Předchůdce", s. 22.
(8) タイゲが光学の語彙を用いた背景には、内的視覚のヴィジョンを探求した生理学者ヤン・エヴァンゲリスタ・プルキニェ（Jan Evangelista Purkyně, 1787-1869）の影響があったという指摘もある。
(9) Veselý, Dalibor. "Surrealism, Mannerism and Disegno interno", *Umění*, LXI(4), 2013, s. 310.
(10) Teige, Karel. "Střelnice" (1946), in: *Osvobozování života a poezie: studie ze 40. let. Výbor z díla III*, s. 87.
(11) Teige, „Jan Zrzavý — Předchůdce", s. 22.
(12) Ibid., s. 23.
(13) タイゲは、一九四一年に刊行されたニコラウス・シュヴァルツコフ著『グリューネワルト』のチェコ語訳にも解説文を寄せている。
(14)　グスタフ・ルネ・ホッケ『迷宮としての世界――マニエリスム美術』種村季弘・矢川澄子訳、美術出版社、一九六六年、七七-八一頁を参照。
(15)　マックス・ドヴォルシャック『精神史としての美術史――ヨーロッパ芸術精神の発展に関する研究』中村茂夫訳、岩崎美術社、一九六六年、一一〇頁。
(16)　一九一九年からカレル大学で美術史を学んでいたタイゲは、ウィーン学派のヴォイチェフ・ビルンバウムに師事しており、ドヴォジャークの著書『グレコとマニエリスム』(一九二一)を知っていた可能性があるとヴォイヴォジークは指摘している(Vojvodík, Josef. „*Jít dále do duchovní oblasti!* Teigova teorie *vnitřního modelu* a jeho návrat k Maxu Dvořákovi", in: *Povrch, skrytost, ambivalence. Manýrismus, baroko a (česká) avantgarda*, Praha: Argo, 2008, s. 221.)。
(17)　Teige, Karel. „Bohumil Kubišta" (1949), in: *Osvobozování života a poezie: studie ze 40. let. Výbor z díla III.*, s. 374.
(18)　Ibid., s. 382.
(19)　Ibid., s. 385.
(20)　Teige, „Střelnice", s. 91-92.
(21)　Ibid., s. 93.
(22)　Ibid., s. 94.
(23)　Ibid., s. 96.
(24)　Teige, „Jan Zrzavý — Předchůdce", s. 33-34.
(25)　Teige, „Bohumil Kubišta", s. 371.
(26)　Teige, „Jan Zrzavý — Předchůdce", s. 30.
(27)　Petříček Jr., Miroslav. "Karel Teige: Art Theory between Phenomenology and Structuralism", in: Dluhosch, Eric. - Švácha, Rostislav. eds., *Karel Teige 1900-1951: L'Enfant Terrible of the Czech Modernist Avant-Garde*, Massachusetts: The MIT Press,1999, p. 326.

（28） Teige, Karel. „Fenomenologie umění“ (1951), in: *Osvobozování života a poezie: studie ze 40. let. Výbor z díla III*, s. 460.

（29） Teige, Karel. *Vývojové proměny v umění*. Praha: Nakladatelství československých výtvarných umělců, 1966, s. 33.

（30） これは、ジャクリーヌ・シェニウー＝ジャンドロンが「内的モデル」の演出の必要性を強調する点と呼応する（ジャクリーヌ・シェニウー＝ジャンドロン『シュルレアリスム、あるいは作動するエニグマ』齊藤哲也編、鈴木雅雄・長谷川晶子・永井敦子・谷口亜沙子・中田健太郎訳、水声社、二〇一五年、一〇二－一〇三頁）。

（31） Teige, Karel. „Obraz a předobraz“ (1921), in: *Svět stavby a básně: studie z 20. let. Výbor z díla I*. Praha: Československý spisovatel, 1966, s. 29.

（32） 宮崎淳史は同語を「前イメージ」と訳している。タイゲ「イメージと前イメージ」、井口壽乃・圀府寺司編『アヴァンギャルド宣言　中東欧のモダニズム』三元社、二〇〇五年、四八－五五頁。

（33） Teige, „Jan Zrzavý — Předchůdce“, s. 31.

（34） Teige, Karel. *Jarmark umění*. Praha: Československý spisovatel, 1964, s. 60.

第七章

（1） とりわけ、一九四〇年代中葉、ヤン・ムカジョフスキーに誘われて、大学でのポストも検討していたことは資料で明らかになっている。

（2） Lahoda, Vojtěch. „Utopická krajina Érota a poezie. Koláže Karla Teigeho 1935-1951“, in: *Karel Teige 1900-1951*. Praha: Galerie hl. m. Prahy, 1994, s. 136-137.

（3） Teige, Karel. „O fotomontáži“ (1932), in: *Zápasy o smysl moderní tvorby: studie z 30. let. Výbor z díla II*. Praha: Československý spisovatel, 1969, s. 75.

（4） 詳細は、拙著『イジー・コラーシュの詩学』成文社、二〇〇六年、三二一－三二二頁参照。

（5） Teige, „O fotomontáži“, s. 72.

（6） Ibid., s. 72-73.

(7) Ibid., s. 79.
(8) グザヴィエル・ゴーチエ『シュルレアリスムと性』三好郁朗訳、平凡社ライブラリー、二〇〇五年、六八頁。
(9) Teige, „Střelnice“, s. 96.
(10) Michalová, Rea. *Karel Teige - Kapitán avantgardy*. Praha: Kant, 2016, s. 421-422.
(11) Teige, Karel. „Předmluva o architecture a přírodě“ (1947), in: *Osvobozování života a poezie: studie ze 40. let. Výbor z díla III*. Praha: Aurora, 1994, s. 257.
(12) Ibid., s. 271.
(13) Ibid., s. 284.
(14) Ibid., s. 286-287.
(15) Ibid., s. 289.

終章

(1) アンドレ・ブルトン「第三の方舟」、『アンドレ・ブルトン集成　第七巻』粟津則雄訳、人文書院、一九七一年、一六三頁。
(2) Ivšić, Radovan. „Bezmezná vášeň bytí“, in: Bydžovská, Lenka. –Srp, Karel. eds. *Český surrealismus 1929-1953*. Praha: Argo a Galerie hlavního města Prahy, 1996, s. 454.
(3) Teige, Karel. „Mezinárodní surrealismus“ (1947), in: *Osvobozování života a poezie: studie ze 40. let. Výbor z díla III*, s. 334-335.
(4) Effenberger, Vratislav. *Realita poezie*. Praha: Mladá fronta, 1969, s. 265.
(5) Král, Petr. *Le surréalisme en Tchécoslovaquie*. Paris: Gallimard, 1983, p.XX.
(6) Teige, Karel. „Odpověď na anketu“ (1951), in: *Osvobozování života a poezie: studie ze 40. let. Výbor z díla III*, s. 412.
(7) Havlíček, Zbyněk. „K Dějinám surreliasmu“, in: *Skutečnost snu*. Praha: Torst, 2004, s. 233.

（8） ヤロスラフ・サイフェルト『この世の美しきものすべて』飯島周・関根日出男訳、恒文社、一九九八年、六三六頁。

（9） Karel Teige, „Odpověď na anketu“, s.404.

略年譜

1900

十二月十三日、プラハ市古文書館職員の歴史家ヨゼフ・タイゲ（一八六二－一九二一）、ヨラナ・タイゴヴァー（旧姓フォウスコヴァー）（一八七七－一九三一）の長男として、プラハに生まれる。

1911

プラハのクジェメンツォヴァ通りの国立実科ギムナジウムに入学。同級生には、アドルフ・ホフマイステル、アロイス・ヴァクスマン、ヴラジスラフ・ヴァンチュラがいた。

1912

日記を書き始めたほか、絵画、写真にも関心を寄せる。

1916

パンクラーツで友人たちと展覧会を開催し、「新しい芸術に直面して」という講義を行なう。

1917

キュビスム、未来主義に影響を受けた水彩画、版画を作成。雑誌『ディ・アクツィオーン』に初めてグラフィックが掲載される。

1919

六月、ギムナジウム卒業。

秋、カレル大学哲学部美術史専攻に登録。カレル・ヒチル、フランチシェク・ドルチナ、F・X・シャルダ、ヒネク・ヴィソツキー、ヴォイチェフ・ビルンバウムらの講義を聴講。

1920

十月五日、プラハのカフェ・ウニオンで芸術家連盟デヴィエトスィル結成。代表にはヴラジスラフ・ヴァンチュラが就き、タイゲは理論的なスポークスマンとなる。

1921

八月、文化組織プロレートクルト結成、同名の雑誌がS・K・ノイマンの編集で刊行を開始。タイゲも編集にたずさわる。

十二月、マリネッティがプラハを訪問し、デヴィエトスィルのメンバーと親交を深める。タイゲが装幀を手がけたヤロスラフ・サイフェルトの詩集『涙に埋もれた街』刊行。

1922

一月、タイゲとサイフェルト、プロレートクルトから解雇。

六－七月、パリに滞在し、イヴァン・ゴル、マン・レイ、ブランクーシ、レジェ、ル・コルビュジエらと知り合う。

十二月、サイフェルトともに編纂した『革命論集デヴィエトスィル』刊行、プロレタリア芸術の見直しを図る。

1923

一月、『ジヴォットII』（編集担当はヤロミール・クレイツァル）刊行。

二月、建築家クラブ発行の雑誌『建設（スタヴバ）』の編集委員となり、第二号からは主幹となる。

四月、展覧会図録として、初めての単著『アレクサンダー・アーキペンコ』刊行。

六月、カレル大学退学。

八月、ワイマールのバウハウス主催の国際建築展にデヴィエトスィルの建築家とともに参加、グロピウスらと親交を深める。

十一月、『ディスク』第一号刊行。デヴィエトスィルの展覧会〈現代芸術のバザール〉がプラハの芸術家の家で開催。

1924

三月、ヨゼフィナ（ヨシュカ）・ネヴァシロヴァーと知り合い、生涯にわたってタイゲのパートナーとなる。

七月、雑誌『ホスト』に、タイゲによるマニフェスト「ポエティスム」が掲載される。

八月、サイフェルトとともに、欧州旅行（ウィーン、ミラノ、パリなど）。

九月、ネズヴァルの詩集『パントマイム』（装幀タイゲ）刊行。

十月、テオ・ファン・ドゥースブルフがプラハで講演。以降、タイゲの発案による連続講演「新しい建築にむけて」が開催。

1925

一月、ル・コルビュジエとA・オーザンファンがプラハで講演。

春、サイフェルト『TSFの波に乗って』（装幀タイゲ）刊行。『ディスク』二号刊行、論文「構成主義と《芸術》の清算」が掲載。

九月、出版社オデオンが活動を開始し、タイゲは装幀家として同社の作品を手がける。

十月、チェコ知識人の派遣団の一員として、モスクワ、レニングラード訪問。

1926

一月、デヴィエトスィルの演劇部門として解放劇場がオープン。

四月、解放劇場で「ネズヴァルの夜」が開催、戯曲のほか、ミルチャ・マイエロヴァーによる「アルファベット」の舞踏も披露。

五月、プラハの芸術家の家で〈現代文化連盟デヴィエトスィル〉展が開催、当時の前衛芸術家が揃って出品する。

十二月、ネズヴァルの詩集『アルファベット』（装幀タイゲ）刊行。

1927

三月、論集『建設と詩』が刊行。

六月、装幀を手がけた書籍がライプチヒの国際書籍芸術展に出品。ヤロミール・クレイツァル設計によるプラハ、チェルナー通り一二番地aの自宅の改築認可が下りる。

八月、ボードレール『ファンファルロ』（タイゲによる装幀及び後書き、ネヴァシロヴァー訳）刊行。

十月、雑誌『ReD』刊行開始。

十二月、「モダン・タイポ」が『ティポグラフィア』誌に掲載。

1928

六月、プラハのアヴェンティヌムの屋根裏で「シュティルスキーとトワイヤン」展、タイゲは図録に序文を寄稿。『ReD』の特別号（一号九巻）として「ポエティスム宣言」（通称「ポエティスム第二宣言」）が刊行。

七月、雑誌『建設』に「構成主義の理論に寄せて」を発表。

十月、ル・コルビュジエがプラハを訪問し、タイゲがプラハの建築を案内する。

十一月、論集『笑いを浮かべる世界』刊行。

1929

四月、ル・コルビュジェのプロジェクトを批判する論考「ムンダネウム」を『建設』に発表。叢書〈国際現代建築〉（MSA）を開始。『ReD』にバイヤーの字体の修正案を発表。

六月、パリ訪問。

十月、シュティルスキーが「世代の片隅」を発表し、世代間の議論が始まる。「左翼戦線」が設立され、タイゲは初代代表となる（一九三〇年十一月まで）。

1930

一月、ハンネス・マイヤーの招聘により、デッサウのバウハウスで現代文学、タイポグラフィーの講演を行なう。

三月、バウハウスでふたたび講演を行ない、後に講演原稿は「建築の社会学に向けて」という題名で『ReD』特別号として刊行。

春、『チェコスロヴァキアにおける現代建築』刊行。CIAMのチェコスロヴァキア部会の活動が開始。

八月、ナチスによるバウハウスの閉鎖に抗議する文章を発表。

十一月、ブリュッセルのCIAM国際会議に出席。ネズヴァル編による『黄道十二宮』（全二号）刊行。

1931

一月、論集『香りを放つ世界』の後書きを脱稿。

五月、編集を担当する雑誌『ソヴィエトの国』（－一九三六）刊行開始。フランチシェク・ボロヴィー社と仕事を始める。

七月、『ReD』最終号刊行、デヴィエトスィルの活動が実質的に終わる。

1932

『最少住宅』刊行。

八－十月、『ジイェメ』誌に「フォトモンタージュについて」を発表。

1933

七月、ソ連への移住を一時期検討する。

八－十月、『トヴォルバ』誌に「知識人たちと革命」を発表、建築のテーマから離れ、造形芸術へ回帰する。

秋、『失業者の田園都市』刊行。『ヤロミール・クレイツァルの作品』刊行。

1934

一月、デザイナー、ラジスラフ・ストナルの初めての個展が開催され、タイゲが開会の辞を述べる。

三月二十一日、チェコスロヴァキアにおけるシュルレアリスト・グループ結成、シュティルスキーとの関係が悪かったタイゲは結成時には参加せず。同二十八日、ボフスラフ・ブロウクの資金提供により、小冊子「チェコスロヴァキアにおけるシュルレアリスム」刊行。

五月一日、タイゲとシュティルスキーが和解し、タイゲはシュルレアリスト・グループに参加。五月二十八日、左翼戦線主催によるシュルレアリスムをめぐる討論会が行なわれ、タイゲは基調講演「シュルレアリスムの十年」を行なう

（講演記録は、のちにタイゲ、ラジスラフ・シュトル編『討論されるシュルレアリスム』としてまとめられる）。十一月十四日、左翼戦線主催による第二討論会が行なわれ、タイゲは「社会主義リアリズムとシュルレアリスム」という題で講演（同講演も『社会主義リアリズム』として翌年刊行）。

『右の建築、左の建築』刊行。

1935

一月、プラハのマーネスで、チェコスロヴァキアにおけるシュルレアリスト・グループ第一回展が開催。

三月二十七日、画家ヨゼフ・シーマに付き添われて、アンドレ・ブルトン、ジャクリーヌ、ポール・エリュアールがプラハに到着、四月十日まで滞在。

四月、チェコ語とフランス語の二言語表記の『シュルレアリスム国際公報』刊行。

八－九月、ブルトンから「シュルレアリストたちが正しかったとき」への署名を求められるが、タイゲらが反対し、チェコのシュルレアリスト・グループは署名せず。

1936

二月、ネズヴァル編による『シュルレアリスム』刊行、タイゲは「ポエジーと革命」を寄稿。シュルレアリスト・グループ編による『白鳥さえも、月さえも』刊行。

八月、モスクワ裁判を批判する文章を執筆するも、タイゲ本人が知らぬ間に掲載見送りとなる。

1937

プラハのD三七で、シュルレアリスムに賛同する若い芸術家（F・グロス、B・ラツィナ、L・ズィーヴル、M・ハーク、V・ジクムント）の展覧会が行なわれ、タイゲが開会の辞を述べる。

1938

一月、『シュティルスキーとトワイヤン』（ネズヴァル序文、タイゲ結語）刊行。

三月七日、プラハのワインケラー〈ウ・ロハ〉で、激しい討論の後、ネズヴァルが一方的にグループの解散を宣言。三月十四日、ネズヴァルを除くメンバーが集い、活動の継続を確認。

五月、『流れに抗うシュルレアリスム』刊行。
九月二十九－三十日、ミュンヘン会談。

1939

三月十五日、ボヘミア・モラヴィア保護領となる。
フランス革命から現代までの芸術の変容を主題とする『現代芸術の現象学』（十巻の予定、未完）の執筆を開始。
七月、ヤン・ギラル設計による別荘がノヴィー・ヴェステッツに完成。

1940

九月、「ヤン・ズルザヴィー――先駆者」執筆（論集『ヤン・ズルザヴィーの作品』に収録され、翌年刊行）。

1941

メラントリフ社との仕事を始める。
九月、エヴァ・エベルトヴァーと出会う。

1942

協同組合（ドルシュテヴニー・プラーツェ）社と、『幻想芸術』の刊行契約を結ぶも、実現せず。

1944

ブルノの若いシュルレアリスト（のちのグループRa）との交流が始まる。

1945

十一月、トピッチ・サロンで〈トワイヤン〉展、タイゲは図録に巻頭言を寄せる。『芸術の市場』と「ヤン・ズルザヴィー――先駆者」を博士論文として、カレル大学哲学部に提出。

1946

四月、トワイヤンとともに準備したシュティルスキーの回顧展がマーネス画廊で開催。
六月、博士論文審査を申請するも、最終試験を受験せず。
十二月、ヴラチスラフ・エッフェンベルゲルと出逢う。

1947

十一月、トピッチ・サロンで〈シュルレアリスム国際展〉、図録はブルトンの「第二の箱舟」とともに、タイゲの「シュルレアリスム国際展」を収録。

1948

一月、タイゲのもとで、若い世代のシュルレアリストが集うようになる（ヴラチスラフ・エッフェンベルゲル、カレル・ヒネク、ヴァーツラフ・チカル、ヨゼフ・イストレル、ミクラーシュ・メデク、リボル・ファーラ、エミラ・メトコヴァー）。

二月、二月事件により共産党の独裁体制が強化される。

八月、美学者ヤン・ムカジョフスキーがタイゲをカレル大学の教授に推薦するが、実現せず。

1949

戦前のアヴァンギャルド、とりわけタイゲに対する批判キャンペーンが始まる。

1950

一月、チェコスロヴァキア作家連盟の作業部会でL・シュトルがタイゲを批判。

六月、タイゲの友人であり、シュルレアリスムの理解者だったザーヴィシュ・カランドラが処刑される。

1951

一月、シュルレアリスト・グループが論集『黄道十二宮の徴』を地下出版。

十月一日、心臓発作のため、死去。ヨゼフィナ・ネヴァシロヴァー（十月五日）、エヴァ・エベルトヴァー（十月十一日）も自殺を図る。

書誌

A　カレル・タイゲの著作

Archipenko. Praha: Devětsil, 1923.

Stavba a báseň. Umění dnes zítra. Výbor statí z let 1919-1926. Praha: Vaněk & Votava, 1927.

Svět, který se směje. O humoru, clownech a dadaistech. Praha: Odeon - J. Fromek, 1928 / (Reprint) Praha: Akropolis, 2004.

Sovětská kultura. Praha: Odeon – J. Fromek, 1928.

Svět, který voní. O humoru, clownech a dadaistech. Praha: Odeon - J. Fromek, 1930 / (Reprint) Praha: Akropolis, 2004.

Nejmenší byt. Praha: V. Petr, 1932.

Práce Jaromíra Krejcara. Praha: V. Petr, 1933.

Zahradní města nezaměstnaných. Praha: M. Pavlová, 1933.

Architektura pravá a levá. Praha: M. Pavlová, 1934.

Jarmark umění. Praha: Nakladatelství a galerie Živého umění- F. J. Müller, 1936.

Vladimír Majakovskij. Praha: J. Prokopová, 1936.

Sovětská architektura. Praha: P. Prokop, 1936.

Surrealismus proti proudu. Praha: Surrealistická skupina, 1938.

L'architecture moderne en Tchécoslovaquie. Praha: Ministère de l'information, 1947. / *Modern Architecture in Czechoslovakia*. Praha: Czechoslovak Ministry of Infomarion, 1947.

Das moderne Lichtbild in der Čechoslovakei. Praha: Orbis, 1947.

Vývojové proměny v umění. Praha: Nakladatelství československých výtvarných umělců, 1966.

Svět stavby a básně: studie z 20. let. Výbor z díla I. Praha: Československý spisovatel, 1966.

Zápasy o smysl moderní tvorby: studie z 30. let. Výbor z díla II. Praha: Československý spisovatel, 1969. / [Reprint] Praha: Společnost Karla Teiga, 2012.

Osvobozování života a poezie: studie ze 40. let. Výbor z díla III. Praha: Aurora, 1994.

B　カレル・タイゲの展覧会図録および研究書（刊行年順）

Král, Petr. *Karel Teige a film*. Praha: Filmový ústav, 1966.

Císařová, H. – Castagnara Codeluppi, M., eds. *Karel Teige, Architecture and Poetry*. Milano: Rassegna, 1993.

Karel Teige 1900-1951. Praha: Galerie hlavního města Prahy – Památník národního písemnictví – Ústav dějin umění AV ČR – Uměleckoprůmyslové muzeum v Praze, 1994

Dluhosch, Eric – Švácha, Rostislav, eds. *Karel Teige: L'enfant terrible of the Czech Modernist Avant-Garde*, Cambridge, Mass. – London: The MIT Press, 1999.

Karel Teige: surrealistické koláže 1935-1951 ze sbírek Památníku národního písemnictví v Praze. Praha: Středoevropská galerie a nakladatelství, 1994.

Srp, Karel. *Karel Teige*. Praha: Torst a Památník národního písemnictví, 2001.

Wiendl, Jan, ed. *Čtení o Karlu Teigovi: Vize, realizace, divergence 1919-1938*. Praha: Institut pro studium literatury, 2015.

Michalová, Rea. *Karel Teige - Kapitán avantgardy*. Praha: Kant, 2016.

C　チェコ・アヴァンギャルド、シュルレアリスム関連文献（主にタイゲと関連があるもののみ）

Anděl, Jaroslav. *Umění pro všechny smysly: Meziválečná avantgarda v Československu*. Praha: Národní galerie v Praze, 1993.

Ani labuť ani Lůna. Sborník k 100. výročí smrti K. H. Máchy. (Reprint). Praha: Concordia, 1995.

Benson, Timothy O. ed. *Central European Avant-Gardes: Exchange and Transformation, 1910–1930*, Cambridge - Massachusetts: MIT Press, 2002.

Brabec, Jiří. *Panství ideologie a moc literatury*. Praha: Akropolis, 2009.

Brouk, Bohuslav. *Na obranu individualismu. Publicistika z let 1930-1960*. Praha: Academia, 2014.

Bydžovská, Lenka – Srp, Karel, eds. *Český surrealismus 1929-1953*. Praha. Argo a Galerie hlavního města Prahy, 1996.

Bydžovská, Lenka – Srp, Karel. *Jindřich Štyrský*. Praha: Argo, 2007.

Bydžovská, Lenka – Srp, Karel. *Krása bude křečovitá: Surrealismus v Československu 1933–1939*. Hluboká nad V. : Arbor vitae - Alšova jihočeská galerie, 2016.

Dvorský, Stanislav – Effenberger, Vratislav – Král, Petr, eds. *Surrealistické východisko 1938-1968*. Praha: Československý spisovatel, 1969.

Effenberger, Vratislav. „Nové umění“, in: Karel Teige: S*vět stavby a básně. Studie z 20. let. Výbor z díla I*. Praha: Československý spisovatel, 1966, s. 575-619.

Effenberger, Vratislav. „O podstatnost tvorby“, in: Karel Teige: *Zápasy o smysl moderní tvorby: studie z 30. let. Výbor z díla II*. Praha: Československý spisovatel, 1969, s. 679-728.

Effenberger, Vratislav. *Realita a poezie*. Praha: Mladá fronta, 1969.

Effenberger, Vratislav. *Výtvarné projevy surrealismu*. Praha: Odeon, 1969.

Effenberger, Vratislav. „Vývojová cesta“, in: Karel Teige: *Osvobozování života a poezie: studie ze 40. let. Výbor z díla III*. Praha: Aurora, 1994, s. 600-664.

Hamanová, Růžena. *Magnetická pole: André Breton a Skupina surrealistů v Československu 1934-1938*. Praha: Památník národního písemnictví, 1993.

Honzík, Karel. *Ze života avantgardy: zážitky architektovy*. Praha: Československý spisovatel, 1963.

Chvatík, Květoslav. – Pešat, Zdeněk, eds. *Poetismus*. Praha: Odeon, 1967.

Chvatík, Květoslav. *Strukturalismus a avantgarda*. Praha: Československý spisovatel, 1970.

Jarmark umění. Praha: Společnost Karla Teiga, 1990-1997, č. 1 - c. 13.

Kalandra, Záviš. *Intelektuál a revoluce*. Praha: Československý spisovatel, 1994.

Král, Petr. *Fotografie v surrealismu*. Praha: Torst, 1994.

Lahoda, Vojtěch, et al. *Dějiny českého výtvarného umění IV/2, 1890-1938*. Praha: Academia, 1998.

Langerová, Marie. – Vojvodík, Josef. – Tipnnerová, Anja. – Hrdlička, Josef. *Symboly obludností. Mýty, jazyk a tabu české postavantgardy 40. – 60. let*. Praha: Malvern, 2009.

Mukařovksý, Jan. *Studie z estetiky*. Praha: Odeon, 1966.

Nádvroníková, Alena. *K surrealismu*. Praha: Torst, 1998.

Nezval, Vítězslav. „Neviditelná Moskva“, in: *Dílo XXXI*, Praha: Československý spisovatel, 1958.

Nezval, Vítězslav. *Z mého života*. Praha: Československý spisovatel, 1959

Nezval, Vítězslav. *Pantomina* (Reprint). Praha: Jiří Tomáš – nakl. Akropolis, 2004, s. 139.

Pachmanová, Martina. *Neznámá území českého moderního umění: Pod lupou genderu*. Praha: Argo, 2004.

Revoluční sborník Devětsil. (Reprint). Praha: Filip Tomáš-Akropolis, 2010.

Seifert, Jaroslav. *Město v slzách. Samá láska. Básně a prózy do sbírek nezařazené (1918-1922). Překlady. Dubia. Dílo Jaroslava Seiferta, svazek 1*. Praha: Akropolis, 2001.

Sejfert, Jaroslav. *Všecky krásy světa*. Praha: Československý spisovatel, 1992.［ヤロスラフ・サイフェルト『この世の美しきものすべて』飯島周・関根日出男訳、恒文社、一九九八年］

Srp, Karel. *Toyen*. Praha: Galerie hlavního města Prahy - Argo, 2000.

Srp, Karel. *Jindřich Štyrský*. Praha: Torst, 2001.

Štyrský, Jindřich. *Texty*. Praha: Argo, 2007.

Tipnner, Anja. *Die permanente Avantgarde? Surrealismus in Prag*. Weimar: Bohlau, 2009.

Vlašín, Š. et al. *Avantgarda známá i neznámá*. *Sv. 1*. Praha: Svoboda, 1971.

Vlašín, Š. et al. *Avantgarda známá i neznámá*. *Sv. 2*. Praha: Svoboda, 1972.

Vlašín, Š. et al. *Avantgarda známá i neznámá*. *Sv. 3*. Praha: Svoboda, 1970.

Vojvodík, Josef. - Wiendl, Jan, eds. *Heslář české avantgardy: Estetické koncepty a proměny uměleckých postupů v letech 1908-1958*. Praha: Univerzita Karlova, 2011.

Vojvodík, Josef. *Imagines corporis*. *Tělo v české moderně a avantgardě*. Brno: Host, 2006.

Vojvodík, Josef. *Povrch, skrytost, ambivalence*. *Manýrismus, baroko a (česká) avantgarda*. Praha: Argo, 2008.

Witkovsky, Matthew S. *Foto, Modernity in Central Europe, 1918-1945*. New York: Thames and Hudson, 2007.

Zvěrokruh 1, Zvěrokruh 2, Surrealismus v ČSR, Mezinárodní bulletin surrealismu, Surrealismus. Praha: Torst, 2004.

阿部賢一『イジー・コラーシュの詩学』成文社、二〇〇六年。

阿部賢一『複数形のプラハ』人文書院、二〇一二年。

阿部賢一編『チェコ・シュルレアリスムの八〇年』立教大学大学院文学研究科比較文明学専攻、二〇一五年。

井口壽乃・圀府寺司編『アヴァンギャルド宣言　中東欧のモダニズム』三元社、二〇〇五年［以下のタイゲの論考の翻訳が収録されている――「イメージと前イメージ」（宮崎淳史訳）、「絵画と詩」（宮崎淳史訳）、「ポエティスム」（井口壽乃訳）、「構成主義と〈芸術〉の清算」（宮崎淳史訳）、「モダン・タイポグラフィ」（井口壽乃訳）、「構成主義の理論に向って」（井口壽乃訳）］。

井口壽乃・加須屋明子『中欧のモダンアート　ポーランド・チェコ・スロヴァキア・ハンガリー』彩流社、二〇一三年。

大平陽一「カレル・タイゲの構成主義理論に温存された美」、『アゴラ　天理大学地域文化研究センター紀要』十号、二〇一三年、三七－四七頁。

大平陽一「カレル・タイゲにおける構成主義的なるもの：ピュリスムから構成主義へ、構成主義から機能主義へ」、『アゴラ　天理大学地域文化研究センター紀要』(特別号) 二〇一三年、一－五二頁。

デレク・セイヤー『プラハ、二〇世紀の首都　あるシュルレアリスム的な歴史』阿部賢一・河上春香・宮崎淳史訳、白水社、近刊。

谷口亜沙子『ジョゼフ・シマ　無音の光』水声社、二〇一〇年。

西野嘉章『チェコ・アヴァンギャルド　ブックデザインにみる文芸運動小史』平凡社、二〇〇六年。

ヴィーチェスラフ・ネズヴァル、インジフ・シュティルスキー『性の夜想曲　チェコ・シュルレアリスムの〈エロス〉と〈夢〉』赤塚若樹訳、風濤社、二〇一五年。

森下嘉之『近代チェコ住宅社会史　新国家の形成と社会構想』北海道大学出版会、二〇一三年。

図版出典一覧

図1　チェコ文学資料館、文学アーカイヴ（Památník národního písemnictví, Literární archiv）所蔵。以下、同所の資料はPNP, LAと略記する。

図2　PNP, LA.

図3　PNP, LA.

図4　*Revoluční sborník Devětsil*. (Reprint). Praha: Filip Tomáš-Akropolis, 2010.［表紙］

図5　*Ibid*., s. 197.

図6　PNP, LA.

図7　Toman, Jindřich. *Foto/montáž tiskem*. Praha: Kant, 2009, s. 80.

図8　Seifert, Jaroslav. *Na vlnách TSF*. (Reprint). Praha: Československý spisovatel, 2011.［表紙］

図9　Teige, Karel. *Svět, který se směje*. (Reprint). Praha: Akropolis, 2004.［表紙］

図10　Srp, Karel et al. *Karel Teige a typografie*. Praha: Arbor vitae, 2009, s. 87.

図 11　PNP, LA.

図 12　Srp, Karel et al. *Karel Teige a typografie*, s. 157.

図 13　Teige, Karel. *Nejmenší byt*. Praha: V. Petr, 1932, s. 26 をもとに作成。

図 14　*Ibid*., s. 62 をもとに作成。

図 15　*Ibid*., s. 27 をもとに作成。

図 16　*Zvěrokruh 1, Zvěrokruh 2, Surrealismus v ČSR, Mezinárodní bulletin surrealismu, Surrealismus*. (Reprint). Praha: Torst, 2004.［*Zvěrokruh 1* の表紙］

図 17　Srp, Karel et al. *Karel Teige a typografie*, s. 171.

図 18　*První výstava skupiny surrealistů v ČSR*. Praha: Spolek výtvarných umělců Mánes, 1935.［表紙］

図 19　PNP, LA.

図 20　*Zvěrokruh 1, Zvěrokruh 2, Surrealismus v ČSR, Mezinárodní bulletin surrealismu, Surrealismus*. (Reprint). Praha: Torst, 2004.［*Mezinárodní bulletin surrealismu* の表紙］

図 21　Srp, Karel. *Toyen*. Praha: Galerie hl. m. Prahy – Argo, 2000, s. 83.

図 22　Bydžovská, Lenka - Srp, Karel. *Jindřich Štyrský*. Praha: Argo, 2007, s. 244.

図 23　*Ani labuť ani Lůna. Sborník k 100. výročí smrti K. H. Máchy*. (Reprint). Praha: Concordia, 1995, s. (1).

図 24　Teige, Karel. *Surrealismus proti proudu*. Praha: Surrealistická skupina, 1938.［表紙］

図 25　Srp, Karel. – Orlíková, Jana. *Jan Zrzavý*. Praha: Academia, 2003, s. 178.

図 26　Srp, Karel. *Toyen*, s. 155.

図 27　*Ibid*., s. 158.

図 28　PNP, LA.

図 29　Srp, Karel. *Toyen*, s. 35.

図 30　Lenka Bydžovská - Karel Srp: *Jindřich Štyrský*. Praha: Argo, 2007, s. 95.

図31 Srp, Karel. *Toyen*, s. 44
図32 Bydžovská, Lenka - Srp, Karel. *Jindřich Štyrský*, s. 196.
図33 Srp, Karel. *Toyen*, s. 59.
図34 Bydžovská, Lenka - Srp, Karel. *Jindřich Štyrský*, s. 193.
図35 Srp, Karel. *Toyen*, s. 119.
図36 *Ibid.*, s. 148.
図37 *Ibid.*, s. 174.
図38 *Ibid.*, s. 136.
図39 *Ibid.*, s. 187.

別丁図版

図1 Srp, Karel et al. *Karel Teige a typografie*. Praha: Arbor vitae, 2009, s. 41.
図2 *Ibid.*, s. 40.
図3 Nezval, Vítězslav. *Pantomima*. (Reprint). Praha: Argo, 2004. ［表紙］
図4 Nezval, Vítězslav. *Abeceda*. (Reprint). Praha: Torst, 1993. ［表紙］
図5 *Ibid.*, s. 38-39.
図6 Bydžovská, Lenka - Srp, Karel. *Jindřich Štyrský*, s. 322.
図7 Srp, Karel. *Toyen*. Praha: Galerie hl. m. Prahy – Argo, 2000, s. 121.
図8 *Ibid.*, s. 124.
図9 Srp, Karel et al. *Karel Teige a typografie*, s. 178.
図10 PNP. Karel Teige: Collage no. 21 (1936) –inv. no. 77/72-196
図11 PNP. Karel Teige: Collage no. 50 (1938) –inv. no. 77/72-218

図12　PNP. Karel Teige: Collage no. 325 (1947) –inv. no. 77/72-453

図13　PNP. Karel Teige: Collage no. 353 (1948) –inv. no. 77/72-473

あとがき

二〇一五年五月から七月にかけて、わたしは在外研究の機会を得て、プラハに三カ月ほど滞在する機会に恵まれた。その間、足しげく通ったのは、カレル・タイゲの草稿等が所蔵されているストラホフのチェコ文学資料館（Památník národního písemnictví）であった。ページをめくる音（あるいは資料を撮影するカメラのシャッター音）しか聞こえてこない閲覧室の窓からはプラハ城のパノラマが拝むことができた。そのような場所で今は亡き人びとの草稿に触れることは至福のひと時だった。タイゲの死後、警察当局が資料や図書の一部を没収したため、所蔵資料は完全ではないが、草稿、未発表原稿を含め、数多くの資料が同館には保管されている。タイゲは、発表した原稿にはすべて目を通して整理していたのだろう。論文や記事の切り抜きは、きれいにファイルにとじられ、その多くに書誌情報が自筆で記してあった。タイゲは自著を単に整理して保管していただけではなかった。保存されている切り抜きの論文や記事には、自身の加筆や修正が多く見られ、発表後にも文章の表現へのこだわりが随所に見受けられた。

だが、幾多の原稿以上に衝撃を受けたのが、タイゲの出納帳である。原稿料、装幀代など月ごとの収入が詳細に記載されていたのだが、一九四八年二月以降、収入の項目には「0」という数字だけが記されていた。共産党の一党独裁にいたるいわゆる「二月事件」以降、タイゲが当局の批判を受けていたことは知識として知っていた。だが、出納帳に記された「0」という数字ほど、タイゲの悲痛の想いを伝えるものはほかにはなかった。かつて「イズムのエージェンシー」と呼ばれたタイゲは、ナチス・ドイツの保護領化で地下に潜伏することになっただけではなく、一九四八年二月にふたたび社会の輪から外にはじき出されたのだった。本書の執筆にあたっては最終的な方針をどうするか試行錯誤する日々が続いていたが、この数字を目にしたことで、タイゲという人物について書く決意が固まったように思う。それは、どん底の状態にあったタイゲをどのように引きずりだすか、言葉を換えると、どのようにかれの「埋葬」を試みるか、という覚悟でもあった。それは、タイゲのテクストに徹底的に寄り添うことを意味し、一九〇〇年から一九五一年にかけてプラハで生きていたひとりの人物の見たシュルレアリスムというひとつの視座を探求することを試みた。その試みが成功したかどうかは読者諸氏の判断に委ねたいが、本書を通して、タイゲというプラハのシュルレアリストの姿を多少なりとも知っていただければと思う。装幀やコラージュ製作にたずさわっていたとはいえ、かれの活動の骨格をなすのは文筆活動である。そこで、本書には、シュルレアリスム期にタイゲが記した主要な文章の翻訳も収めることにした。もちろん、これらもまだ断片的なものでしかないが、タイゲおよびプラハのシュルレアリスムの道しるべになれば幸いである。

もちろん、本書は、タイゲとシュルレアリスムの関係を素描する試みであり、タイゲという巨人の全体像を描き出すものではない。各章はそれぞれ一冊の著作に発展することができるほどの問題系を秘めており、ほかにも、文芸批評、美術批評、映画論、写真論など、本書では十分に触れることのできなかった領域が数多く残っている。また、チェコ・シュルレアリスムという運動についても、本書はその一部を描いたにすぎない。ネズヴァル、シュティルスキー、トワイヤン、ブロウクといった第一世代、戦後、タイゲから薫陶を得たエッフェンベルゲル、メデク、ハヴリーチェクら第二世代、クラール、シュヴァンクマイエルら第三世代、さらには現代にいたるチェコのシュルレアリストの系譜は個性豊かな人物が揃っており、ほかのシュルレアリストについてはまた別の機会に触れたいと思う。

*

本書の一部は、以下の論文にもとづいている（一章――「カレル・タイゲと雑誌『デヴィエトスィル』」、『れにくさ』第六号、二〇一六年、二二一―二三五頁／三章――「プラハのシュルレアリスム　複数の「現実」、複数の「イズム」」、『ユリイカ　二〇一六年八月臨時増刊号　総特集＝ダダ・シュルレアリスムの二一世紀』二〇一六年、一七三―一八二頁／六章――「カレル・タイゲの「内的モデル」考」、『境界を越えて　比較文明学の現在』第一六号、二〇一六年、一一一―一二五頁）。いずれも大幅に加筆、修正がなされている。これら以外はすべて書き下ろしである。

なお、本書の主要な部分は、前任校の立教大学に在籍していた時期に執筆されたものである。とりわけ、二〇一四年秋から一年間にわたって研究休暇をいただき、その間、立教大学学術推進特別重点資金（立教ＳＦＲ）の助成を受け、プラハでの研究滞在が可能となった。このような機会を与えてくれた同僚や関係各位に感謝したい。

そして、本書を執筆する機会を与えてくれた鈴木雅雄氏、研究滞在を快く受け入れてくれたチェコ科学アカデミー美術史研究所レンカ・ビジョフスカー氏（PhDr. Lenka Bydžovská, CSc.）、本書の原稿に目を通し、貴重な助言をくれた宮崎淳史さん、河上春香さん、水声社の廣瀬覚さんに心から謝意を表したい。

二〇一七年八月

阿部賢一

著者について——

阿部賢一（あべけんいち）　一九七二年、東京都に生まれる。カレル大学留学の後、パリ第四大学でＤＥＡ取得。東京外国語大学大学院博士後期課程修了。現在、東京大学准教授。専攻、中東欧文学、比較文学。主な著書に、『イジー・コラーシュの詩学』（成文社、二〇〇六年）、『複数形のプラハ』（人文書院、二〇一二年）、主な訳書に、ボフミル・フラバル『剃髪式』（松籟社、二〇一四年）、イジー・クラトフヴィル『約束』（河出書房新社、二〇一七年）、などがある。

装幀――宗利淳一

カレル・タイゲ　**ポエジーの探求者**

二〇一七年一二月一〇日第一版第一刷印刷　二〇一七年一二月二〇日第一版第一刷発行

著者――阿部賢一

発行者――鈴木宏

発行所――株式会社水声社

東京都文京区小石川二―七―五　郵便番号一一二―〇〇〇二
電話〇三―三八一八―六〇四〇　FAX〇三―三八一八―二四三七
［**編集部**］横浜市港北区新吉田東一―七七―一七　郵便番号二二三―〇〇五八
電話〇四五―七一七―五三五六　FAX〇四五―七一七―五三五七
郵便振替〇〇一八〇―四―六五四一〇〇
URL : http://www.suiseisha.net

印刷・製本――精興社

ISBN978-4-8010-0301-9